合唱团

范小青 著

北 京 出 版 集 团
北京十月文艺出版社

玄元4050年10月5日，克拉其国向利亚地国南部发起军事行动，已致数千人死亡，大批平民逃离家园。

——摘自《上古时刻》新闻

目　录 Contents

1. 昏说乱话

“战争”来了。

只是，人们已经记不得“战争”了。

“战争”？它是什么？它在哪里？它会怎样？它从哪里来？它到哪里去？它要干什么？

久违了的“战争”一词，早已经从人类生存的词典中删除了。

既然都不知道“战争”是什么了，那么我们为什么还要去迎接“战争”？假如我们真的去“战争”，最后会怎么样？

人们发出了疑问，声音杂乱而又响亮，责问机构，责问传递“战争”信息的责任人。

没有责任人。

只有一只鸽子。

关于“战争”的消息，是一只鸽子带来的。

其实也许不只是一只鸽子。也许有许多的鸽子一起携带着“战争”的消息，从人们所不知道的远方飞来，经过不知道多少个日夜的飞行，有的鸽子掉队了，有的鸽子迷路了，有的鸽子累死了，有的鸽子为了恋爱为了家庭放弃事业，但是最终，还是有一只鸽子飞到了梅城。

它给梅城带来了“战争”的消息。

随即，它落地而亡。

人们有许多疑惑，只是面对一只死去的鸽子，无法询问，无法考证，喂，你从哪里来？你带来的所谓“战争”的消息，是一个什么消息？意味着什么？

一概不知。

后来他们将它烤了吃掉。

鸽子肉并不好吃，因为飞行的时间太长太长，它全身的肌肉都绷紧了，一直到死也没有松弛下来。

远不如饭店里的招牌菜烤乳鸽鲜嫩。

还有鲜美的蝙蝠刺身，劲爆的油炸猴脑，可口的香辣蟑螂。

这只老鸽子，还嵌牙缝。从来没有吃到过肉这么老的鸽子。

立刻有人严厉批评这种行为，你怎么什么都敢吃，连最后一只进城的信鸽也吃掉了。

我们都没有搞清楚，它到底是什么鸽子，它到底是不是鸽子，它应不应该被吃掉，或者，它应该被送到实验室去解剖，去研究，去还它的本来面目。

可是这样的质疑声总是迟来一步。迟到的质疑等于放屁，那个吃掉鸽子的人开心地笑了，他剔着牙缝，吐出嵌在牙缝里的一丝鸽子肉，又说了一遍，鸽子不好吃，肉太老了。

闻讯而来的科学家，他来迟了，对着几根嚼碎了的细细的骨头，科学家捶胸顿足，懊悔不迭，最后他还是捧起骨头带走了。

无论它是不是一只鸽子，无论大家对于鸽子的怀疑会不会消除，鸽子带来的“战争”的信息，却立刻传遍了梅城的大街小巷。

“战争”来了，梅城的最高领导机构是要负起责任来的。但是机构现在有点手足无措，因为人们已经忘记了“战争”。不知道“战争”为何物。其实何止是街上那些乌泱乌泱七嘴八舌的人们，就连无所不知无所不能的机构，也不知道“战争”为何物。

好在“战争”还在路上，它没有鸽子飞得快，大家还有时间做准备。

“战争”的情报首先是机构获得的，当然首先就要机构坐下来开会。也当然，即便情报不是由机构先获得，机构也会在第一时间坐下来开会。

这是机构存在的责任，向来如此。

机构承担责任的具体体现，就是开会。不开会，你还想怎样，不开会，你能拿出什么主意，想出什么对策，不开会，不开会做决定，那么，这一切，是听你的，还是听我的？

没有比开会更好的办法了。

虽然很久很久没有碰到“战争”这个词了，但是机构的效率还是可以的，因为机构在平常的日子里，也要处理和应对各种各样的麻烦，不能太慢，慢了会被动。

现在机构已经坐下来了，他们按照规矩，一个挨着一个表态发言，谈谈对“战争”的理解和认识。

“战争”是一款游戏。

“战争”是一次会议。

"战争"是聚餐吧。

"战争"是放焰火。

"战争"是杀人。

"战争"是灭绝动物。

"战争"是拯救宇宙。

"战争"是戳破银河。

"战争"是什么什么什么。

"战争"是什么什么什么。

每个人都有自己对于战争的解释和想法，他们据理力争，唾沫星子横飞，争论到最后，他们才忽然发现，他们的见识，和大街上的乌合之众所差无几，并没有高明多少，也没有多出什么见解。

机构是有自知之明的，现在他们都有点自惭形秽了，赶紧调整思路，自我检讨，他们说，空谈误国，我们还是听听专家学者的说法吧。

机构火速行动，召集全梅城的记忆专家坐下来开会，商量怎么才能尽快唤回对于"战争"的记忆、认识和理解。

专家毕竟是专家，不是吃干饭的，虽然他们也同样已经忘了"战争"，但这事情难不倒他们。专家说，虽然人们忘记了"战争"，但是作为历史，或者作为未来，它是存在的，就在"雾墙"之中。

经过专家学者的指点提醒，机构也终于回忆起来了，在"雾墙"中，有人类曾经储存的关于"战争"的记录和想象。

那就是历史呀。

那就是创造呀。

他们立刻有了行动的方向，那就是到历史中去寻找"战争"，看一看“战争”到底是什么。

机构在第一时间采纳了专家的建议，首先做出一个决定，调动一切可以调动的能量，在梅城全城，长时间、超大量、全范围循环播放从前、再从前、更从前、从前的从前，人类曾经创造出来的与“战争”有关的内容。

“雾墙”中的东西真多，太多了，多嗨了，过去无数的时代的无数的东西，以及未来可能产生的无数的东西，都在“雾墙”之中。

不用替他们着急担心，“雾墙”中的东西虽多，但是储存得有条有理，明码标签，所以很快，他们急需的关于“战争”的无数的影像资料，在被封存了不知多少年多少代以后，就从“雾墙”中来到了人间。

人间早已经换了人间。

播放从“雾墙”中找回来的战争影像，不用电视，不用手机，不用电脑，用的是大屏。

这是玄元的大屏。

大屏是遍布的，到处都是，你躲到哪里都躲不掉大屏，你躲得过谁也躲不过大屏。开屏与关屏，统一时间，什么时候开口，什么时候闭嘴，只有大屏自己说了算。

大屏是梅城的灵魂、主心骨，梅城的大事小事，都是通过大屏告知民众，民众有知情权。

无疑，大屏是时代的产物。

人类曾经经历了手机泛滥的灾难时代，一直到那个时代终结，人们才发现，那一个时代改变和异化了人类的某些器官，比如眼睛，比如脊椎，比如大脑。

进化，或者退化。

所以后来就有了大屏，满世界的大屏，时时处处，日日夜夜，不停滚动。人类不用再做低头族了，人类必须时时昂起头来看大屏，看统一的大屏。

无法预料，如此这般，再经过无数个时代，人们被手机夺去的视力、扭曲的脊椎、串乱了的大脑，还会恢复到从前的样子吗？

其实没有人考虑这样的问题。

时代都走过了无数的时代了，还有什么必要去恢复从前呢。

但是谁知道呢。

比如“战争”，它早已经消亡了，或者，它还从来没有来过。但是忽然，它说来就来了。

玄元时代的梅城，大街小巷，处处是超大屏幕，每天滚动播出梅城的和平与幸福。

因为一只从远方来的死去的鸽子，现在一切发生了变化，大屏上说，“战争”来了。

在“雾墙”中，找到了各个不同时代的战争。

《女巫季节》。

《拯救大兵瑞恩》。

《三国演义》。

《权力的游戏》。

《星际迷航》。

《流浪地球》。

《黑洞争霸》。

《上帝的骰子》。

《神经漫游者》。

也有一些误会，把不是“战争”的当成了“战争”，比如吸血鬼，比如丧尸、异鬼，还有西游的和尚，什么什么什么，都以为这就是打仗。

“战争”真是五花八门啊。

其实这也不能算错，“战争”原本就是多种多样的，在历史的过往中，甚至还有一个人的“战争”，两个人的“战争”，西线的“战争”，东方的“战争”，地心的“战争”，河边的“战争”，床上的“战争”，等等等等。

简直了，怎么这么多，还有许许多多被当时的人们称为谍战片的，当然也算，谍战也是战呀。

有人还顺带着在“雾墙”中发现了另一些记载，比如曾经在某个历史时期，电影院会播放通宵电影，所以大屏也模仿了那个时代，从原先屏闭的晚上十一点开始，连播四部“战争”片，刚好到早晨六点。

大屏下站着一个人，两手插在裤兜里，仰着头，张着嘴，瞪着眼，他连看了四部战争片，最后终于呕吐了。

我靠。他说，“战争”就是让人呕吐。

一个早起的人，路过他的身边，纠正他说，“战争”不是让人呕吐，“战争”是一个笑话，有一个人把杀人的菜刀藏在裤裆里，掏的时候把自己的器官割掉了。

第三个人走过来说，你们都错了，“战争”就是杀人。

他的话得到了前两个人的认同，无论是呕吐还是搞笑，“战争”杀人，这才是“战争”的本来面目。

可是马上就有了第四个声音，不对，“战争”是救人。

第五个声音，不对，“战争”是抢夺资源。

第六个声音。

第七个声音。

…………

有更多的声音，有越来越多的声音，听不清了，搞不明白了，还是应该问问鸽子，是它带来了“战争”。

可是鸽子已经死了，并且在埋怨声中被吃掉了。

该死的鸽子，都怨它，都怪它，本来一派莺歌燕舞，都被它带来的“战争”搞砸了。

该死的鸽子，既然从很远很远的远方送信来，为什么不把消息说得具体清楚一点，存心让这些轻松自在、无脑就可以活着的梅城人，现在要费尽心机、绞尽脑汁猜谜，要叫梅城变成谜城。

因为有人开骂鸽子，又起了新一轮的对骂和辩论，有人说责任不在鸽子，鸽子没有什么罪过，它只是做了一只鸽子应该做的事情：送信。

可是立刻有人反驳，送信也有送什么信的区别，它为什么只报丧不报喜？

也立刻有人更快地反驳，丧和喜，本来就是孪生的，都是紧紧相连的，你想只要喜没有丧，你做梦。

当然，这仅仅是口头的骂战，还算是比较文明的，还有许多上不了台面的街巷地痞文化，比如人们爆起了粗口。

说，泥马。

说，我靠。

啧啧啧，一只死去的鸽子，竟然煽动起如此强烈的冲击波，这就是从前有人说过的那个什么蝴蝶效应吗？

当然，还有更神速更惊艳的，人们看到，无数的论文已经写出来了，引经据典，博古通今，妙笔生花，让人拍案叫绝。

简直就是一场口水加文字的盛宴。

一场不知其然亦不知其所以然的盛宴。

但是一切的“争论”，都是无谓的，咒骂也好，辩护也罢，赞美也好，都没有用，无可印证，因为鸽子已经死了。

经过了混乱的多声部合唱，最后双方、三方、四方、各方，大家都累了，疲了，嗓子哑了。何况，“战争”已经在来的路上，虽然仍然不太清楚它到底是什么，但是梅城已经没有更多的时间去讨论它了。

算了算了，还是忘记鸽子，面对“战争”吧。

机构的工作效率真的可以，至少速度很快，经过大屏的夜以继日的高强度大力度三维护四坚持五统一的勾连，迅速帮助人们重新回到了“战争”的年代，甚至，彻底地回到了“战争”的年代。

机构得到了民众的拥护和认同，大家一致认为，在对待“战争”是什么这个问题上，机构做出了貌似正确的决定。

只是，一个正确的决定，获得了正确的有效的效果以后，又会怎么样，这个谁也无法预料。

人们对于“战争”的记忆，极其完整而又极其细致地回来了，无论是人类历史上重大的“战争”，还是每一个“战争”中的最微小的细节，都呈现在人们面前了。

惨烈啊惨烈。

一个人的头被砍下来了。

一个人被炸弹炸成了几十块。

一个人的眼珠子被挖出来了。

一群人被毒气熏死了。

一群人被狼狗咬死了。

一群人被推到土坑里活埋了。

…………

敌人如此凶残，我们怎么办？

这对于已经忘记了“战争”又重想起“战争”的人类，是无限大的打击和摧残，“战争”如此残暴、恐怖，丧尽天良，而它，已经在来的路上了。

面对“战争”，梅城陷入了“战争”的恐慌。

和恐慌同时而来的，是一片痛骂。

“战争”，这个突如其来的陌生词，讳莫如深，莫名惊诧，阴险古怪，恐怖惊悚，不可捉摸，不可了解，知无可知。

讨厌的“战争”，莫名其妙的“战争”，阴险凶残的“战争”，你来得不是时候。

多少年多少代，梅城人类，和谐相处，人人安居乐业，个个笑逐颜开，这个时候，你个狗日的“战争”，来搅什么局呀。

梅城人的自我感觉，一向好到爆棚，结果，仅仅是一个莫名的词，一夜之间，甚至只是一刻之间，就让文明之文明的梅城，变得如此的野蛮和愚昧。

这真是莫大的讽刺。

恐慌加粗口，乱了乱了，这也是机构始料未及的。

机构出于正确的目的，采取了行之有效的方法，结果却换来了一个混乱的无章法的看不到前进方向的结果。

机构没有其他办法，机构唯一的办法，就是开会。

不开会，还能怎样?

仍然是专家学者会议，这样的时候，只有专家才能让人信任，让人安心，机构是最懂的，所以机构好像就是一个专家会议的召集之所。

这一次的专家会议，通过大屏传达给每一个梅城民众。

仍然是从历史中寻找答案。

历史记载，曾经有过一个游戏叫作“人类一败涂地”。人类败了，而且一败再败，败了又败，但是还没有彻底完蛋，一边气若游丝，一边气息尚存。

在另一个时代，或是另一个空间，还有个惊悚大片叫“人类清除计划”，说是人类太多了，必须要人为地清除一部分。这个计划是在12小时内让罪犯放开手脚干坏事，杀掉多少是多少。这真是一个性价比很高的计划。当然，最后肯定会清除到制订这个计划的人头上了。

这是套路。从前的人类都是这样干活的。

也当然，这是艺术，是想象出来的，现实中到底有没有这个计划，已经不重要了，因为不等人类计划好了再动手清除，人类已经自动动手清除自己了。

比如有一个名叫美丽莎的病毒，撕烂了人类的肺，一次性地就让人类自动减少了三分之一的人口。

还有一次是超级雾墙爆炸，巨大的雾冲击波把雾墙之上的上帝都震晕过去了，人类的损失完全无人顾及了。

还好，传说中多少年轮回的生物灭绝时期还没有到来，人类还在。

还好，传说中多少代一次的阴王泯灭阳光的暗夜未至，人类还在。

只不过，人类还是那个人类，人类却已经不是那个人类。

只不过，阳光还是那个阳光，人类却不是那个人类。

这一次的专家会议，引导梅城的民众，克制恐慌，深刻认识自己，并深入探讨“战争”的来源和去向。

梅城民众向来是善于被引导的，专家的话，他们听得进去，所以，备战的工作又向前推进了一步，大屏开始了新一轮的轰炸：谁，发动了战争？

因为鸽子死了，唯一的来源切断了，人们无从知道侵略者到底来自哪一方，人们可以推测出无数个答案。

他们来自海洋吗？还是来自天空，来自另一个星球，另一个宇宙，或者，来自地球的深处？平行空间？相对存在？

他们是人类吗？或者，是机器，抑或，是一种生物、植物？也许就是人类自己创造出来的什么东西，也许来自数万年以前，从数万年前，他们就已经在出发的路上了。或者，他们来自数万年以后，他们乘坐着无法计速的交通工具，从数万年以后来到了现在。

他们是变形的吗？或者，他们是无形的，看不见摸不着。

他们携带什么样的武器？泥巴，石头，冷兵器，唾沫，枪炮坦克，生化武器，精神毒气。

呵呵。

哈哈。

唉唉。

关于侵略者的种种分析和猜测，莫衷一是，竟然又一次引发了梅城的争斗，从乱打嘴仗，乱发议论开始，把人搞得精神焦虑，心情抑郁，这还不算，最后怒火中烧，发展到直接动手，死伤数起。

机构知道有些失控了，但这也没有办法，因为机构自己也不了解即将到来的“战争”，会是一场什么样的“战争”。从前有句名言，叫无知者无畏，但那是从前，现在不一样了，现在是玄元年，现在的名言是：无知即地狱。

大屏辛辛苦苦地日夜干活，吃力不讨好，也受到了批评，说它引导了恐慌，说它制造了无知，说它什么什么什么，总之被批得体无完肤。

反正有锅就甩给大屏，这是习惯性的做法。因为大屏无所谓，它只是一张脸面而已，它又不是它自己，它也不受自己掌控，它早已经老脸皮厚，你骂你的，我做我的，你还能把我怎么样了。

是的，大屏只是一张脸面，但是这一次，所有的程序、所有的力量，都被“战争”裹挟了，除了“战争”，大屏再也不播其他内容的东西了，因为只要它一播，大屏就被砸了。

“战争”都来了，你还在播时装展？

有人无意中哼唱了一首歌，就被唾沫淹死了。

如此过了不多久，大屏终于瘫痪了，最后出现在大屏的几个字：我已过劳死亡。然后“唰”的一声，大屏全黑。

没事没事，赶紧修理大屏就是，相信用不了多久，大屏就能修好，现在是玄元时代。听说过音速吧，听说过光速吧，听说过超光速吧。

其实也不急啦，即便大屏暂时没修好，也无关紧要，该说的话都已经说了，接下来，就得做该做的事情了。

关于即将到来的“战争”，既然梅城一无所知，那就得依据所有推理的可能，来做全面的完整的备战。

幸好有“雾墙”，“雾墙”中有过去的所有“战争”的记载，可以预习，可以参照，可以模仿。

2. 王姨的战争

“战争”这个词到达的时候，王姨正在偷偷摸摸做一件事情：跟踪。

跟踪老关。

这是王姨这段时间以来一直执着的念头，她曾经努力地想打消它，但是念头这东西，很轴，很固执，你越是想要打消它，它就越是顽固，甚至越来越强烈。

当然，要将一个念头真正落实到行动上，并不一定是轻而易举的。

首先是因为王姨的身份，她虽然不是什么了不起的人人关注的大众偶像。但好歹也是一个社区层的负责人，至少在她管辖的这个荣耀社区层，她算个人物。既然算个人物，她的一举一动，总会有些人关注、在意。如果暗中有了对头，哪怕不是什么私人恩怨，哪怕不是因为公事结下的梁子，那也不行，那就会多几双警觉的怀着恶意的眼睛时时刻刻盯着你，像在野党似的，管天管地，还能管老子放屁。

所以许多事情，就由不得自己了。但凡想要由得自己的，那就要倍加小心了。

跟踪老关的这个念头，既然越来越强烈，那就没得商量，当然这必须是暗中进行的，悄无声息的。

为了保证跟踪的万无一失，既不被别人发现她的鬼鬼祟祟的行为，又能十拿九稳地将老关捉拿到手，王姨已经酝酿了几个月了，已经到了箭在弦上，不得不发的时候了。

说实在的，王姨并不想这样做，虽说一切都怨老关，老关外面有了人。有了人就有了人，王姨也不想撕破脸皮。

王姨并不是最后知道的那一个，恰恰相反，精明如王姨，她从一开始就已经明察秋毫了。

老关马上就到五十了，还整出这样的破事，也真是够了。不过从前的老话说过五十五还下山虎呢。说得一点也不错。大半辈子都安分守己怕老婆的老关，一下子如猛虎一样扑了出去。

老房子失火了。

火就在王姨眼前烧着，她只要不傻，怎么可能感觉不到，王姨长期在社区层做事，家长里短，偷鸡摸狗，都是她最擅长对付的，尤其是处理“有人”这样的破事，王姨更是驾轻就熟，手到擒来。

所以，当破事真正落到自己头上的时候，一方面，王姨大觉意外，恼羞成怒，她一心算计着怎么跟老关较量斗争，但另一方面，王姨又得顾全自己的面子，考虑自己的影响。否则她再去做别人的思想工作，人家就会以毒攻毒，反咬一口说，你有什么资格有什么脸皮来教育我，你们自己家怎么怎么，你们家老关怎么怎么。

所以，王姨气愤归气愤，但思来想去，还是不能让事情暴露出来，她决定放任老关自娱自乐，自生自灭。

以王姨的实战经验，这种破事，最后的决定因素只有两个字：

时间。

如果把破事比喻成脓包，它就是个奇怪的脓包。它既是个普通脓包，你戳破了它，它会化脓、发炎、感染，甚至送命，但它同时又是个不普通的脓包，你如果不戳破它，过了一定的时候，它也许就自行吸收消亡了。

王姨有足够的耐心和定力，让老关这个脓包自行消亡。

所以，自破事产生的这一年多来，王姨是一副懒得过问的样子，她以为自己将一个无知的自己扮演得非常成功，她一直以为老关不知道她已经知道了，所以她每天基本上就是看着老关演戏，她甚至还观察老关的表演，积累经验，用于自己的社区层工作，帮助别人家戳穿谎言，处理破事。

无论老关知不知道王姨已经知道了，老关每天都要在王姨面前扒底裤，露屁眼，他必须要用谎言来掩盖谎言，王姨始终没有揭穿老关每天都要重复数遍的谎言。

当然也有例外，有时候王姨见老关的谎言实在太离谱，太小儿科，她会忍不住小小地敲打一下。

比如有一个休息日，老关照例要去和“有人”幽会，就要找个外出的理由蒙骗王姨。其实这一年老关的日子也够艰难的，老关真是挖空心思、搜肠刮肚、殚精竭虑，他把谎言编了又编，说了又说，说得自己都记不得哪些是已经说过的，哪些是创新创优的。

不过老关才不在乎，说过的再说也无妨，有创新创优的当然更好，没有创新创优，老调重弹也行，反正王姨基本不在乎。

所以那天老关掉以轻心，漫不经心地跟王姨说，我等会儿出去一下，我要去拉风俱乐部办一张健身卡，我这身材，有点发福了，我要开始健身了。

王姨差一点喷笑出来，又差一点气晕过去，按照她坚守的假装不知的原则，她应该假装鼓励，如此回答：好呀好呀，你去办卡吧，你是该锻炼锻炼啦。甚至为了表演得更真实一点，可以再啰唆几句千金难买老来瘦等等之类。

可是这一天她实在是又好气又好笑，因为老关说这番话的时候，他前一周刚刚在拉风俱乐部办的健身卡就在桌上搁着，而且老关说这话的时候，他已经看到了它在桌上，王姨也看到了它，老关也知道王姨看到了它，但是老关仍泰然自若继续往下说。

王姨后来才意识到自己表演的火候还没完全到家，她输给了自己，一时没忍住，过去把那张卡举了起来，递到老关面前，说，老关，你可真健忘。

老关真是老吃老做了，脸不变色心不跳，把卡拿过去看了看，说，呵呵，原来我已经办过了啊，哎呀呀，这么看起来，我不仅需要健身，还需要健脑呢，不然的话，身子倒是健好了，脑子却健忘了——那我今天还是要出去一下，我去看看张医生，跟他了解一下健忘是什么原因。

王姨说，健忘就是你说过的话又说了一遍，又说一遍，再说一遍，说到自己都忘记了。

当然，类似的对话并不多，王姨也只是在实在忍不住的时候，这样旁敲侧击一下，或者含沙射影一下，更气更急的时候，她也会指桑骂槐。

但所有这些，老关的态度就是，你敲打你的，你尽管敲打，只要你没有把话挑明，我就假装不知，照单全收，不予回复。

王姨的假装不知，让老关的假装不知甚嚣尘上，越来越放肆，越来越大胆，越来越张狂。

有一天老关和“有人”一起去植物园相好，这时候老关经过一年多时间的实战考验，已经是个经验丰富的老鬼了，上班时间偷偷溜出来，再跑到很远的郊区植物园，算盘打得挺好，却不知人算不如天算。

虽然他们特意躲避，跑到郊区植物园，结果却偏偏被荣耀社区层的一个叫林美姿的女人撞见了。

还是从前的人说话说得有道理。他们曾经说过，若要人不知，除非己莫为。这些话在“雾墙”里都记载着的。不过老关大概以为这样的话早已经过气了，他就忘记了。

林美姿的爸爸老宋从前在植物园做花农，林美姿才会大老远地跑来植物园，才会这么巧合地撞见了老关。当然，林美姿的爸爸做花农，那是另外的故事，目前看起来，还不属于“合唱团”的内容。

当然，也只是“看起来”没有关系而已。有许多事情，表面无关，相差甚远，甚至感觉远隔千山万水，可暗中却是有着千丝万缕联系的。那就等到那种联系露出了萌芽的时候，再说不迟。

现在单说林美姿撞见了老关带着那个“有人”进了植物园，简直大为兴奋。

林美姿是王姨所在社区层的一个难缠的货，曾经因为家里开店，搞了违章建筑被王姨上报处理了，就记恨上了，平日里就一直犯愁没有王姨的什么料可报。却不料老天开眼，直接把王姨的软肋拱手送到了她的手里。

林美姿掌握了老关出轨的铁的事实和证据，不过她的目标不是老关，而是王姨，所以她没有惊动老关。她一向是自以为聪明的，这会儿惊动老关，老关势必会想出谎言来搪塞抵赖，甚至抢在她前面到王姨处恶人先告状。再说了，她自己也不是什么好鸟，大老远跑到偏僻冷清的植物园，想必也不是来干什么好事的，所以林美姿干脆躲开了，没有直接面对老关。

只是等到一回去，面对王姨，她立刻厉害起来了。

听林美姿说看到老关带着“有人”去了郊区植物园，王姨真是面不改色心不跳，她还“呵呵”地笑了一下，然后反问林美姿：林美姿，你跑到郊区植物园去干什么呢？你养父老宋不是退休了吗？

林美姿拿腔拿调，说，是呀，能干的人，退休了都可以返聘的，我爸身体好着呢，他们植物园都离不开他呢，呵呵。

王姨道，你跑那么远去找老宋，是林西这边又出幺蛾子吧，前些时我看到他，他跟我说了，家里又来了一个女的，跟你一样年纪，也有证明，和你有的一拼哦，而最要命的是，林西觉得，那个人才是他的真姐姐、亲姐姐，那个人比你更像，呵呵，你照过镜子没有，是不是？

林美姿很清楚，王姨是要转移目标，她大概以为把矛头转过来对准她，她就会慌张，就会放弃谈论老关的事情。林美姿可不是这么好糊弄的，毕竟在林美姿到底是不是林西的姐姐这个事情上，王姨并没有她的确凿的把柄，而且，现在，眼前，可不是王姨在植物园看见了她和别人，而是她在植物园看见了老关和“有人”，所以林美姿能够有勇气把王姨顶回去，她不客气地说，王姨，你是不是掩耳盗铃，不想听老关的事情哦。

王姨大气地挥挥手，说，林美姿，你还是多关心你自己的事情吧，老关的事情不用你介绍，我都知道，老关的表妹从外地来了，是我建议他们去郊区植物园走走的。

林美姿怎会被王姨的谎言打发了，林美姿说，咦，梅城那么多好玩的地方，闻名天下的园林也有好多，你干吗让他们到郊区植物园去，那么远，那里边除了杂树野草，别的什么也没有呀。

王姨应对如流，是呀是呀，老关家的表妹，和别人不一样，就是喜欢树和草，她不喜欢人多的地方，就喜欢安静，你说，不去植物园，去哪儿呢?

林美姿果然没有得逞，一个回合快下马了，还差点被王姨逼到墙角。林美姿再一次明白了，想要和王姨争高下，基本上是痴心妄想，别说撞见了老关的奸情，就算直接抓住王姨自己的事情，她也根本拿不下王姨。林美姿虽然心有不甘，也只得退却，她挣扎着说，王姨，你厉害，我服你。

其实王姨并没有那么厉害，她在林美姿面前，也是硬撑着的，表现出坦然大度、无所谓的样子，但是当她回去面对老关的时候，她就知道自己不如老关厉害。

老关面对王姨的敲打，完全装出无辜的样子，说，什么植物园，我一整天都在上班，半步也没有离开单位，我几个同事都可以为我做证的，你说有人在植物园看到我，那就奇怪了，难道还会有另一个我，代表我或者冒充我去了植物园。

这差不多属于捉奸在场了，老关仍然可以表演得如此自然淡定。所以现在王姨终于可以确定，自己这些日子的表演并不成功，她的假装早就露馅儿了，老关已经知道她知道了，而且老关恐怕早就知道她知道了。

这就更气人、更伤人、更过分了，老关明明知道她已经知道了，还是照样说谎，还说得理直气壮，说得问心无愧，甚至大有名正言顺的意思。

老关就这样在谎言的大海中游泳，游得肆意妄为，游得痛快淋漓，王姨则在一边观赏他优美的泳姿，还不时地配合叫好。

那一天老关明明又通过谎言顺利地走出去了，临走时却又返回来，他甚至敢跟王姨说，王大菊，你也可以不相信我，我知道你一直觉得我在说谎，我承认我有时候确实是说谎了，可是我想，说谎有什么了不起呢，你难道从来都不说谎吗？

不只是蹬鼻子上脸了，这简直是在打王姨的脸了，王姨终于疼了，王姨终于要反扑了。

王姨的反扑，因为受到情绪的控制，一开始就显得毫无城府，她大意了，她直接诈唬老关说，我告诉你，你那个“有人”，我已经找过她了。

王姨为了顾全大局，从一开始就采取了鸵鸟政策，所以至今为止，王姨只是知道、只是确定“有人”的存在，但是对于“有人”的点滴的情况和所有的情况，王姨一概不知，完全摸不着头脑。

老关的这段经历，也是有起伏有波澜有亮点的，破事开始的时候，他是心虚的，虽然他自以为做得天衣无缝，自以为天知地知你知我知，但是只要一面对王姨说谎，他就不敢直视王姨的眼睛，但恰恰就是王姨鼓励了他，他说谎的时候，王姨都是坦荡地直视他的眼睛，这让老关感觉良好，当他再说谎的时候，情绪就稳定多了，目光也不再闪烁，再到了后来，老关完全练出来了，说谎对于老关来说，简直像是儿戏，或者说，简直就是他生活中的必需品了，甚至片刻都不能分离了。

所以忽然王姨直接说到了“有人”，这是直接要戳穿他的意思了，老关有些慌乱，这让他有点吃不准了，他唯一能做的事情，就是继续抵赖，假痴假呆。反正这一套，老关已经习以为常，王姨也已经习以为常。

老关假装无辜说，王大菊，你说什么呢？有人？有什么人？谁？

王姨说，谁？你以为我不知道是不是，你以为我找不到她是不是，你等着——

王姨这种虚张声势的话一出口，老关顿时放了心，他甚至还嬉皮笑脸了，他知道王姨是在试探他。反正王姨一直都在试探。

你爱探就探，随便。

老关轻敌了。

先是王姨大意，后是老关轻敌。

王姨已经下定决心付诸行动实施跟踪了。

这天上班出门时，老关又说谎了，他的谎言变化不大，种类也不够多，无非就是有人请吃饭，或者晚上加班，最离谱的也就是要参加学习培训。

今天的理由仍然是最下三滥的，晚上有人约吃饭。

你就不能想出个新鲜点的花样，王姨心里十分鄙夷地想，老三样，老话头，自己也不嫌弃，真是没有创新意识。

老关不是没有创新意识，老关是吃准王姨要脸要皮的心理，吃准了王姨不敢自己把自己的脸皮撕破。

所以老关顺嘴说了吃饭，王姨就照例随嘴问一下，又吃饭，谁呀？

老关就照例不假思索地说，昆四那几个。

咦，昆四那几个，上周不是才聚过吗？

老关忘了这茬儿，拍了一下脑袋，又随口说，他们人来疯，上次聚了说不过瘾，今天还聚。

也太不把王姨当回事了，简直就拿她当个傻子，这也是王姨惯出来的。假如王姨一开始就揪住他的谎言不放，哪怕连自己的脸皮一起撕破，也要把老关掀翻在地，今日之老关，不可能有这么嚣张。

这更让王姨坚定了决心。

王姨这一回，可是攥足了力量，一定要将老关摁在地上摩擦。

在哪里呀，哪个饭店？

口口相传。

老关依旧掉以轻心。他这是色令智昏。

好了，王姨又可以开始她的表演了，她一本正经地说，哦，口口相传呀，那个饭店，我知道的，老板娘是我小姐妹。

老关已经老皮老脸了，说，呀，那太好了，请她给我们打折啦。

王姨说，我今天不想做晚饭了，一会儿你们先开始，我这边加班结束，也去你那儿蹭点吃的。

老关才不惊慌，他驾轻就熟，好呀好呀，记得我们是802包间哦。

两个人打了哈哈，就出了门，分头走了。

其实这样的对话，进行过无数次了，一开始老关还是提心吊胆了几回的，但是很快他就掌握了王姨的心思，王姨才不会真去追踪他，后来他就越来越胆大包天，无法无天了。

王姨决定了行动计划，可恰好这一天社区层的事情有点多，因为大家都在嚷嚷“战争”，一个个无头苍蝇似的乱转乱飞。

只有王姨是淡定的。她历经风浪，久经考验，她沉着冷静，细细想来，她甚至都有点怀疑“战争”消息的可靠性。但是既然大屏都一直在播放，即便是有怀疑，王姨也不能说出来，她是需要保持高度一致的。

关于“战争”，既然还没有收到上级的正式通知，吵吵吵吵都是瞎吵吵。

只是为了安慰心慌意乱的居民，王姨不得不磨破嘴皮劝说，让他们回去等通知。

这就一直忙到快天黑了。虽然时间上有点耽误，不过王姨并不太急。王姨心中是有数的，假如老关没有说谎，真是在口口相传饭店朋友聚会，那是不会很快就结束的，如果他说谎了，他不在那里，那么王姨早去晚去都一样。

等王姨到了口口相传饭店附近，天已经渐渐黑下来了，从外面望进去，饭店里灯火通明，王姨在门外的角落站定了，毕竟就要刺刀见红了，她要让自己冷静一下，设想好几套方案。

可能发生的情况至少有这么几种：

王姨进去，老关和昆四他们真的在吃饭，老关没有说谎；

王姨进去，发现是老关和“有人”在吃饭；

王姨进去，没有找到老关，老关根本就是虚晃一枪；

面对各种不同情况，她都得提前考虑好下一步的操作。

王姨考虑成熟后，掏出自己的手机，她又看了一眼时间，老关的手机也到了开机时间了，王姨可以给老关打电话了。

果然，电话通着，王姨一打，老关很快就接了，说，呀，是呀是呀，我和昆四他们在喝酒呀。

王姨说，我知道，我现在就在饭店门口。

老关的声音听起来倍觉镇定，他呵呵着说，啊，你来啦，你快进来呀，进门坐电梯，上二楼，东头第二间，802包间。

他这是料定王姨在诈唬他。

老关不等王姨反应，又说，你听你听，你听见昆四在说话吗，个狗日的，就是那个公鸭嗓。

电话那头确实声音噪噪的。呵呵，王姨心里笑了一下，满世界都是大屏的声音，哪里还会有昆四的声音。

王姨说，呵呵，我听见了，你让那个公鸭跟我说话。

老关这才愣了一愣，说，干吗，你要和昆四说什么？

王姨说，每次聚会你都要喝醉，你自己没有数，我让他不要灌你酒罢了。

老关的手机忽然就呼啦呼啦地嘈杂起来，老关的声音也变得十分遥远，老关说，啊，啊，你说什么，信号怎么啦，喂喂，我听不清你，你听得清我吗？

王姨挂掉了电话，心里一笑，想，这回你逃不掉了，也许我抓不住你的现行，但是我抓住了你的谎言。

王姨刚要迈步进店，忽然就被一只手紧紧拽住了，回头一看，是小P。

小P满头大汗，一迭连声地说，王姨，王姨，急死我了，急死我了，我到处找你，终于找到你了，咦，王姨你在这里干什么？

王姨十分恼火，甩开了小P的手，说，你干什么，你跟踪我？咦，你怎么知道我在这里？

小P说，王姨，我一直打你手机，你都是关机的，不好定位，刚才你开机时间到了，而且你通话了，我定位到了，马上就奔过来了。

王姨觉得有些窝囊，但她又怪不得小P，关于使用手机的规定，每个人都要自觉执行的。当然，你想不自觉，想犯自由主义，那也由不得你，因为你的手机并不是由你本人操控的。

自从大屏统一了梅城，手机也一样被统一了，手机仍然是允许使用的，只是如今的单一功能的手机，似乎已经不太需要，不太重要。为了避免泛滥使用的重蹈覆辙，规定每天每人使用手机的时间，每天每人开机三小时，具体开机时间，一周轮换一次。而每天的手机开机，也不是由自己操作，而是统一安排，自动调整，到了规定的时间，手机就自动开机了。

手机的功能也大大减少，一共只有两项，一是通话功能，二是定位功能，而这个定位功能，也是有限制的，只有当手机开机并且拨打电话时，才可以定位你的手机。

今天王姨的手机是定在下午六点开机，刚才她刚一开机，就拨打了老关的手机，所以被小P定位了。

王姨把小P推开一点，不高兴地说，小P，你走开，我有要紧的事情，都到了关键时刻了，你别来烦我。

小P急得眼冒金星，语无伦次，说，王姨王姨，你还、你还有什么关键时刻啊，那个战，是“战争”，“战争”它来啦！

小P是荣耀社区层的一名小职员，参加工作不久，说话刁嘴刁舌，好像舌头还没有发育好。

她一番含混不清的话，“战争”两字被一脑门子火冒的王姨听成了“栈灯”，王姨脑子突然一抽筋，不知怎么跳出来一个名字，她脱口而出：栈灯？

“栈灯”是一家饭店的名字，王姨之所以这么敏感，是因为她忽然怀疑，老关会不会金蝉脱壳，他也许不是在口口相传，而是在“栈灯”，而且，被小P发现了？

王姨脱口说，你在栈灯看到谁了？

小P惊奇地朝王姨看看，她无法想象怎么会从王姨嘴里蹦出这几个字，她当然不知道王姨的瞬间的联想。

王姨再看小P一脸蒙，就知道自己想多了，老关不在“栈灯”，或者说，小P根本没有在“栈灯”看到老关，她松了一口气，对小P说，没有就好，没有就好——为了转移小P对她的怀疑，她又主动说，小P，你知道“栈灯”的来龙去脉吗？她甚至露出了姨母笑，假装兴奋地说，小P，你不知道吧，“栈灯”其实不是一家饭店，他从前是一个人哎，他是我们那个时代的偶像，有一次他上台演讲，讲到一半，他放屁了，你知道“栈灯”放屁会怎么样吗？那就是放出一道彩虹，小P你知道彩虹吧，彩虹就是天空中的一道——眼看着王姨就要开讲啦。

小P不敢让王姨开讲，社区层都知道，王姨一开讲，三天不断场。小P怕耽误事情，赶紧说，王姨，你耳朵怎么啦，不是“栈灯”，是“战争”——你快去社区层吧，战略层的人等了你半天了，他们都生气了，在那边骂人呢，还拍桌子，烂瓜都被他们骂急了，老东西也要发火了。

王姨难得见小P这么慌张，心里就明白了，事情真的来了，她不开讲了，同时也顺手先把老关丢开了，跟在小P后面，急急忙忙赶到社区层，果然看到战略层的三个人，穿着那种晦气的灰颜色的统一衣衫。王姨早就将这种灰色命名为丧尸灰。

他们像三只灰乌鸦，眼白大于眼黑，十分不吉利的样子。

王姨是迷信的，通常她见别人的第一眼，讲究看人家的穿着，积多年之经验，她认为，一个人若是穿得灰头土脸，他必定只会带来丧的消息。

一个人丧，或者一件事情丧，或者一个地方丧，那都会表现在具体事物上的，比如衣衫。

这三个战略层来的人，为何要穿这样的衣服，这王姨管不着，但是王姨看着就不喜欢。不喜欢，王姨就要说话，王姨说，谁规定你们穿这种衣衫，一点审美眼光也没有，丧气。

那三个来自战略层的人，没有闲暇为了穿着和王姨较真，他们火急火燎，丢下一份表示事态严峻的黑头文件，让王姨签收，他们还嫌王姨动作慢，催促说，你动作快点，我们还要赶下一个社区层。

王姨本来是想跟他们好好理论一番衣衫和运气的关系，但是他们没有给王姨机会。王姨这才定神看了一眼文件的标题：关于“战争”

动员的具体执行方案。

现在王姨终于搞清楚了，在她跟踪盯梢老关的这段短短的时间里，那个她将信将疑的“战争”，真的已经来了。

而且，机构已经做出了重大的关于“战争”的决定，决定就写在文件上，文件上清清楚楚地写道：社区层以家庭为单位，每户都要征兵，一户一人，应征条件是：男性，二十岁至五十岁，身体健康。

小P也上前瞄了一眼，多嘴说，不要女的吗？

来自战略层的人说，谁说不要女的？反正现在机构还在开会研究，听取专家意见，招不招女兵，怎么招，招多大规模，招了干什么，这些都要研究讨论，一旦专家会议结束，也许征招女兵也就开始了。

王姨大约估摸了一下，每户一个，全梅城得有多少符合条件的家庭，那得去多少人哪，她有些怀疑，多嘴问了一句，需要那么多人当兵吗？

战略层的人说，你知道有多少敌人吗？

王姨不知道。

你不知道你怎么敢说人多了呢？你敢保证敌人没有这么多吗？

王姨怎么能保证，王姨连谁是敌人、敌人在哪里都不知道。

其实大家都不知道。

既然不知道，就只能信其多，不能信其少，这思路是对的，只不过很劳民伤财。

但这是为了保护梅城，保护梅城也就是保护梅城民众，劳民伤财，劳哪个民，伤谁的财，一切还不都是为了你们自己。这点觉悟都不够吗？

战略层的人丢下文件，匆匆走了，他们还要赶到下一个社区层，然后，再下一个，再下一个。辛苦是真辛苦。

现在只剩下王姨和她手下的三个人了。

荣耀社区层的家庭和人口分布，王姨心中都有一本明细账，谁也逃不过她的火眼金睛。

先从自己做起。

王姨自己家，三口人，丈夫老关，年四十九，身体健康。这事情就很简单，老关是逃不掉了。

哼哼，王姨在心里狠狠地出了一口气。

老关，看你往哪儿跑。

难不成你还能带着“有人”一起去当兵打仗，见鬼去吧。

王姨有女儿小关。女的，暂时还没有接到征女兵的通知。当然，即便征女兵的通知来了，也没有小关的事，因为老关已经征兵了。符合条件的，一户一个，少了不行，多了也不行。

王姨也就没有把自己家放在心上，反正铁板钉钉，无可置疑，没啥可说。

接下来就是小P。小P有点雀跃，因为“战争”是那么的新鲜，是她从来没听说过的事情，她想尝试一下，看看“战争”到底是谁。可惜的是目前没有她的份。她嘀嘀咕咕抱怨为什么女兵不和男兵一起征，这是男女有别，这是重男轻女，什么什么。

王姨叫她闭嘴。王姨说，就算征女兵，也轮不到你，像你这样的人去到“战争”那里，不要说敌人来了，一阵风来了，就能把你吹走。

小P说，那我从今天开始，拼命吃。

王姨才想起说，哦，你们几个，吃了晚饭没有啊？

小P急得说，王姨，都征兵了，谁还吃得下饭啊，王姨，他们有没有说，为什么不招女兵啊？

王姨奇怪道，小P，你操的哪门子心，那是人家战略层的事情，说到底，是机构的事，关你什么事——

小P兴奋不已，激动地说，王姨，我终于等来机会了，王姨，我要当女兵——不等王姨反应过来，小P已经张口念起诗来：

唧唧复唧唧，木兰当户织。

不闻机杼声，唯闻女叹息。

问女何所思，问女何所忆。

女亦无所思，女亦无所忆——

王姨打断小P说，咦，这是什么，这是什么，你哪里到哪里？

小P说，王姨，这是花木兰。

王姨完全蒙了，喃喃着说，花木兰，谁？我怎么不知道花木兰？你怎么知道花木兰？

小P挠着头皮，懵懵懂懂地说，咦，我也不知道我怎么知道花木兰，它就在我脑子里，也许是芯片吧，王姨，可能你没有这个芯片。然后小P继续念诗：

昨夜见军帖，可汗大点兵。

军书十二卷，卷卷有爷名。

阿爷无大儿，木兰无长兄。

愿为市鞍马，从此替爷征。

东市买骏马，西市买鞍鞯——

王姨起先是没有听清，等听清了，她又没有听懂，再等听懂了，她真着急呀，打断小P说，别买啦别买啦，我们要把荣耀社区层的人头——

小P说，还没买全呢。继续哼哼：南市买辔头，北市买长鞭——

王姨好像被小P绑架了，还洗了脑，她抱着脑袋说，好了好了，不要哼哼哼哼了，是“战争”啊，你以为是游戏啊，再说了，你唱人家花木兰，我总算听懂了，人家是替爷去当兵，你家有你哥哥当兵，你凑什么热闹。

小P说，我哥当不当兵，跟我无关，他是大P，我是小P，我们是两个不同的P。

王姨挖苦她说，你想得美，现在又不招女兵，你到哪里去当女兵，要不你到敌人那边去当女兵。

小P说，不招女兵，我也可以女扮男装呀。

王姨一生气，把内部消息都给透出来了，她说，你以为呢，人家就算招女兵，也不会招和男人一起打仗的那种。

小P一听，感觉女兵有戏，追问，那是招哪种？

王姨自己把自己逼到墙角了，只好以退为进地说，你以为是招哪种呢？

小P不聪明，眼珠子转来转去，也想不出是哪种女兵，烂瓜在一边凉凉地一笑，说，这都想不到，笨死，招美人计的那种。

烂瓜一说美人计，小P立刻明白了，她甚至被烂瓜的想法逗笑了，小P兴奋地说，美人计的话，我也可以呀。

王姨“呸”她说，就你这样的，就长成你这样的，能使美人计吗？

小P说，怎么不能，我把脸一露出来，把敌人都吓死，这不也是计吗？

小P平时也不是个口齿伶俐、情绪激动的姑娘，怎么“战争”一来，她反应又快又能说会道了，让王姨更觉奇怪的是，这个小P，明明胆小如鼠，明明没有担当，怎么“战争”一来，她倒来劲了？

王姨在一边察言观色，却也无法琢磨出来，干脆直接问道，小P，你追问来追问去，研究来研究去，难道你是真想当兵啊？

小P夸张地眨巴着眼睛，长长的眼睫毛像扫把一样忽闪不停，那是那是，我做梦都想当兵哎。

虽然小P对答如流，不过王姨才不会轻易相信她，王姨根本就不会相信她。王姨朝烂瓜使个眼色，烂瓜领会，在旁边“哼”一声说，小P啊，刚才来的路上，我碰到你家大P了。

小P朝烂瓜翻个白眼，说，碰到大P了，怎么了，这不是很平常吗？大P又不是妖魔鬼怪，又不是三头六臂，碰到他，有什么好炫耀的。

烂瓜仍然“哼”一声说，大P确实不是三头六臂，但可惜了，他说他不符合当兵的条件，他听神经功能障碍，他说是什么耳窍闭塞。

王姨在一边赶紧帮腔说，那几乎是个聋子啦。

小P一听，两眼翻白，闷了片刻，随即就大声嚷嚷起来，不可能，不可能，大P不可能是聋子，他的听力好得很。

烂瓜说，听力好吗？怎么我跟他说话，他只管啊啊啊的，一句也听不见？

小P急得说，你不能相信他，他假装的，他耳朵聋不聋，他说了不算。

烂瓜说，是呀是呀，聋不聋哑不哑，这也不是谁嘴上说说就算的，这是要有证明的，可你家大P他有证据，他给我看了。

王姨又赶紧配合说，呀呀，那就是说，大P当不了兵，小P你有可能当兵了，小P，恭喜你！

老东西也一起起哄，朝着小P竖了竖大拇指，说，还是你们P家好，大P不去，小P去，总有人当兵，总有人保家卫国，呵呵，模范家庭。

小P终于跳了起来，一跳八丈高，高声嚷嚷，去，去去，你才当兵，你们才当兵，你们一家子都当兵，我才不要当兵！

王姨他们几个，哈哈哈哈地笑了起来，王姨说，看看，看看，暴露了吧，还花木兰呢，你想当兵，是假的吧。

被王姨揭穿，小P也不难为情，她还嘻嘻一笑，说，哎哟王姨，我只是随便说说，你用得着这么认真吗？

王姨说，那你干吗要这么认真地瞎说呢？

小P若无其事地说，嘿嘿，王姨你知道我的，我就是想偷懒呀。

王姨说，你以为，你说自己要当兵，你态度积极，这征兵的工作你就可以偷懒了是吧？

小P笑道，正是，正是，王姨，我想得太简单了是吗？我毕竟还年轻呀，搞不过你们的，肯定被你们整趴下的。

既然小P趴下了，王姨就可以丢开小P了。

丢开小P，就轮到烂瓜了。烂瓜反正是死猪不怕开水烫，他是属于身体健康眼睛不健康，但眼睛不也是身体的一部分吗？高度近视，眼底白化，糊涂起来，看不清敌方，或者干脆就把自己人当成敌人干掉，也不是没有可能。

小P不服，嘀咕说，那烂瓜你也相当于一个瞎子啦，你和我哥，一个瞎子，一个聋子，怎么“战争”一来，人人都成残废了。

可不是，“战争”来了，万事皆有可能。

烂瓜这样的货，恐怕送上门去，战略层也不会要，就算战略层要了，开路开不到半路，他就会迷失方向，把自己走丢，上不了前线，空抵一个名额。

老东西没问题。他年龄已经过了五十五岁，又无子女，所以可以撇开不提。

老东西明明知道自己条件不符合，仍然小心翼翼，把战略层的通知看了又看，研究了半天，最后仍然半信半疑地说，我真的不用去当兵啊？

王姨说，怎么，老东西你很想去吗？

老东西老老实实地说，我没有想去，我只是想，万一人不够，会不会再扩大范围，把年龄的标准再提高。

王姨说，你想得太多了，这不是你该想的事情，人够不够，这不是我们的事情。

老东西这才唯唯诺诺地点了点头，算是踏实了。

老东西为人向来很低调甚至很谦恭，对社区层的居民，也很和蔼，王姨性子急，脾气躁，有时候来火，就由老东西出面唱红脸，装好人。

其实老东西本来就是个老好人，大家喊他老东西，他也答应。虽然他有时候会脱口而出一些莫名其妙的句子，比如，砸烂你的狗头，再踏上一只脚。

比如又说，罪该万死黑爪牙。

这是什么呀?

问他这些东西是哪里来的，大家从来没有听过的东西，他怎么会脱口而出。

老东西说，我也不知道是从哪里来的，它就一直存在在我的精神里。

搞得神神秘秘。

王姨是瞧不上老东西的，她鄙视地说，你这不是精神，你是神经。

老东西一直是服王姨的，承认说，是的是的，我就是神经，我也不知道这神经藏哪里，也不知道怎么它说出来就出来了。

老东西总体说来，是王姨手下三个人中比较中规中矩，相对听话，相对好领导的。

只是，谁知道呢，毕竟是“战争”来了呀。

现在王姨顾不了许多，先把社区层的四个人和四家人搞定，下面就要正式开始履行职责了。

因为居民众多，社区层的人马一般都是要兵分几路、同时进行的，如果四个人一起行动，要多花费四倍的时间，可是王姨不敢这么做，王姨前不久刚刚被这三堆烂泥搞惨了，她必须要吸取教训。

就在两天前，荣耀社区层接手了一件工作，是管理层直接下达的，有个来路不明的人物，潜入了梅城，根据大数据的对照匹配，高度疑似潜逃了很久的一个超级诈骗王，天眼最后确定的大致方向就是城东南这一带三个社区层的范围，而中心之中心，就是王姨所在的这个荣耀社区层。

本来，偌大个梅城，进来一个骗子，没啥了不起，但是任何问题都需要防患于未然，提醒民众，防火防盗防诈骗。

眼看着玄元年的年庆快到了，大家会因为欢乐而麻木，因为幸福而脑残。

这项任务，其实一点也不复杂，就是工作量稍大一点，社区层的工作人员，挨家挨户上门通知，让所有的家庭亲笔签下保证书，保证不让骗子得逞。

荣耀社区层在梅城的所有社区层中，算是个小型区域，总共2000户人家，按平均每户3人估算，大约是6000人。只是荣耀社区层和梅城其他一些社区层有所不同，它是一个老式的社区层，没有高楼，没有集中的封闭的小区，只有数百条纵横交错的小街小巷，还有许多交叉而过的小河。

从过去一直延续下来的说法，说梅城路路通，说的就是荣耀社区层这样的地方。

因为大家住得分散，工作有难度，但好在王姨他们适应了这个特殊社区层的工作性质，换句话说，平时天天就是干这些的，不敢说手到擒来，也至少是驾轻就熟啦。

只是王姨这里稍有一点特殊，主要是王姨手下的三个人手不得力，尤其是在面对挨户上门的工作时，简直就是几摊烂泥，一摊比一摊更抹不上墙。

烂瓜虽然是个身强力壮的男青年，但他走不动路，他只会在云路里狂奔，只会在“雾墙”中乱舞，在平平常常的路上，他就是大象屁股推不动。王姨也不敢多派活儿给他，派了他也干不了，所以只挑了个相对集中的区域，就算这一点点任务，烂瓜还是别出心裁，把表格发到“雾墙”里，让这个区域的居民从“雾墙”里接受表格，下载填表签名后再给他送来。他足不出户，就能完成任务。

别说，对于烂瓜这样的烂人出的这样的烂主意，大家还都听话，愿意接受，因为平时烂瓜的作用很大哦，这边也喊烂瓜，那边也喊烂瓜，哪个不服从烂瓜，烂瓜说了，下次你找不到“雾墙”了别来问我。

谁敢。

谁能离得了“雾墙”。

其他人的待遇就不一样了，哪怕是王姨本人，也不能像烂瓜那样做事。

小P参加工作不久，本来就很瘦，还把自己饿得两眼发黑，两条腿细得像麻秆，王姨也要照顾她，分给她的任务不重，那条名叫黑域的街巷很小，总共四十户人家，结果小P错跑到隔壁灭世轮回社区层的龙殿街去了，动作倒是挺快，两个小时，就帮人家把活儿干了，那条龙殿街的住户可是多达二百户呢。于是让那个工作效率远不如荣耀社区层的隔壁社区层立马赶超在了王姨前面。

小P知道自己犯错了，想要戴罪立功，向王姨讨要更多的任务，吓得王姨直朝她作揖，说，大姐，求求你了，你歇着吧。

老东西其实不算太老，充其量是个中年老男人，他也愿意积极工作，只是他为人太软弱，见人总是点头哈腰，社区层的居民大多刁钻促掐，从来不拿老东西当碟菜，老东西通知他们干啥干啥，他们爱干啥就干啥，不爱干的，就和老东西讨价还价。

比如签订防诈骗协议，只是签个名字的事情，再简单不过，可是也有人刁难老东西，跟老东西说，你要我签名，你给我什么好处？

老东西就不断地解释，告诉他们，签名是为你们自己好呀，你签了名，就说明你看过了，你看过了，你就对诈骗有了防范心理，如果骗子真的来了，你就能够对付了。

老东西还在努力做大家的思想工作，可居民们都嘻嘻哈哈，懒得多听，他们都好久没见到骗子了，生活没有刺激，很无聊，指不定希望有个骗子来搞出点事情才好呢。

最后当然他们都会签名的，他们是看在老东西苦口婆心和毕恭毕敬的态度才签的，他们说，签签签，不过老东西我跟你说，签了名也不等于看过通知了，看过了也不等于能够防范，防范了也不等于万无一失，所以，万一真的来了骗子，我们真的受了损失，还是要你们社区层负责的。

老东西尽在那里跟大家费口舌，耐心讲解，细心工作，一天下来，只跑了该跑的五分之一人家，剩下的只有王姨自己干啦。

这就是王姨带领的三摊烂泥，放在平时，也就马马虎虎，得过且过，可现在麻烦大了，“战争”来了，这个征兵的工作，可不是发放一张防诈骗协议那么简单，也不是告诉大家怎么倒垃圾，搞搞笑、废几句话就能完成，这是性命交关、家国存亡的天大的事，所以王姨说，我们四个，要同患难，共进退。

3. 皮带

根据战略层的要求，征兵动员要有威慑力和仪式感，要求很具体，就是每个人腰里要扎一根皮带，既标明身份，又具有权威的意义。

那是，“战争”都来了，不能没有权威。

因为时间紧迫，战略层来不及准备，没有统一发放皮带，皮带都是社区层的人自己准备的，每个人的皮带颜色和式样都不同，四个人四个样，惹得有些不知“战争”为何物，也不知“战争”的轻重，还在外面看热闹不嫌事大的民众指指点点，指手画脚，批评他们。

什么呀，社区层什么腔调呀。

什么呀，腰里扎的什么呀。

什么呀，他们是要演滑稽戏吗。

你看小P那根皮带，血血红，密密细，像肚皮里戳出来一根血管，吓煞人。

小P还好啦，你看老东西，这把年纪，扎根花皮带，像条赤练蛇缠在腰上。吓人倒怪。

最最风光的肯定是王姨。

王姨有点胖，再在腰间束根皮带，扎得还紧，大家看到就笑，说，今天糯米塞藕了。

王姨虽然上了点年纪，但是她仍然爱美的，而且她的审美眼光比较独特，一般胖人，都想要掩饰自己的胖，穿宽松一点的衣服，王姨却反之，总是把自己捆扎得紧紧的，把肉都露出来，人称“百叶包肉”，有时候说是“捆蹄”，有时候叫她“稻草扎冬瓜”。今天她把皮带往腰里这么一捆，真是新鲜活泼的一个糯米藕段。

当然，四个人之中，要说装扮，最烂的肯定是烂瓜。他本来就姓烂。但是民众欺软怕硬，不敢多说他什么。烂瓜可是荣耀社区层的最硬核人物。

其实也不能怪社区层的民众议论纷纷，就是王姨他们自己，忽然间扎上了皮带，也立刻有了不一样的感觉。

早晨老东西扎了皮带出门的时候，就有一种新奇而又振奋的意思，感觉自己好像不是自己了，刚好有人路过，喊了他一声“老东西”，他竟然没有听见，竟然不知道是在喊他。

人家就不高兴了。因为一向都是老东西看到他们先打招呼、先客气的，今天他都先喊了老东西，老东西还不搭理他，简直反了，这个人就停下来，兴师问罪地说，老东西，你耳朵戳聋啦！

老东西还沉浸在扎皮带的全新的感觉中，暂时没有回过神来，他茫然地朝这个人看看，说，你喊我吗？

这个人倒奇了怪，盯着老东西再看看，老东西，不就是个老东西吗，难道你不是老东西？难道有两个老东西？

老东西好像回过神来了，听懂了，他脸色有点变化，认真想了一想，想起来自己就是老东西，他突然很想说些什么，但是那些想说的话，到了嘴边，他又觉得这些话有点奇怪，好像说不出口，好像不是他应该说的话，他愣了一会儿，最终还是没有说出来，只是点了点头，走开了。

留下那个路过的人，看了看老东西的背影，嘴里嘀咕了几句，也就算了。

老东西往前走，接着又遇见了第二个人，也是一条街上的街坊，他们擦肩而过的时候，老东西有些麻木，没有跟他打招呼，这个街坊停下来不走了，挡在老东西面前，说，喂，你眼睛长到额头上了？

老东西起先还是愣了一下的，好像没有听明白他在说什么，但这一回和刚才不同，他回神回得快了，一回过神来，老东西顿时严肃起来，他口气严肃地说，我跟你说啊，我是社区层的，你对社区层的人，要放尊重一点。

这人跟老东西向来很熟，关系也好，平时有个什么事情求到社区层帮忙，老东西都是二话不说，热情相助，可这会儿站在跟前的这个老东西简直像换了一个人，他简直不敢认他了，但他明明就是原来的那个老东西嘛，所以他心里也来火，说，老东西，你装什么蒜，你以为你不是老东西了？

老东西忽然感觉腰里的皮带有点松，重新打开来，收紧一点，往里挪了一个洞眼，这下子扎紧了，身子就更挺拔起来。

这人一看老东西的动作，似乎有所醒悟，有点明白了，说，哦，今天腰里扎皮带了，难怪猪鼻子里插葱——装象了。

老东西感觉这个街坊说话越来越难听，他也就不客气了，更严厉地呵斥他说，你嘴巴放干净点！

这个街坊简直要张嘴大笑了，这老东西，今天哪根筋搭错了，竟然敢训斥街坊，他本来是要加倍奉还报复老东西的，他是要痛骂老东西的，可是话到嘴边却被一股强大的气流堵了回去，他感觉这股气流是从老东西身上冒出来的，跟练了气功似的，气流差点冲得他站立不稳了，再仔细一辨，这股气流，好像来自老东西腰间的那根皮带。

这街坊略有点头脑，不傻，他晃了几晃，站稳后，就估摸，社区层可能是收到了上面发来的新式武器，这武器就藏在老东西他们的腰间，所以，老东西腰里扎的看起来就是一根很普通很难看的皮带，可这皮带很可能根本就不是皮带。

该街坊鉴貌辨色，随机应变，不再和老东西计较，赶紧走开了。

老东西看着街坊灰溜溜的背影，居然有一种旗开得胜的满足感，自我感觉良好，他还从来没有过这样的感觉，他仔细地想了想，好像，也许，从前，很久很久以前，是有过的，但是后来没有了，现在又回来了。

感觉真好。

老东西继续往前走，现在他遇到的人越来越多了，消息传得够快，有的人已经得到了老东西不再是老东西的传言，避他而去，也有的人并不知道，就迎面过来了。

这个迎面过来的人，看到老东西，还像往常一样，笑笑，本来点头示意一下就过去了，不料老东西却板着脸，把他挡住了，说，你还嘻嘻哈哈？“战争”来了，你不知道吗？现在是“战争”动员，谁敢违抗，按什么什么论处。

这个人一听老东西说“什么什么”论处，本来是要笑起来，他就知道老东西根本就不知道那个“什么什么”是什么什么，自己都没搞明白，还来吓唬人，可是他确实又被老东西的不平常的态度吓着了，因为这么多年来，他所见到的老东西，完全不是这个样子。他有些疑虑，有些胆怯了，小心地问了一下，你、你不是吓唬我吧。

老东西伸手指了指他的脑门子，又挺了挺自己的腰，让那根赤练蛇样的皮带挺了出来，然后老东西把手收回来，叉在皮带上，说，我吓唬你？我这就吓着你了？我告诉你，吓破你狗胆的时候还没到呢，哈哈哈哈——

老东西趾高气扬，笑着从来没有过的笑声，迈着从来没有迈过的八字步，往前走了。

丢下这个莫名其妙又十分难堪的人，他感觉太奇异了，嘀咕说，老东西还是那个老东西，可老东西已经不是那个老东西，难道他往腰里扎了一根皮带，忽然就变了一个人？

他的自言自语被另一个走过他身边的不知其所以然的人听到了，不以为然地说，什么老东西不是老东西，难道老东西变戏法吗？

这个人说，不是变戏法，是真的，满口粗话，牛得不得了，竟然说我是狗胆。

那邻居才不相信，说，老东西才客气呢，老东西不会说粗话的，老东西怎么可能会这样呢？

这个被老东西训了的人，气不打一处来，怎么会这样，我怎么知道，我只看见他在腰里扎了一根皮带，难道这根皮带，是一根“妖带”？

那邻居笑起来，说，“妖带”，你怎么不说是“魔带”呢。

这个人说，就是，就是，老东西像是妖魔上身了。

他们议论了几句，也没太放在心上，毕竟各自都有自己的事情要忙的。他们一起往前走了走，前面王姨带着的队伍就迎面来了。

一如往常，荣耀社区层的工作总是走得最快，走在最前面，在最短的时间内，王姨已经带上她的扎着皮带的队伍，走在荣耀社区层的街巷里了。

一路上，他们用大喇叭叫喊：荣耀社区层的居民们，大家请注意啦，居民们注意啦。

“战争”来了。

大家先在家里开好家庭会议，推选一人当兵，一天之内报名，谁家也逃不脱的。对照条件确实出不了人的，把情况说明交上来。

看热闹的路人，这才发现，这热闹竟然看到自己头上来了，赶紧逃回家去。

很快一传十，十传百，荣耀社区层的居民，看到王姨他们，像看到了美杜莎一样，抱头鼠窜。

他们一边逃跑，一边互传信息，团结一致，渲染恐怖，传到最后，王姨简直就是美杜莎本尊了。

不得了了不得了了，王姨来了。

来了来了，快关门。

来了来了，快戴口罩。

来了来了，快拿四六消毒水。

吓煞人了，王姨来了，快躲起来。

气得王姨笑了起来，冲他们喊道，躲你个头啊，躲得了初一，躲不了十五！

有人机灵，一听此话，开了窍，赶紧从家里往外逃。

王姨又说，跑啊跑啊，跑得了和尚，跑不了庙。

王姨说得对。天罗地网，总之你是逃不掉的。

何况，“战争”都来了，你还逃，你还是人吗？你严不严重？

经过王姨大喇叭动员，现在大家渐渐从最初的慌乱中平静了一点，既然逃是逃不掉的，一家一个人是必须选出来的，那么只有按照王姨说的，先召开家庭会议，做出决定。

不开会，你还想怎样？

家庭会议王姨不想参与，她只管每个家庭会议结束时报出来的那个名字，对王姨来说，这个名字应该是早就烂熟在她心中的。整个荣耀社区层，没有她不知道、不了解、不清楚的人和事。

谁男谁女，谁老谁小，谁强谁弱，她统统知晓。

喊她王天眼、王神探、王百晓、王百科、王满满、王顶顶、王杀杀、王什么什么，都不为过。这些本来就是她的工作。不过即便如此，王姨也从来没有被评上过先进。

经过社区层的动员，各家的家庭会议开过，第一批名单报上来了，王姨只瞄了一眼，就晕了。

惨，与王姨先前预估的数字，差太远了。

王姨一份一份地认真看那些不能当兵的情况说明。

简直了，太有才了。

有一个人的理由是，感染了梅花菌。

他这是骗谁呢，梅花菌早就在梅城灭绝了，他这是感染的哪里的梅花菌，是外星球的，是外太空的，还是外婆家的？

还有一个人的理由是，刚去美容院整了个下巴，圆下巴变成了尖下巴，刷脸已经刷不出来了，我已经不是我了。虽然原来的我确实符合当兵条件，但是现在的我已经不是我了，所以我不能当兵。

开什么玩笑，一个下巴而已。别说只是换了一个下巴，就算是长出一条尾巴，还得上你家找你。

再一家说，我们家不能去当兵，我们家正好四个人，天天打麻将，走掉一个，就三缺一了。

天理难容啊。

另一家说，我们家的家规，初一、十五都要拜祖宗，一个也不能少，少了谁不拜，祖宗要生气的。我家祖宗生气，你们负责吗？

诸如此类，荒唐至极。

一方面，王姨有一种强烈的挫败感，她很沮丧，因为她完全没有预料到，她的思想工作做了那么多年，大家的思想还是那么死板，那么不开窍，耍小聪明的毛病还是那个毛病。

但是另一方面，她又觉得胸有成竹，因为他们的理由，太小儿科了，他们那些耍小聪明的毛病，一点也没有进步，一点也没有变化，仍然停留在自说自话的水平上，她不愁自己治不了他们的毛病。

所以，王姨克制了不满的情绪，并且鼓舞士气，她要让另外三个人知道，接下来，他们的艰难的工作要开始了，那就是挨家挨户上门摸查核对情况，再做动员，然后，直接上名单。

由近而远，他们首先就到了蒋大脸家。

蒋大脸本人，是完全符合应征条件的，但是他一看到王姨他们来了，不等王姨开口，他抢先就强硬地说，你们别来动员我，我条件不符合，我身体条件不行，别看我身体健康，其实我不健康，我便秘。

王姨先笑了起来，接着小P也笑了。烂瓜从来不笑，他撇一撇嘴。

老东西既不撇嘴，也不笑，他一脸严肃，口气戗戗地说，便秘？便秘算什么，谁不便秘。

玄元时代的特点，就是便秘。

吃得精细，吃得营养，身体棒棒，吃嘛嘛香，吃的东西统统消化了吸收了，本来就没有多少无用的东西可以排出。

所以，所有的标准，都不能机械地参照从前。从前有规定，每人每天至少排便一次，才能算是通便方面基本健康。

这个蒋大脸，就是教条主义，早已经进入玄元时代，他还抱着老皇历执行，那肯定是要被时代抛弃的。

只是目前“战争”当头了，没有更多的时间跟他探讨怎么与时俱进的问题，蒋大脸是个固执守旧的人，任凭王姨是思想工作高手，关于蒋大脸便秘的思想问题，可不是一时半会儿能做通做好的。蒋大脸的思想梗阻，比他的肠梗阻更难解决。

蒋大脸知道王姨他们会来，他本来是打算拿出一副无赖的“我就不去”的腔调来对付社区层的，可是没想到一向可亲可爱好说话的老好人老东西竟然一上来就是这副嘴脸，这让蒋大脸有点意外，有点想不通，因此也有点发怵了，难道，真的因为“战争”，一切都变了？

他要调整他的战略战术了。

别说蒋大脸，就是王姨，开始也是想以耐心细致的思想工作为主要手段的，可是老东西一上来就给他们的工作方向定了调，王姨何乐而不为，所以王姨当机立断，放弃思想动员，直接上硬核，王姨说，蒋大脸，就算便秘，你也不用担心，现在正在积极筹集的军用物资，这其中，通便的药物比感冒药物还重要，品种多，效果好。

刚刚还很强硬的蒋大脸现在变得可怜巴巴了，他已经满脸堆笑，小声讨好地说，王姨，那也不行呀，我的便秘，跟别人不同的，不仅是顽固性的，还是选择性的。

小P奇怪地说，什么叫选择性，没听说过有选择性的便秘，选择什么？时间？地点？方式？

蒋大脸说，我选择马桶——哦，就是你说的选择方式吧，我只有在自家的马桶上，才能大出便来，换了马桶，我是大不出来的。所以，你硬要我去当兵，我也可以去，只不过我还没走到前线，就被我的屎憋死了。

蒋大脸拿出一本病历本，递到王姨面前，王姨接过去翻了翻，除了勉强能够认出蒋大脸三个字，医生的字龙飞凤舞，一个也认不出来。

王姨把蒋大脸的病历本交到烂瓜手上，烂瓜看了一眼，说，错了，你拿的是学习台账，你这上面写的全是学习心得哦。

王姨听说是学习台账，抢回去一看，因为是学习记录，刚才看着是龙飞凤舞的字，现在一下子就认出来了，王姨一边看一边说，十天里你参加了二十次学习会议，那你还说你便秘不健康？

蒋大脸颇觉丢脸，夺回了台账，重新寻找病历，嘴里嘀咕说，什么呀，哪里跟哪里呀，开会怎么啦？

蒋大脸一直没有找到病历，王姨说，你别找了，就算你有便秘的病历，便秘也不是病，不是身体健康不健康的指标。

老东西跟蒋大脸有点沾亲带故，若在往常，他会想着替蒋大脸说几句话，帮帮腔的，可是老东西今天特别大义灭亲，直接就戳穿他说，蒋大脸，你要不要点脸，既然你说你不是一般性的便秘，是选择性便秘，在“战争”面前，你必须选择不便秘。

老东西的话很不讲理，这和他过去的为人大相径庭，但是你也不能说他说的没道理，既然“战争”都来了，难道还有比“战争”更重大更危急的事情，便秘能和“战争”比吗？

没得比。

烂瓜已经问了“雾墙”，“雾墙”回答说，便秘可轻可重，可算病也可不算病。

现在王姨有点为难。这个蒋大脸，到底算健康还是不健康呢。

说实在的，王姨自己觉得自己是个善良的人，她其实也同情蒋大脸，她自己也有一段时间便秘，那个日子的确难过，每天早晨一睁开眼睛，想到的就是两个字，想到的也只有两个字：大便。每天晚上入睡前，想到的也是这两个字：大便。她还差一点得了便秘抑郁症。幸好后来机构根据梅城发生的新情况，宣布了玄元时代便秘的新标准，对照新标准，王姨的排便情况算是中等偏上，稳中向好，王姨的抑郁情绪也就一扫而光。感谢机构的新标准。

同情归同情，王姨自己也不太清楚，像蒋大脸这样的情况，能不能放他一马，她也不知道，她放了蒋大脸一马，后来会有多少人求她放一马，最后她要放出多少马。

现在的王姨，还没有走完第一家，她的信心和决心已经大打折扣，无论平时她对荣耀社区层的民众有多么的了如指掌，但是现在不是“平时”，现在是“战争”。

王姨左右为难，她也不指望她的三个手下能为她排忧解难，他们在蒋大脸家僵持了一会儿，王姨退让了一步，她对蒋大脸说，要不这样，你去医院开证明，让医生证明你的便秘不是一般的便秘，是属于身体不健康的便秘，然后把医院证明给我们，我们再帮你上报，看看战略层的人对选择性便秘怎么定义，行不行？

蒋大脸感激涕零，连连点头，说，好的好的，我今天、现在、马上就去医院开证明，王姨王姨，我对你，是感恩戴德的啊。

老东西说，我是不同意的，要是便秘也算个事情，那头皮屑算不算？

王姨和小P都朝老东西看了几眼，他们也觉得老东西今天变得好勇敢，好机智，尤其是小P，差一点就要对老东西说，我墙都不扶就服你了。

蒋大脸却不服老东西，他还很怨恨老东西，他急得指责老东西说，老东西，你以为你扎根皮带就不是你啦，你扎了皮带你还是老东西，你不是王姨，你说了不算，你的比喻也没道理，头皮屑怎么能够和便秘比较，没得比，我还是要听王姨的，我对王姨要歌功颂德的。

王姨说，你先别谢我，你这个便秘的事情，我说了不算。医生说了也不算，归根结底，要战略层说了才算。

蒋大脸说，我知道我知道，但是我首先得过你这关，再去求医生，再——

他们撇下啰里啰唆不知真便秘假便秘的蒋大脸，往另一家走去，负责记录填表的小P问王姨，蒋大脸这一家，这表怎么填？

王姨灰心地说，先存疑吧，也就是打个问号，回头等具体落实了，再重新填写。

旗开没有得胜，他们怀揣着疑惑又重抱起希望，到了第二户。

第二户是三口之家，父母亲和儿子，父亲过了年龄，但儿子刚好二十岁。这一户是透明的，玻璃人，不存在疑惑。

他们有什么理由拒绝应征当兵呢，王姨在来的路上已经看过了他们自己写的情况说明，他们的理由太抽象太空洞，直接就说他们家没有符合条件的人，连假的理由都懒得编一个出来，连像蒋大脸那样一个无赖无耻的理由也不写，心真大。

不等王姨提问，这个名叫快刀的青年自己就抢先说了，王姨，我年龄不到，我今年十九岁。

这还真是信口开河了。不过这难不倒社区层的人，王姨都不用暗示烂瓜，烂瓜瞬间就从“雾墙”中查到了快刀的年龄。

烂瓜朝王姨使一眼色，此为暗号。王姨立刻就说，快刀，我们有案可查的，年龄这事情，不是你说几岁就几岁的。

快刀说，你的案在哪里，我看不见。

王姨说，我们的案是案管层管理的，你本人当然看不见，你看到有谁见过自己的案吗？其实谁也不用看自己的案，自己的情况自己难道不清楚，难道你不看案你就不知道你自己是谁、就不知道自己几岁吗？

快刀年轻气盛，不服王姨，还嘴说，我怎么知道你们有没有把我的案搞错了——

快刀的妈妈赶紧挡住快刀，上前跟王姨打招呼，王姨啊，你是看着快刀长大的，你知道他的脾气，小孩子说话不知道拐弯，不懂礼貌，你别跟他一般见识，我们家快刀的情况，是有特殊性的——

王姨已经有所预感，她察觉到他们一家已经商量好对策，统一好口径，要来对付征兵工作了，她得抢先堵住他们的嘴，就赶紧说，既然你说我是看着快刀长大的，那我对他太了解了，他没有特殊性，我知道他就是符合征兵条件的。

王姨料事如神，快刀妈妈确实早就想好了对策，但她故意忸忸怩怩，装作十分难为情的样子，说，不是说快刀本人有什么问题，是、是我的问题，我本来是不想说的，我这么多年一直没有说，可是，可是，现在必须要说出来了——她回头看了看快刀他爸，好像在征求他的意见，要不要说出来，快刀他爸看起来也有点犹豫，有点不好意思，但他最后还是很坚决地点点头，说，你说、说出来他们就知道了。

快刀妈妈说道，那个时候，快刀他爸支持太离建设，一去就是三年，中间只回来过一次，可是那次我没有怀上。后来他一走就没再回来，我，我，说出来真不好意思，我犯错误了，我生活腐化了，我跟别人好了，结果就怀上了。

这下子连王姨也觉意外了，连连说，咦，咦，不可能，不——

快刀妈妈没让王姨说出更多的话来，赶紧抢去话头继续往下说，后来快刀生下来，可是出生日期和快刀他爸回来的时间对不上，我只好改了快刀的年龄。快刀他，他其实，其实是个野种。

王姨已经气得不行了，大声说，没有你们这样的，你们什么人啊？

另外三个人也觉得有点莫名其妙，他们千算万算，也都没有算到，快刀一家，想出来的竟是这样一个理由，老东西一脸阴险，朝着快刀他爸挤眉弄眼，还假装询问说，快刀他爸，你是一直被蒙在鼓里？

快刀他爸点头承认说，是的，她瞒了我十九年，昨天我才知道，我知道了，我简直了，我真是，我没话可说，是不是，是不是，我是不是没话可说了？

王姨立刻戳穿他说，不对不对，肯定不对，你回来的时候，快刀才一岁，但是快刀他妈说他两岁，是这样的吧？难道一岁的孩子和两岁的孩子你都看不出来？

快刀他爸“嘻”了一下，没有狡辩，直接就承认了，说，嘿嘿，还是王姨你厉害，你戳穿我了，其实我当时就看出来了，我怎么会不怀疑，两岁的小孩，连话也不会说，走路也走得不像样子，软不拉耷的。

快刀妈妈说，是呀，他明明怀疑了，明明猜到快刀不是他的儿子，他却假装不知，还跟我打马虎眼。

快刀他爸说，嘿嘿，我是想冷眼旁观，看看到底谁是快刀真正的亲爸，结果看了十九年，也没有看出来。

小P多嘴说，那你们没有离婚啊？

快刀妈妈朝小P看看，教育小P说，小姑娘家家，离婚离婚，放在嘴上，有什么意思。

想想气不过，又说，小P你别以为我不知道你，你家大人离婚了，你就希望人人家里都离婚，是不是，是不是？

快刀他爸见快刀妈妈把话题扯到小P身上去了，赶紧拉回来说，不说小P了，不说小P了，也不说离婚了，还是说快刀十九岁吧。

王姨眼见着他们越说越像是真的了，王姨真急了，说，不能这样玩的，你们为了逃避征兵，把这样的隐私也说出来，不能这样玩的。

快刀妈妈说，没有办法，我们要实事求是的。

王姨说，就算你们可以出卖隐私，这事情也不是由你说了算的。

快刀他爸说，王姨，我都认了，你有什么理由不认？

王姨说，不是我认不认的问题，我现在怀疑你们是故意编造一个丑闻，宁可让全家人丢脸出丑，也不愿意让快刀去当兵。

小P被快刀妈妈训了几句，心里不爽，就死盯着快刀看，快刀毕竟年轻，被她盯得有点不自在了，小P就叫喊了起来，王姨王姨，你看看，你看看，快刀长得很像他爸哎，你看他尴尬的脸，和他爸尴尬的脸，简直是一样一样的。

王姨赶紧朝这爷儿俩轮番一看，眼睛也亮了，说，哎呀，还是小P有眼光，你们爷儿俩，自己去照照镜子，看看是不是一个模子里刻出来的，还说是野种。

王姨终于出了一口恶气，庆幸戳穿了他们的谎言，而且王姨坚信，快刀的年龄不应该是由快刀家说了算的。

可是没等王姨这口恶气出完，快刀家的反扑已经上来了，快刀妈妈说，哎哟哎哟，王姨，你干吗这么顶真，你这么顶真，真的是要把我家的丑事，全部抖出来了。

哈哈，看来还有更多的丑事呢，且看他们怎么表演。

快刀他爸配合得天衣无缝，好像完全不假思索，紧接着就说，是呀是呀，本来大家留点面子，不要搞得喇叭腔，可是你们逼人太甚，逼得我们只好撕破自己的脸皮了，坦白了吧，我实说了吧，快刀不是他妈私生的，快刀是我在外面养的，他的生母是个大姑娘，不能带孩子，我就抱回来了，所以你们看得出来，快刀长得像我。

王姨简直了，她简直无以应对，只有反反复复地念叨，匪夷所思，匪夷所思——

关键时刻还是“雾墙”派得上用场，烂瓜已经从“雾墙”里查到了快刀和他爸的DNA，烂瓜说，别演戏了，快刀真不是你亲生的，你们的DNA匹配率只有2.1%，这样的匹配度，是什么样的匹配度，你们知道吗?

快刀毕竟年轻，还傻傻地发问，是什么样的匹配度?

烂瓜说，就是一个人和一头猪，差不多吧。

烂瓜像是在骂人了，不过快刀一家倒也不生气，还跟着一起笑了。

这时候小P又有了新发现，嚷嚷说，王姨，你重新再看看，快刀和他爸，一点也不像哎，快刀是方脸，他爸的脸，一点也不方——

王姨重新又兴奋起来，打了鸡血似的，她接过小P的话头说，快刀爸，是马脸，下巴还有点超，也可以算是瓦刀脸，哈哈。

他们再一次被戳穿了，看他们的脸往哪儿放。

他们的脸有的是地方可放，几度被戳穿之后，现在他们又迅速地调整了剧本，开始了新的表演。

这回又轮到快刀妈妈出面说话了，她说，唉，我们今天，倒了霉了，算了算了，就豁出去吧，彻底坦白了吧，快刀其实，不是我们亲生的，我们两个人，结婚多年，就是生不出孩子，努力来努力去，也不见效，到医院查来查去，也不知道是哪个方面的问题，再到后来，我们就死心了，干脆不再努力了，后来我们就领养了快刀。

再由快刀他爸做出补充，说，快刀是被他亲生父母丢弃的，我们抱到他的时候，他身上有医院开的出生证明。

他们早已经把那张出生证明找出来，准备好了，大概就看戏能演到哪一步，需要的时候就拿出来，现在戏演到了需要出生证明了，它就出现了。

王姨听了他们互相补充着说完这一番话，真急了，说，哪有这样的事情，怎么会有这样的事情，快刀到底几岁，难道是你们想要几岁就几岁的——她接过那纸证明看了看，还真是医院开具的出生证明，可以证明快刀今年十九岁。

王姨眼见他们的戏法层出不穷，工作好难做通，堡垒无法攻破，她也不跟他们客气了，实话实说道，你们别死皮赖脸了，你们这都不算的，“雾墙”里的才算。

快刀妈妈说，“雾墙”就不会出错吗？录入的时候，出错的事情多的是。

快刀他爸继续配合说，是，上次我统计的单位年终GDP，录入后就多了一个0。

快刀大概觉得一直是他爸他妈在替他说话，他也不能落后，他也要配合，快刀赶紧补充说，就是就是，上次我期末考试的分数，就给我录错了，少了一个0。

老东西阴阳怪气地说，你们演一出是一出，都演了好几出了，后面还有没有了？

快刀妈妈和快刀他爸同时说，没事没事，后面还有。

王姨气得说，你们以为我们是来看戏的。

快刀妈妈说，咦，你们本来就是来看戏的嘛，你们眼红我们家家庭和睦，你们想要看我们家的好戏嘛。

快刀他爸说，如果你们需要，我们就继续。

社区层的几人，面面相觑，然后都看着王姨，王姨已经心灰意懒了，无论怎样，医院的证明还是最过硬的。当然，最后肯定还是需要有人再一次证明，“雾墙”和那一张纸，到底谁对谁错。这个事情比较重大，相信战略层会通盘考虑后出面来做的。

所以，快刀到底几岁，这个事实，目前还真拿不出来。

所以现在主动权似乎掌握在快刀家人手里，王姨泄气地对小P说，这个，也存疑吧。

不存疑还能怎样。

他们又存疑了。

他们继续往下一户去，天色都有点暗了，情绪也都暗淡了，很低落，默不作声，在路上走着走着，就听到背后有脚步声越来越响，回头一看，正有人从背后追了上来，追得气喘吁吁。

仔细一看，是社区层的居民白森森，手里拿着一个东西，追到王姨身边，就往王姨手里塞，嘴上说，王姨，你拿着，你拿着。

王姨一边接，一边说，什么什么，你给我什么东西？

白森森说，你看，你看，你看了就知道，是医生给我开的证明。不等王姨抗议，他已经堵上了王姨的嘴，说，王姨，你不是不知道我，我平时就一直拉稀，而且医生说了，我是神经性拉稀，我神经一紧张，就会拉稀，我会一拉而不可收的。王姨你说，我这种情况，能当兵吗？我要是当兵，到哪里去找厕所，就算不讲究，随地拉稀，但也得有时间呀——

王姨急得打断了他，一边把医生证明塞回给他，一边说，谁让你找医生开证明，谁收你的证明？

白森森稍愣了一愣，随即就回应了，口气也戗起来，王姨，你这算什么话，你凭什么双标对待，你不是让蒋大脸去开医院证明的吗？为什么他能开我就不能开？他便秘算什么病，也能开证明，我这才是真正的病啊。

小P撇了撇嘴，说，拉个稀，也算不上什么事情，我们哪个不拉稀呀。

白森森顿时发作起来，气愤地嚷嚷，王姨，我要到管理层去告你，你们这是不公平对待人民，你们没有做到公平公正公开，你们暗箱操作。

王姨说，姓白的，你说话过过脑子，说话要有证据，没有证据你这就是诬告，就是造谣，我们可以到法院告你。

白森森说，我怎么没有证据，我有的是证据，证据就是你们让蒋大脸去找医生开证明，却不允许我找医生开证明，为什么？你们只重视便秘的，轻视拉稀的，这就是不公平。

王姨差点喷出一口血来，她硬是屏住了，回敬白森森说，我看你不是神经性拉稀，你是神经性疾病。

白森森一听，刚要发火，但他脑筋够快，转而一想，又感觉有机可乘，立刻笑了起来，说，神经性疾病？哎，这个也不错，那就是精神病哎，是啦是啦，哪有精神病人当兵上前线的，这要误大事的，精神病人会拿枪口对准自己人的。

这个白森森，就是这么固执而又善变，你能拿他怎么办？

烂瓜也知道王姨拿他没办法，随便开了个口说，白森森，要不，你到案管层去申请改个名字吧。

白森森小心地避着雷，说，我改名，为什么，改什么名？

烂瓜说，咦，你如果叫白骨森森，就不会有人要你当兵了。

白森森“呸”了一口，迈开步子就走了。

小P“呀呀”地尖叫了起来，说，还没打仗呢，就白骨森森了，吓煞人了。

他们四个一直站定在那里，眼看着白森森一步三摇头地走了，毫无办法，也毫无头绪。

难道继续存疑吗？

难道所有的人都存疑吗？

王姨挫败感陡生，“战争”还没有来，她的战争好像已经败了。

4. 验明正身

一个人的年龄，肯定一直就是一个既固定又变化的数字，固定的是出生的那一年，变化的就是时间，过一年长一岁，这是铁的定律，谁也逃不过，谁也不会例外。

过一年长了两岁，或者，过一年，没长岁，再或者，过一年，少了一岁。

都没门。

科学再发达，世界再奇异，这也没得商量。

本来嘛，年龄这东西，那可是一个人验明正身的首要准则。

假如时间再往前推一点，它大约和一个人的性别的重要性差不多等同，可是后来性别这东西也难说了，做手术变性的事情越来越多，或者男人长成女人样的，女人长成男人样的，或者不男不女不女不男也越来越多了，性别这东西，也就越来越不可靠、不可信了。

至于姓名和长相那些什么的，那更是身外之物。

人可以证明自己的最可靠的依据，几乎就只剩下年龄了。

你妈什么时候生下的你，这个事实，做手术是做不掉，遮掩也是遮掩不了的。你的出生时辰，“雾墙”都给你记录得妥妥的。

可是前些年梅城人口普查的时候，老关突发奇想，说自己的年龄是错的，说当初定档的时候，写错了，现在要改回来。

老关也不知是天真幼稚，还是自以为是，他真以为自己的年龄是自己说了就可以算的吗？

你说几岁就几岁？

一切都在“雾墙”里，你去跟“雾墙”说吧。

老关找不到“雾墙”。

“雾墙”，就是你看不见、抓不住，而它却时时观照着你的那个东西。

“雾墙”才不会听你说什么，一切的一切，“雾墙”都有自己的铁证如山。

谁也不知道老关是怎么回事，也不知道他怎么想，只能理解为他可能早就知道这个问题，但是一直没有机会，“雾墙”不理睬他，他也没办法。

可那一次机会来了，人口普查的口号就是：有错就纠，有错即纠。

普查是为了纠错。鼓励大家积极纠错，普查层的人甚至在街上沿街叫卖，走过路过，不要错过，有错即纠，不纠白不纠，今天不纠，明天不正，明天不正，永无正日，等等这样的口号。

在那样的特殊时期改年龄，是轻而易举的，老关就想趁着一个宽松的被鼓励的阶段，把自己的年龄改了。

但即便是普查时期，政策宽松，也不会让你随心所欲的，你说是纠错，你得有证据来说明你的年龄是错的，然后，验明正身。

这是要费一番功夫，做一番手脚的，老关拟订了一个行动方案，第一步就在王姨这儿。

这事情需要王姨的帮助。

那一年王姨已经做了荣耀社区层的长官了，王姨听了老关的想法，也颇觉老关奇怪，王姨说，你不是一直活得好好的，你的年龄不是一直都在那里，年龄它又不碍你的事，你怎么忽然就想到要对它动手动脚了呢？

老关说，亏你还在社区层做事，你不知道普查工作的目的吗，有错就纠，有错即纠。

王姨说，可是这样的普查，又不是头一回，多了去了。今年查这个，明年查那个，任何的普查，前提都是要查年龄的嘛，那以前那么多的普查，你怎么不说错了呢？

老关说，以前我是不知道嘛。

王姨更是疑惑，追问说，那你现在怎么知道了呢，是谁告诉你的呢？

老关家里亲人不多，父母亲都已经过世，谁会在这个时候忽然跟老关说到他的年龄呢？

王姨见老关不语，就更觉得老关古怪，盯住他说，你父母亲从前都是知道你年龄的吧，他们活着的时候也从来没有提出什么疑义。难道他们死了，反而出来提醒你了吗？

老关还真是被王姨给提醒了，老关反应够快，随口就说，他做了一个梦，梦见母亲对他说，你的年龄是错的，你要改过来，我本来也是不知道的，但是我现在到了这边，我才知道，年龄不搞准，会折阳寿的。

也就是说，母亲虽然去世了，她还是要祝福儿子活得越久越好，所以去世的母亲托梦给老关，让他改年龄。

王姨听了老关说梦，简直要笑出来，真是痴人说梦，谁会听信你的梦呢。

老关说，你别笑，你也不用担心，我妈在梦里告诉我，医院有我出生证明的存根，我已经去过医院了，医院承认是有，但是一般不给个人查询，如需查询，需要社区层出介绍信。

王姨有些犹豫，更有些疑惑，这个老关，这是要出什么幺蛾子了吗？王姨说，那你觉得你现在的年龄是大了还是小了呢？

老关说，你别管是大了还是小了，总之是错了，只要查到医院的存根，一切就真相大白。

王姨依旧不信，依旧不松口，主要是她想不明白老关为什么忽然要改年龄了，她想不明白的事情，是不能随便去做的。

老关眼见王姨难缠，搞不定，只好后退一步说，算了算了，我就向你坦白吧，反正也都老夫老妻了，这都不算什么了，当初我追你的时候，你说你喜欢成熟的男人，那时我比你小一岁，我怕你嫌我小，不成熟，就把年龄改大了一岁，我就和你同岁了，就是这样，所以后来就一直将错就错。

王姨“扑哧”一声笑，说，嗬，老关，你还自以为能够瞒天过海呀，这个我早就知道的嘛。

老关说，你知道不知道我不管，反正我是要纠错的，普查说了，今日不纠，明日不正，明日不正，永无正日，我要是不改过来，岂不是永远都做不成真正的自己了。

王姨也是自以为见多识广，能够看穿人心，其实她还是比较短视，甚至有点弱智，哪里算得上机灵敏感，也许日常的平凡的日子过得多了，许多器官都麻木麻痹了，比如嗅觉，比如第六感之类。

也就是说，老关自从和王姨恋爱后，一直就不是真正的他自己，但是怎么人到中年了，忽然就想让自己变成真正的自己，或者说变得年轻一点，难道都是无缘由的心血来潮吗？

这个事情，也许要到后来，王姨才能有所醒悟。现在王姨只是觉得好笑，也只是笑了老关几下，但是王姨在工作上一向十分警觉，十分自律，她绝不会利用职权，给老关开出介绍信之类。

老关碰到了钉子，假装气馁，说，算了算了，你不肯开后门，我也不强求你了，不改就不改，错的就错的，假的就假的，不做自己就不做自己，只要你还知道我是老关就行。

那时候王姨真是经验不足，她以为老关真的放弃改年龄的事情了，也就不再放在心上了。

过了一天，王姨早上刚刚踏进社区层办公室，老东西就进来对她说，王姨王姨，你家老关哦，一大早就来了，守在门口，我刚进办公室，他就追进来了——

王姨一听，脑袋里就“轰”了一下，心里一急，说，老东西，你别理他，他说什么你都不要答应！

老东西的声音有些奇怪，说，嗯？嗯？王姨你什么意思，老关是替你来取东西的呀。

王姨说，他取什么东西你也不要给他。

老东西说，哟，你不早说，他已经拿走了。停顿了一下，估摸着王姨的心思，老东西又试探说，其实，其实也没有什么啦，就是拿了一份空白介绍信，又不是别人，是老关呀，他还能做出什么奇怪的事情。

王姨倒语塞了，按老关的意思，是要把搞错的年龄改回来，这也不是什么奇怪的事情，还能算是个正事呢，普查就是要求大家查错纠错的，老关是做在这个节骨眼上的，也没有错呀。

老东西见王姨不语，又讨好地说，王姨，我不说就是了，我不说是你让他来拿的，就算是我擅自给他的，这样总可以了吧。

王姨说，本来就不是我让他来拿的。

老东西心领神会，赶紧说，那是那是。

王姨心想，拿都拿走了，老关特意起个大早，必定是早就把行动方案设计好了的，这会儿恐怕第二站、第三站都跑得差不多了，追也追不回来了，也就顺水推舟了，说，那好吧，拿就拿了，但是以后你要注意，没有我发话，你不可以乱给别人介绍信。

老东西道，那是那是，我吃一堑，长一智，以后会注意的。

那边老关冒领了荣耀社区层的介绍信，果然跑得快，直接就到了黎明医院，也就是他出生的那个地方，不料事情并没他想象的那么顺利。

黎明医院才不认社区层的介绍信，他们对社区层意见很大，说，社区层不讲规矩，乱搞，有一次他们开过来一张死亡介绍信，说他们那儿一个人死在家里了，需要由医院出个死亡证明，结果我们一查，这个人明明活着，活得生龙活虎的，幸亏我们对社区层一向是有警觉的，要是当时轻信了他们，真的开出死亡证明，岂不是要被骂死，那可是重大事故啊。真是的，这些社区层的人，素质就是低下，开什么玩笑，出什么洋相，你叫我们怎么相信他们。

老关赶紧解释说，我这个不是开玩笑，这是真的，而且，又不是什么死亡证明，也不是什么大病重病，只是一个人的年龄而已。

人家医院仍不同意，说，年龄而已？你说得轻巧，年龄这事，说小也小，说大也大，上次有个社区层，也不知道他们里边有什么猫腻，那个长官还亲自陪着死者的儿子来找我们，说从前医院开过的死亡证明丢失了，需要重新开一张，一开始我们还都天真，以为社区层长官都亲自出面了，应该不会作假说谎，幸好我们的工作人员心思比较缜密，留了个心眼，偷偷心算了一下，才发现了蹊跷，按照社区层提供的材料，那个人的老子死的时候只有十岁，你想想，他老子十岁就死了，哪来的他呢？难道他老子九岁就生下他了？够早的啊。

你说这事不奇怪吗？

老关说，那是因为当事人死了，也可能会搞错的，可是我说的是一个活着的人的年龄，而且就是我这个人呀，就是我自己的年龄，我又没死，我自己的年龄，我还不清楚吗，不会错的，不会害你们犯错误的。

人家又忍不住嘲笑了，说，你自己的年龄，你真的知道吗？你如果真知道，还来医院开什么出生证明，你自己证明一下自己就行了嘛。

老关怎么说也是碰钉子，他赶紧重新找思路，换个方向说，可是我们不是其他素质低下的社区层，我们是荣耀社区层。

人家顿时笑了起来，说，荣耀社区层，叫了荣耀就真的荣耀啦？

叫了荣耀也一样不靠谱，不靠谱的事情也不比人家少，要不我说两个给你听听。

反正不管老关怎么解释，怎么恳求，黎明医院就是不让老关看到黎明的光明，老关一气之下，跑到另一家黄昏医院去试试。

黄昏医院和黎明医院有所不同，先不说级别高低，原先它是一家专门诊治传染病的医院，平日里大家唯恐避之不及，走到附近，都会绕道而行，后来虽然转行为全科医院，但是在梅城人心目中，它一直都是有传染性的，去黄昏医院看病的，要么是病急乱投医，要么就是外来者不清楚历史情况而误入的，孕产妇来这里生孩子的情况就更少了，除非是走在半路上要生了，来不及去母子医院，或者产妇本身得了传染病，这样的情况自然是不多的，黄昏医院的大数据中产科这一块一直是最弱的弱项，更何况现如今各医院产科的收入暴涨，前景辉煌，相比之下，黄昏医院的产科就更是门可罗雀了。

一直到老关拿着社区层的介绍信过来，说自己是黄昏医院出生的，被医院高度重视，捧为了夜明珠，老关想要开什么证明就开什么证明，分分钟就办妥了。老关也没想到能够如此顺利，一直到他拿着出生证明出了医院，才忽然醒悟，后悔起来，早知如此方便，何不多提一点要求。

不过再一想，多提要求，有什么可提的呢，他只是需要改一改年龄而已，他又不需要改性别，也不要改基因，更不要改人生。老关想，如果自己提出改别的，不知黄昏医院会不会也这样一口答应。

现在老关已经有了撒手锏，他有了石骨铁硬、如假包换的医院出具的出生证明，他们就必须还他一个真实的年龄来。

老关到了案管层，案管层一听情况，指点他说，要是在平时，这个改年龄的事情，确实属于案管层的工作范围，但现在正在普查，所有这些错案，一律归普查层管。

所以最后，老关来到了普查层。

普查层热火朝天，错案挺多，纠错需要排队，排到老关的时候，老关递上了医院的出生证明，那边一看，当场OK，当即就可以办理更正，发放新的验明正身册。

那个替老关办理手续的人，照着老关提供的证明，正要往表格上填正确的年龄，忽然就收了手，抬眼看了一下老关，说，改一岁？

老关说，是，改一岁，当初搞错了一岁，现在改正。

那人笑了一下，说，你这个出生证明，搞来也不容易吧，费了不少力气吧，既然如此，功夫也都在里边了，何必只改一岁呢，不如多改几岁，也不枉你辛苦一趟。

老关一时没有明白，愣了半天，小心地询问，你们，是不是按改年龄的数字收费，多改一岁，多收——

那人的脸色顿时不好看了，说，你说什么呢，你这是以小人之心度君子之腹，我们搞普查，都是免费的，别说你改个一岁两岁的，你哪怕从一百岁改到零岁，或者从零岁改到一百岁，我们都分文不收。

老关这就不明白了，既然不是因为收费，那这个人照着出生证明给他改一岁不就行了嘛，为何要建议他多改几岁呢？

那人见老关还蒙在鼓里，甚至面露疑惑之色，就如实告诉老关，不是收费的问题，是数据的问题，是GDP，哦不，是GNP，哦，也不对，大约就是这个意思，懂啦？看老关仍然一脸懵懂，这人还很耐心，又开导老关说，这么说吧，跟你再说直白一点，我们梅城这次普查，总共纠错多少件，要有数据吧，再具体一点呢，比如纠错多少人，要有数据吧，这多少人里，有多少是纠的真人假人，有多少是纠的性别，有多少是纠的姓名，有多少是纠的年龄——而其中年龄纠错这一项嘛，也有个年龄的数据——

老关顿时醒悟过来，赶紧点头说，啊啊啊，我知道了，就是说，总共纠了多少岁，加起来，也是你们的工作成效？

这人终于说通了老关，高兴地笑了起来，说，所以嘛，你改一岁也是个改，多改几岁也是个改，不如顺便给我们的工作增加一点流量啦。

老关没想到纠错还可以这么纠，一时还有些犹豫，不知道这事情算是个什么事情。

这人又进一步动员老关，唉，你怎么这么想不通呢，你一次性多改几岁，免得以后想一出是一出，到时又要再改，我告诉你，这次普查之后，不知道要过几年再普查，到时你想改也没有机会哦。

难道在普查这里，还真是想几岁就几岁的？老关吓了一跳，那时候老关的思想境界不怎么高，还有些担心，他向人家解释说，不会的，不会的，一个人恐怕也只可能改一次吧，把错的改对了就行了，还我本来面目就行。

那人一番好意，见老关如此实在，也不太勉强他，就说，好啦好啦，看你这个出生的日期，在旧历和新历交替之间，说一岁也可以，说两岁也可以嘛，那就改小两岁吧，不枉费你自己麻烦自己一番，也不枉费我麻烦一番。

老关还没有说话，人家已经填上了数字，章也盖上了。说话间，崭新的验明正身册已经交到了老关手上。

现在的老关，一下子小了两岁，仍然不是他自己。不过还好，老关真想要的也不是真实的他自己。

老关的年龄就这样纠错了。

这分明是以错纠错，按他自己原先的说法，真正的他比王姨小一岁，而现在他比王姨小了两岁，

其实，一个人和另外一个人，到底谁比谁小几岁，或者大几岁，谁知道呢，谁关心呢。

可是现在不一样了，现在“战争”来了。

改年龄的那个时候，老关的外心刚刚起来，有一点萌芽，只想着让自己年轻一点，还没有像后来那样如火如荼，和王姨的关系也还算正常，王姨私底下还问过他，你这样随意改来改去，那你知道不知道自己到底是几岁呢?

老关说，我不管我自己到底几岁，反正我就是我现在的年龄，这是铁一般的事实，谁也不能改变。

老关比较满意，也有点得意，还有兴致把整个改年龄的过程讲述了一遍，可即便老关说得这么清楚了，王姨还是对许多问题想不通，她又问老关，那你到底为什么要改这两岁呢?你如果真想扮嫩，何不多改几岁，既然大家这么宽待，你改成三十岂不更好?

老关吃了一惊，他没有想到王姨竟然有这样的思想境界。

老关没有想到的事情多着呢，这不，他很快就从往年走到了今年。

今年，“战争”来了。

那天王姨回家的时候心情并不好，因为工作不顺心，压力大，厨房那里老关正在做饭，王姨只要从背影上一看，就知道老关今天心里也不顺心，料到是有难题了。

难题是他自找的。王姨忽然就想明白了老关的心思，她立刻就抛却了自己的烦恼，而且那一瞬间她简直是幸灾乐祸，乐不可支，她故意轻手轻脚，不打算搭理他。

可是老关耳朵尖呀，王姨走到楼下他就已经知道王姨回来了。等到王姨一进门，老关就说，倒霉。

王姨知道他什么意思，但她装痴装呆，上前看了一眼厨房，说，今天晚上吃什么？

老关说，吃霉干菜——我真是倒了霉，运气太差，我怎么就差一岁呢，其实我的年龄不对的，按新历算，我就是五十一岁了。

王姨说，哪有按新历算的，都是按旧历的。

老关说，这就不对，都玄元时代了，怎么还按旧历算？

王姨说，这个我不知道的，这个你要问管理层。

在梅城，各种规矩是怎么定的，那都是管理层的事情，不用告诉大家，在梅城，计算年龄就是按旧历算的，“雾墙”里边，也是这么入档的。

王姨刚刚攻打了三座麦城，铩羽而归，没想到回家又撞到一座城，本来已经心灰意懒的她，现在应该更是火上浇油了，可恰恰相反，现在王姨看到老关的焦虑和毛躁，这油和火，都烧到老关头上了，王姨心里忽然感觉很爽很清凉，她嘲笑老关说，这下子，你自作自受喽。

老关真是自作自受。

天作有雨，人作有祸。老关的祸，来得还快，一作就到。

作来了“战争”。征兵的通知一下，老关顿时㞞了，屁滚尿流地说，王大菊，我的事情你最清楚，我的年龄你是知道的。

王姨说，别别别，你的年龄我真不知道，你的一切我都不知道。

老关急切地说，咦，你不能忘记啊，那一年，还是你支持我办的手续。

王姨说，是呀是呀，前年刚刚改了年龄，今年又要改回来，可是今年不像前年，更不像往年，今年是特殊时期，“战争”来了，你不会不知道吧，任何手续，一律停办，全部要等征兵工作结束，才能重新开放办理。

老关哭丧着脸说，等到征兵结束，还办个屁手续，我都死在前线了。

王姨掩饰不住心中的快活，说，早知今日，何必当初。那时我让你不要改，是几岁就几岁，不就是个岁数嘛，多大个事，改来改去，别把自己都改没了，可你非要改，说那才是你的真实年龄。你还振振有词，你还说人就是要实事求是，要说真话，不能瞎说，那么，到底哪句是真话，到底哪个年龄的你才是真实的你呢？

老关语塞，他很恼火，但是因为有求于王姨，他不敢再老卵，低三下四地说，五十一，就是五十一，是我的真实年龄。

王姨咄咄逼人地说，真实年龄，那可不是你说了算的。

老关见软的不行，就来硬的，火冒地说，你不帮我？好，就算我改不成年龄，就算我四十九岁，那我也不去，你还能逼我去、绑我去？

王姨轻飘飘地一笑，事不关己地说，我可没有逼你，我才不逼你，要说逼，也是战略层逼的，也是机构逼的，也是“战争”逼的——但是，我跟你说清楚，那不能算是逼，“战争”来了，当兵打仗，这是梅城民众义不容辞的责任——你对自己的年龄有意见，那你咋不让你娘早一点生你出来。

老关走投无路，就强词夺理，说，我娘生我，本来就是早产。

王姨一听，“扑哧”一笑，说，早产啊，早了一年多啊，一年多前还没有怀上呢，如果一年多前已经怀上，那个人可不是你哦。

老关急得直挠头，王姨看着老关走投无路要崩溃的样子，心里正觉倍儿爽，就听到外面有人喊她，她出来一看，又是小P，手里捧着厚厚一沓纸，王姨心里“咯噔”了一下，说，全是医生证明?

小P说，也有别的证明，有各个分工层的证明，有战略层的证明，你看看，甚至还有一张机构的证明，王姨你仔细看看，不知道是真是假，怎么机构也会给出证明呢?

王姨有气无力地说，你先给我吧，今天先休息，晚上都好好想想，明天我们再调整战略战术。

小P把证明交给王姨，走了。王姨返回的时候，发现饭菜都拱在桌上，但是老关已经从家里出去了，王姨心里哼了一声，现在连当面说谎也懒得说了，没得说了，哼哼，这回看你还能变成几岁。

社区层这边，经过上次老东西失误事件，早已经严防死守，没有王姨的亲自指示，别说是介绍信，一张白纸甚至一张废纸也流不出去。

没有社区层的介绍信，老关寸步难行。

寸步难行的老关，必须要另辟蹊径了。

天下的路还是有的，即便是梅城这样严控严查的地方，总还是有路让人通行的，路不能把人堵死，就像尿不能把人憋死一样。老关就是抱着这样乐观的想法，走了出去。

即便王姨不提醒他，老关也知道，特殊时期，“战争”来了，他要想改年龄，不是那么容易，首先，肯定不能再走上次普查时那样的程序了，今非昔比，现在他处于劣势了。

“战争”来了，没有谁能够处于优势的。

老关必须要去和“有人”商量，听听她的想法。照目前的形势看起来，“战争”风声吃紧，好像已经布下了天罗地网，万一他真的改不了年龄，逃不脱当兵，她会怎么想，她会怎么对他，老关迫不及待想要了解她的态度。

可是，这次的会面，和往日不同了，“战争”来了，大家都很紧张，人一紧张了，就变得警觉，人人警觉，所以他得小心再加小心，不能把她暴露出来，更不能把真实的自己暴露出来。

其实那天傍晚，王姨打电话说她就在口口相传饭店门口的时候，他虽然嘴上很强硬，其实心里还是有点发怵的，感觉这一次王姨是动真格的了，不像是在诈唬他了，她也许真的采取行动了，她的的确确早就知道了“有人”。

如果不是“战争”来了，王姨恐怕就要和他摊牌了。

其实关于最后的摊牌，老关也设想过好多次，设想了好多个不同的场景，只是因为王姨一直任由他说谎，他一直都等不到最后的机会。

老关远远地离开荣耀社区层，来到半步社区层，因为这个社区层的长官刘姨，和王姨是死对头，王姨从来不会踏入半步社区层半步的，所以老关来这儿，相对安全，相对放心，应该没有谁会认出他来。

老关心慌意乱地走了一会儿，在一个偏僻安静的地方，看到了一个店名叫作“离”的小旅馆，老关想，这个店名蛮奇怪，难道有什么含义，难道是什么暗示？老关且不管它“离”还是“不离”，先进去开个房间，然后等“有人”开机，再通知她过来。

老关进去的时候，看到有一个人走在他前面，抢先到了服务台。老关不由用心地盯了他一眼，他想判断一下，这个时候跑到这种小旅馆来住宿，除了他老关有这样的难言之隐，其他人又会是什么尴尬的理由呢。

或者就是从别的社区层出来逃避兵役的，不过现在老关可没有心思管别人的事情，他自己就很心虚，怕人发现，现在看到有人登记住宿，他多少庆幸了一点，他可以跟在那个人的后面，混成一堆，甚至假装是一起的，这么想着，老关的心里便坦然了些。

这个陌生人挺机灵，他不用回头看，就已经感觉到老关紧随其后进来了，他急急地对柜台后面的店员说，我要登记住宿。

柜台后面其实有两个店员，一个坐着，一个站着，坐着的那个，脸埋在手里，根本看不见她的脸色。站着和客人面对面的这一个，脸色是麻木的，对这个陌生人所说的“我要登记住宿”，竟然没有任何表示。

陌生人有点着急，他瞄了老关一眼，大概担心老关抢了他的先，他开始向店员诉苦，美女，你给我开个房间吧，我从很远很远的地方来，我走了很多很多的路，我走了很长很长时间，我都记不得有多长时间了，也许有一年，也许有一百年了，也许，也许——反正我的两条腿，都走断了，我什么什么什么——

那店员任凭这陌生人叽里呱啦，她反正一言不发，也不知道是耳朵聋了，还是脑子残了，听不到客人说话，听不懂客人说话，她只是木然地看着他，然后，过了半天，她动作机械地向他伸出一只手来。

这个显得很聪明又能说会道的陌生人，这下子显然有些发愣了，他呆呆地盯着店员的手，问她，你向我要什么？是钱吗？钱我有，我有很多钱——

店员仍然麻木着，麻木中又多了一丝不屑，她也不说话，手仍然朝他伸着。

老关在一边看着，心里“哼”了一声，钱？钱多？你以为有钱就能搞定？年轻人哎，你想多了。

还好这陌生人不算迟钝，反应挺快的，他已经知道不是钱的问题，在他们那地方，也有这样的俗语，能用钱搞定的事情，就不叫事情。

现在他碰到了事情。

不是钱？那是什么？是色？

他调整了一下思路，嬉皮笑脸起来，还用手捏着自己的下巴，调笑说，哦，是的，是的，我知道，我长得还行，对得起你的眼睛，你还是愿意多看我几眼呵呵。

那店员气得终于说话了，看你一眼，我三天都睡不着觉。

这个陌生人死皮赖脸地说，是呀是呀，这就对了，这就是有感觉嘛。

那店员道，是有感觉，做噩梦的感觉。

老关听他们的对话，他差一点喷笑出来，不过他还是憋住了笑，一本正经地对陌生人说，呵呵，小伙子，你真有自知之明。

这个陌生人乐呵呵地摸了摸脑袋，说，是呀是呀，我们亚——我们连睡觉的时候，都知道自己是谁。

站着的那个店员，见客人始终没有搞清她要什么东西，却还这么油嘴滑舌，她来气了，忽然间就不想麻木了，脸上的肉也横了起来，眼睛瞪得老大，十分警觉地说，喂，你真不知道我向你要什么？那你是谁？你从哪里来？

一直埋头坐着的那个，也忽然站了起来，嗓音尖厉地责问，什么什么，你都不知道怎样才能登记住宿，你还想住宿？

老关一见有机可乘，赶紧凑上前去，陌生人也感觉到老关贴近了他，他都闻到老关嘴里的蒜味了，他忍着气味，朝老关注目示好，大概希望老关能帮到他。

老关满脸堆笑，如他所愿，对他说，我帮你，我帮你。

老关见他有些疑虑，又主动说，是呀是呀，我了解你的警惕的心情，老话说，无事满脸笑，非奸即盗，不过我可不是奸也不是盗，我是看她们服务态度太差了，我虽不是她们的长官，可我都觉得她们是在打我的脸，我告诉你吧，她们要你的验明正身册。

一听说他们要的是验明正身册，陌生人立刻拍了一下脑袋，说，哎呀呀，我真是聪明反被聪明误，册子这事情，我不是一直都把它当回事情的吗，怎么到了关键的时候，反而忽视它了呢？

不过这也不能完全怪他呀，毕竟在他们那里，是没有册子的，是用不上册子的，他初来乍到，还没有适应梅城的各种规矩和习惯呢。

陌生人又不是没有册子，所以他松弛下来，口气轻浮地说，哎哟，哎哟，我还以为要啥东西哩，不就是要个册子吗，册子我有，册子我有的是——一边说，一边从背包里取出一本册子，就是大家都有、不得不有的那个验明正身册。

旅店的那两个高度警觉、严阵以待的店员同时泄了气，“哎哟”了一声，一个说，原来你有啊。另一个说，我还以为抓到奸细了呢。

可是等她们接过他的册子，打开来一看，其中的一个立刻就叫喊起来，不对不对不对，你这个不对，你这上面，怎么什么也没有写！

另一个人把那本空白册子翻来翻去看了一会儿，她想看一看，除了它的空白，还有什么可疑之处。不过她很快就醒悟到，空白，那就是最大的问题呀。

她又重新怀疑说，你这个册子，哪里来的？肯定来路不对哦！

老关起先也只是在人堆里瞎混混，插了几句话，他心里并没有对这个陌生人产生什么兴趣，他自己还一脑门心思无法排解呢，只是想跟在别人身后混一个脸熟，好让店员不至于怀疑他，可忽然间就听说有一本空白的册子，他的那根神经一下子从耳朵穿到了脑筋里，忽然“啪”地响了一声，好像有两根线搭上了。

老关赶紧凑上前一看，果然是一本空白册子，上面什么也没有填。

老关心里猛地就“怦怦”乱跳起来，就是一种做贼心虚的慌张，他暗暗地骂了自己一声，贼还在脑子里，还没跑出来呢，就虚成这熊样啦。一边给自己打气鼓劲，一边紧凑在跟前，焦急等待事态的发展。

那旅店的两个人，商量着要报告，但是到底是向社区层报告，还是向警戒层报告，两个人有了分歧，争了起来，一个说，我们旅店，就是归社区层管的，当然报告社区层。另一个说，这个人太可疑了，必须由警戒层来处理。

老关渐渐感觉时机成熟，觉得自己可以出面了，他上前说，哎哎，你们不要乱猜疑，他是我家的亲戚，来我家做客，到得有点晚了，我家里又住不下，我就陪他来开个房间。

两个店员先是一起朝老关看了半天，然后你看看我，我看看你，似乎用眼神在商量，要不要相信老关说的。

老关赶紧拿出自己的册子，递过去，人家接了一看，哦，正经的验明正身册，里边有名有姓有地址，这就没得怀疑了。

在梅城，这一点挺好，只要你拿得出验明正身册，就不会有人怀疑你。

既然是老关的客人，那就得相信他啦，但是还是有值得怀疑的地方呀，就是他的那本册子，为什么是空白的呢？

老关早已经想好了对策，从容地解释说，他家的客人是从外乡来，但他来得不是时候，现在大家都知道，“战争”来了，一切手续停办，临时册子也不开，管理层就给了一个空白的册子。

老关真能扯。

老关见她们仍然将信将疑，就加重了语气说，你们用脚指头想，都能想得通，管理层为什么给他一个空白册子，就是因为相信他，如果不相信他，会给他空白册子吗？

老关这话说得有理，店员终于没有什么可怀疑的了，她们答应给老关登记房间，登记的时候，又多问了一句，是你住还是他住。

老关这回没来得及预先准备，脱口说，当然是他住。

那不行，店员再一次拒绝了老关，他住，就得用他的册子，用你的册子只能你住，这个规定你难道不知道？

另一个就说，他住就得用他的册子，可是他的册子是空白的，不能代表是他的册子，也不能代表他是谁，他不能入住。

那一个又说，就是，更何况，现在“战争”来了，我们都要倍加小心，提防奸细。

陌生人起先还是嘻嘻哈哈，掉以轻心。来到梅城，他不断地碰见意外，那些意外都让他三下两下处理了，住宿这样的小事，本来应该是十拿九稳的，所以他一直洋乎洋乎，现在才发现真的有点难度了，店员一直在怀疑他，口中不停地“奸细奸细”的，眼看着真的就要被她们说成“奸细”了，他觉得需要辩白一下，就端正了态度，认真地说，你们搞错了，你们误会了，我不是奸细，你们仔细看看，我长得这么好，哪里像个奸细，你们再仔细想想，奸细有我这样真诚坦白的吗？你们再仔细——

店员打断了他，抢着怼他说，奸细脸上也没专写着“奸细”两个字的。

另一个说，没有哪个奸细会承认自己是奸细的。

那一个再说，我们上过当的，上次来一个人住宿，看起来就像个骗子，但他也说自己不是骗子，我们就被他骗了，在我们这里吃喝拉撒好几天，最后一分钱的账也没结，溜走了。

两个人你一言我一语，不像是在盘问一个陌生人，倒像是在演戏，说相声，还配合得很默契，她们说了几句，见这陌生人并没有什么“奸细”的反应，她们也有点无趣了，又重新把老关的册子拿去看看，想看看这本不空白的册子会不会也有什么问题，一看之下，果然看出问题来了，怀疑说，咦，你是荣耀社区层的？为什么跑到我们半步社区层来住宿？

老关早已经厌烦了她们的纠缠，因为他对那本空白册子，心急如焚，恨不得立刻拿到手，见两个店员没完没了，心知在她们眼皮底下做事不太容易，所以干脆说，咳，算了算了，我们还是回荣耀社区层吧。

他回头对着这个陌生人说，走吧，走吧，我带你去，荣耀社区层的民宿，很方便入住。

这个陌生人同意了老关的建议，他们收回了自己的册子，往店外走，听得两个店员在背后说，他们就这么走了？

是呀，他们明明是来开房的，怎么没开成就走了？

你不觉得他们很奇怪吗？

奇怪呀，不仅奇怪，还很可疑。

那我们还是小心一点，赶紧报告吧。

马上报告。

老关看了陌生人一眼，这陌生人乐呵呵的，好像完全不能理解她们在背后说什么，所以他一点也不担心，反倒是十分信任地跟着老关，好像老关就是他的救星。

他们离开“离”，穿过半步社区层，往荣耀社区层过来，老关肚子饿得咕咕叫了，正想拉着这个陌生人吃点东西，然后把他那本空白册子搞到手，迎面就被老东西看到了。

老东西腰里，已经换了一根皮带，比起上次那根赤练蛇似的皮带，现在的这一根，粗实多了，很宽很硬，将老东西的气质扎出来，威武有力。

老东西看到老关，不像平时那样点头哈腰，老关招呼他，他只是微微点一点头，好歹算有一点回应，毕竟老关是王姨家的，不看僧面看佛面。

老关见老东西如此态度，心想，果然不假，社区层的人都说，老东西变了，还果然，牛起来了。

老关心里不服，你一个老东西，平时没人把你当个东西，怎么说神气就神气起来了，仗的谁的势？心里疑惑着，眼睛就落到老东西的腰间，他的那根皮带十分醒目，即便你不想看他的皮带，它也会吸引你的目光。

老关"啊哈"了一声，脱口说，一根皮带？口气带点疑惑。

老东西却不打算和老关多扯废话，他怕被老关拉到坑里，王姨定下的铁的纪律，他可不想被自己打破，老东西急忙地要从老关身边穿过去，结果就撞到了旁边经过的这个人。

老东西一看，这个人长相奇怪，贼眉鼠眼，却还假装文绉绉，他被老东西一撞，趔趄了一下，站定后，还赶紧向老东西点头鞠躬，好像还要跟老东西说对不起似的。

老东西自打扎上了皮带，就成了"腰里横"，对人的态度跟从前大不一样了，他看这个人似乎软弱好欺，就凶巴巴地责问他，你走路不长眼睛啊？

这个人笑呵呵地说，哦嗬嗬，对不起，对不起，我的眼睛和你们不一样，是长在额头上的，你个子矮，我没看见。

老关对老东西一肚子不满，要趁机报复他一下，老关说，老东西，我看得清清楚楚，明明是你撞的人家，你还反咬一口，你什么意思？

老东西说，我什么意思，现在是“战争”的意思，高度警惕，你帮一个陌生人说话，你知道他是谁，你敢保证他不是敌人派来的间谍？

老关差一点笑出了声，老东西腰里扎了根皮带，就以为自己是个哲学家了，老关说，老东西，你别自以为是了——

老东西走开一步，离老关远一点，和老关纠缠是没有意思的，纠缠不出什么工作成果，而他对陌生人的警觉，已经让他感觉自己立功的机会来了，他得扔开满肚子怨气的老关，重新盘问面前的陌生人。

这个陌生人挺机灵，他好像已经领会了老东西的意思，他将手伸进了自己的背包，估计是要拿什么东西出来给老东西看看。

陌生人的这个动作可把老关急坏了，老东西可不是省油的灯，他可不像那两个假装警觉的脑残店员好对付，要是让老东西看到了他的那本空白的册子，老关的美梦立刻就成为泡影了。

幸好，此时有人急忙地跑过来喊老东西了，说是前边的街上，有人打起来了，头都打破了，救护车也来了，老东西问为什么事，那人说，举报，举报。

老东西一听，跟着这个报信的人就跑了，丢下老关和那个陌生人，呆呆地站在那里。

他们也不知道“举报”有多厉害，把一个厉害的老东西立时三刻就带走了。

老东西一走，陌生人感激地对老关说，我初来乍到，情况不熟，总之，要谢谢你的帮助。

老关说，我又不认得你，我不是在帮助你，我是看不惯那两个店员和这个老东西的腔调，尤其是这个老东西，本来明明一个阿弥陀佛的老好人，现在怎么变成这德行，唉，算了算了，这种老东西，本来就不是什么好东西，现在“战争”来了，他会变得更不是东西，你就别跟他一般见识了——

这陌生人连连点头称是，他对老关说，我其实是来梅城找人的，梅城很大哎，一进来我就迷路了，我走呀走呀，绕呀绕呀，怎么都绕不出去，是不是鬼打墙啦？一定是鬼打墙啦，你知道什么叫鬼打墙吗？——不等老关答复，他又继续往下说，鬼打墙，就是明明很好找的路，或者明明是一条直路，走几步就到了，可你就是走不到，你走来走去，还是在原来的地方打转，转得你晕头转向，都不知道自己要到哪里去了——他见老关似乎有了焦急的神色，才打住了，又说，好吧好吧，你不爱听鬼打墙，我就不说鬼打墙，我说说我来梅城的目的，我来梅城，是来找人的，你一定会探听，我找谁呢，让我想一想啊，我找谁呢，这样吧，打个比方，比如说，我是来找我舅舅的——

老关终于被他绕晕了，也终于忍耐不下去了，打断他说，什么什么，你等等，你刚才说什么，你说比如来找舅舅，找人就找人，找谁就找谁，怎么出来个比如找谁？难道找人，也是找着玩玩的，还来个假设，是新款游戏吗？

这陌生人笑道，不是游戏，是真实的人生，我看你长得像我舅舅，我就说找舅舅嘛——

老关更觉莫名其妙，他下意识地摸了摸自己的脸，心想，这个人确实是看着我的脸在说话呢，难道他以为我是他的舅舅，难道我真的是他的舅舅，可是，我有外甥吗，我怎么想不起来了呢？

这个陌生人理解老关的疑惑，就给他解惑，说，其实吧，我也可以换个说法，我应该是来找我舅舅的，我差不多就是来找我舅舅的，这样你听明白了吧？

老关肯定是更糊涂了。找人就找人，找谁就找谁，什么“应该”，又什么“差不多”，应该是“舅舅”？差不多是“舅舅”？真是前所未有，闻所未闻。

老关现在愈加觉得这个来路不明的人十分可疑，越是觉得可疑，就越是着急地惦记着他携带的那本册子，万一老东西返回来了，或者王姨杀到，对如此可疑的人，他们定不会放过，他身上的那本空白册子，立刻会被缴获，老关就万念俱灰吧。

所以老关才不管他应该还是不应该，也不管他差不多还是差得多，赶紧进一步和他套近乎，拉拢感情，他嘴上应付着说，你找舅舅啊？你舅舅，他叫什么名字，多大年纪，长什么样子？

这个陌生人就更奇怪了，他挠着头皮，说，啊？你让我想一想，我舅舅叫什么名字，多大年纪，长什么样子。

老关说，你想，你想，你慢慢想。其实老关才不要和他探讨“舅舅”是谁，老关的心思全都在他的那本空白册子上，他得先装成一个热心人，获取人家的好感，才有可能进行下一步动作。

关于下一步的动作，老关一直在琢磨，他还不敢确定自己的行动，是直接提出和他交换册子，还是采用其他比较卑劣的手段。

反正，总之，老关已经看到了希望，他是大喜过望，他是做梦也没有想到，突然就冒出来一本空白的册子，这简直是天助神佑呀。

只是对于这本空白的册子，老关还是有点疑惑的，一个人怎么可能手持一本空白册子呢？这在梅城，是不可想象的事情，他冲着老东西离去的方向说，刚才我都害怕你把你的册子拿出来，那个老东西，他根本不讲理的，他看到你的空白册子，会怀疑你，他一怀疑了，说不定会收走你的册子，在梅城，你没有册子，你就寸步难行了。

这个陌生人一副“我心中有数”的样子，他再次拿出了那本空白册子，对老关说，他们告诉我，说梅城最喜欢这个东西，一册在手，通行天下，他们是这么跟我说的。

老关说，当然啦，当然啦，管控很严的，人手一册，你想多要一个，不可能的，没有多余的。

这回轮到这陌生人有些不解了，他问老关，不是一个人一个身份吗，那一个人一本就够了，要多余的干什么？难道一个人还会有几个身份？

老关反问说，你说呢，一个人到底应该有几个身份？

老关戗住了他，因为老关不想和他再啰唆什么，这个人，无论来自何方，无论他到底是来干什么的，无论他是不是奸细，反正他是个不可捉摸的人，他很狡猾，但又有点傻，狡猾，是他的天性，傻，是因为他不接地气，不领行情，他明明对梅城一知半解，还假装了如指掌。

老关才不会将这些观察这些想法说出来。言多必失，老关绝不能让他看透了自己的心思。

当然，从老关的判断来看，这样的一个人，在梅城是一定会被“鬼打墙”的。

比如老关，从前要改年龄，现在又要改年龄，就算告诉他为什么，他也不会懂的。

老关要抓紧了，要赶在他被鬼迷之前，达到自己的目的。

老关一边说话，一边有意无意顺手接过陌生人的册子，他紧张得手都颤抖起来，一本空白的册子，就这样摊开在他的眼前，老关百感交集，差点激动得晕过去。

这个人的册子，真的就是空白的，全空白的，没有填写姓名年龄等，什么也没有。

也就是说，他可能就是有备无患，需要的时候，想填什么就填什么。

老关恨不得抢了册子拔腿就跑，可是不行，他是个文明人，不能做出不文明的事情。

老关先把册子还给这个人，让他小心收好，然后说，我看得出来，你这一路已经很累了，也不知道你走了多少路才走到这里，你饿了吧，既然一时间打听不到舅舅的下落，你也不用太着急，不如先吃点东西，然后你可以到我们荣耀社区层的甲乙民宿去住宿。

陌生人真的毫无警惕之心，他和老关一起吃了饭，老关还请他喝了酒，他喝得脸都红了，很高兴，当然他完全想不到老关正在偷换他的册子。

虽然来之前他被再三告知册子的重要性，来到梅城，他也已经体会到了一些，但毕竟只是一点皮毛，很简单，很肤浅，他还没有深刻的体会，更没有关于册子的切肤之痛。

在他们亚地那地方，是不需要册子的，人人自我验证，自主验证，自动验证，完全不需用任何身外之物来做证。

老关真是非常的顺利，意想不到的顺利，用自己的验明正身册，换取了陌生人的空白册。

册子到手，老关知道自己不宜久留了，他给陌生人指点了一下甲乙民宿的方向，自己赶紧撤了。

老关揣着空白的册子回到家，轻手轻脚走进去，大气都不敢出，先探头一看，还好，王姨还没有下班。老关心虚，害怕被王姨看出端倪来。

老关把自己反锁在家里，他要在空白册的空白处，填上自己的姓名和年龄，他取了笔来，刚要动手，转而一想，且慢，小心地换成左手拿笔，歪歪扭扭地填了，姓名：关乎。年龄：五十一岁。

老关紧张得心脏怦怦直跳，等到王姨下班回来，他连王姨的脸都不敢看，王姨敏感，对他的异常心存疑惑，朝他瞄了几眼，暗地里揣测着他的心思。

老关心想，我才不会告诉你。他确实不敢告诉王姨，今天的王姨，和从前的王姨，已经不可同日而语。她已经不是从前那个王姨了。

如果王姨知道他又改了年龄，她一定会去举报的。

5. 球落伞来了

球落伞是在一天傍晚到达梅城的。

球落伞进入梅城的时候，被天眼发现了，但是因为球落伞的特殊的复杂的构造，天眼还是头一回检测到这样的生物。

所以，天眼虽然能够知道梅城之外有什么东西进来了，但一时还不能确定他来自何方，更不能确定他是个什么东西。

尽管有大数据进行了分辨和计算，但最终给出的结论是含糊的，此人面目不清，身影模糊，原子结构混杂，细胞紊乱，蛋白质固化，骨骼怪异，人体框架不稳定。

总之，这个面目，这个身影，和梅城的人类是有区别的，而且这种区别是未知的，暂时无法确认。

他来自梅城之远，让梅城人不可不防。

这就是一开始管理层下达的那个任务，他们给这个模糊未定的身影冠以“超级诈骗王”之名。

这真是冤枉了球落伞。

球落伞好累。他已经在路上走了很长的时间了。

之前，球落伞的父亲老球，和单位领导吵架，不干了，留下一张纸条，说，“远方是多远，我想去看看”，就失踪了。

老球在亚地也不是什么大人物，他在最强大脑研发机构做事，普通一员，无名之辈，机构研发出了一款命名为“九香真气丸”的灰科技产品。

此产品入体，能够大大提高人类对世间一切事物的辨识能力。所谓“真气”，就是针对一切歪的邪的虚的假的恶的俗的等等的气，这是用九种来自九个不同星球的香料制成的，那“真气”是真香。

结果，老球也不报上级同意批准，自说自话就将唯一的一颗九香真气丸吞了下去。

老球向来是个看领导脸色行事的老实巴交的人，但同时他又是个愿意为领导排忧解难的人，正所谓知我者，谓我心忧，老球知道领导心忧，怕没有人愿意带头做“真气丸”的试验品。

自从“真气丸”研制出来，他们就一直在犯难，其难度好像要比研制“真气丸”更难，难上百倍千倍。他们一直在商量着，要开会动员，还商量了，万一开动员会也动员不了，那么下一步该怎么办？总不能让领导亲自试验吧。

老球就替他们把难事办了，二话不说，直接把“真气丸”吞了下去。

这其实也算不了什么大事，既然研发出新品，总是要找人做试验的，老球愿意当个小白鼠，就任由他去。

自从老球吃下“真气丸”，试验的成果立刻就呈现出来了，大家也才真正相信“真气丸”到底有多厉害，任何人到老球面前，休想蒙混过关，有什么想法，有什么心思，老球都能辨识得一清二楚。

起先有不少人根本不相信“真气丸”，不相信一颗小小的药丸，就能让昏聩的老球变成火眼金睛。

有一个人带上自己的小姨子，来见老球，说，你帮我老婆看看，她说她最近失眠，你看看她有什么心思。

老球不客气地说，对不起，我不是医生，更不是心理医生，我只是辨识真假的，我现在辨识出来了，你的这个老婆是假的——你说你老婆有心思，你都把小姨子当老婆了，你老婆能没心思吗？

那人二话不说，小姨子也不要了，赶紧地独自逃走了。

后来又来了一个不怀好意的人，来请教老球，说自己中大奖了，问老球是真是假。

老球不假思索地说，假的。

那人立刻来了一记漂亮的反击，取出中奖的彩票，递到老球面前，说，你看看，你看看清楚，到底是真是假。

老球说，你醒醒，你这是在梦中，梦是反的，梦里中奖，醒来上当。

这个人梦醒，当然也是灰溜溜地败下阵去。

再有一个人，带了个老头，过来对老球说，听说你能辨识出真假，你帮我爸看看，人家都说他老年痴呆症了，我说话，他总是跟我闹别扭，一言不发——

老球朝他爸看了看，说，他不是你爸。

这人一跳八丈高，总算抓着老球的把柄了，说，你看你看，我说的吧，什么“真气丸”，真气个屁，我爸就是我爸，我爸还有假的？

这一言不发的老人忽然开口说，我不是你爸，我是你后爸。

那人脸涨得通红，追问老球，这是我家的隐私，你怎么知道，你怎么知道？

老球说，咦，我怎么知道，我有“真气丸”嘛。

渐渐地，大家都有点服了，有人说，真是出乎意料，老球竟然有这样的本领。也有人说，这是意料之中的，“真气丸”就有这样的能力呀。

大家开始吹捧老球，老球呀，你简直是天眼啊。

也有人不服，说，狗屁天眼，明明是鬼眼。

神仙眼？

机器眼？

妖眼？

什么什么眼。

现在老球可得意了，见人就说，我告诉你，我已经不是我了，我现在是火眼金睛，无论你是什么东西，我一眼就能看穿。

大家无不点头称是，阿谀奉承。

老球被吹捧得得意忘形、自以为是了，亚地太小、太low，容不下他了，他要出去闯天下了，他竟然说，“远方是多远，我想去看看”。

什么话，他以为自己是谁呢。

本来老球失踪，也不算什么大的事情，但老球是个试验品，他肚子里的这颗“真气丸”，亚地也才只有一个，万一被别有用心的敌对方或其他某方发现，拿去研发利用，再扩大生产，这可是对亚地的发展和安全十分不利的。

根据亚地情报部门研判、调查、分析，老球应该是到了梅城。

亚地上层十分重视，开会商讨，到底派出什么样的人去梅城寻找老球呢。可是他们商量来商量去，怎么也找不到合适的人选。

所以球落伞就说，我去吧。

球落伞简直是太合适了。根本就没有比他更合适的人选了。怎么没有早早就想到他呢？

球落伞的优势太强了，其一，知父莫如子。这一点，谁能比得过？其二，球落伞是个鬼才编剧，擅长编故事。去到梅城，那可是一个捉摸不透的完全陌生的地方。

梅城和亚地，已经很长很长时间没有相互往来，亚地唯一掌握梅城的重要情况，就是册子，就是那个验明正身册。人手一册，有人就有册子。或者，也可以反过来理解，有册子才有人，册子比人更重要。人不人的，关键看册子。

既然掌握了梅城的这个关键，所以对于册子这个问题，亚地指挥若定，球落伞更是胸有成竹。

至于其他的出其不意的、攻其不备的各种情况，那就需要球落伞随机应变，见机行事，甚至投机取巧、见风使舵了。

不过这个真不用操心，对于一个能扯能诳的人来说，随口说几句谎话，这个能力，球落伞是绰绰有余的。

于是，球落伞出发了。

球落伞的队伍，是一个人的队伍，他肩上的担子可不轻，可算是双肩挑，一肩挑着找到父亲老球的希望，一肩挑着对梅城深入了解的愿望。

球落伞进入梅城的时候，正赶上梅城欢天喜地新日换旧月，人一高兴就会忘记一些事情，所谓得意忘形，所以梅城难免有些放松管理，那个守卫看了一眼册子的封皮，就放行了，让手持着假册子的球落伞轻轻松松进入了梅城。

其实，要说这个册子是假，也不对，球落伞所持的梅城验明正身册一点也不假，那可是货真价实的梅城人手一册的验明正身册，只不过它里边没有内容，内容可以随时按需填写。

这曾经是梅城和亚地外交内容的一个重要部分，为了防止特殊事件发生，为了达到互助互惠的目的，梅城和亚地，曾经在多年前达成一项协议，每年各自都为对方定制一定数量的身份证明，方便秘密往来。要说两地往来都成秘密，这也是不得已而为之。

经过了无数年无数代，梅城和亚地，早已经是两个完全不同的时空了，他们之间老死不相往来，甚至互视对方为妖魔鬼怪、洪水猛兽。一旦有人说，在梅城的大街上，有了亚地人，或者反过来，在亚地的村庄里，来了梅城人，都会引起恐慌，胡乱猜测，谣言乱飞，混乱四起。

何苦要扰民呢，一切的事情，还是秘密进行吧。

当然，这些都只是历史上曾经有关的交往形式，到了现在，今天，这种曾经有过的交往早已经断绝了，梅城早就不给亚地提供身份证明了。

好在亚地有超高的伪造水平，他们伪造出来的梅城册子，完全可以以假乱真，即便拿到梅城的机构去验证，也没有丝毫的破绽。亚地人甚至可以骄傲地说，亚地出产的梅城册子，比梅城还梅城。

所以，我们真不能说球落伞手持的册子是假的，或者说，他的假册子比真册子更真。

但是，却因为球落伞这个人是假的，他不是梅城人，他是亚地人，所以一个假人持一个真的册子，这算什么呢？

虽然因为守卫放松了检查，让球落伞大摇大摆地进入了梅城，但天眼是不休假不过节的，天眼没日没夜，无休无止，忠于职守，它捕捉到了球落伞的异常的影像，发出了警告。

球落伞知道梅城天眼的厉害，对他的笼罩是全方位全时段的，但即便知道，他还是抱着侥幸的心理，进入梅城一路躲避，一路逃亡般地行走，沿小巷，过短桥，僻静安全。

其实球落伞没有必要这样小心躲避，他又不是来挑战梅城人的，他只是抱着找到父亲老球并把他带回家的纯真而又简单的想法来的。

当然，如果他找到了老球，老球却不肯回家，那么接下来他的任务就会自动升级，他就会升级成一名杀手。一名杀死自己父亲的杀手。

即使杀死自己的父亲，这也和梅城人无关。

他和梅城人，应该是相安无事的。

只不过他的纯真而又简单的想法，不知梅城人是否愿意相信。如果他们不愿意相信，他们可能会对他做出什么样的举动，采取什么样的手段，这是球落伞想无可想、料无可料的。虽然他是鬼才，会编故事，但他现在还不知道，梅城的故事，到底应该怎样编呢。

所以他最好是抢先一步，在梅城还没有发现他、没有来得及对他百般防守、百般阻挠甚至干脆消灭的情况下，尽快找到老球，完成任务。

就这样球落伞一路寻找，他经过社区层的几条街巷，有一条叫此地街，另一条叫残枝巷，球落伞差点笑起来，梅城取名字，怎么想到一出是一出，完全没有逻辑，也没有依据，更没有情趣，哪像他们亚地那地方，一个僻静的村庄叫个月落花开，一个美丽的小镇叫水上芙蓉，多接地气，多暖人心。

他先是到了永恒社区层，后来又到了半步社区层，在那边的一条叫追命巷的小巷子里，他看到一家小旅店，他想试试能不能住下，结果他碰到了老关和老东西。

老关和老东西，给了他截然不同的认知，以至于让他完全无法根据这两个人的特征，来判断梅城人的本质。

不过球落伞并不太着急。他早有思想准备，来梅城找父亲，本就不会是一件轻而易举的事情，他得有足够的耐心，还要有足够的智谋。

其实老球失踪前，除了说一句“远方是多远，我想去看看”之外，还给球落伞留下一张纸条，他那时候就猜测出球落伞会去寻找他，老球说，你不要来找我，你找不到我的，我会装扮成任何的别人，我自己都不知道我会装扮成谁，你不会认出我的。而你，只要一出现在我面前，无论你怎么装扮，我一眼就能认出你来，因为我有“真气丸”，不是吗？

所以球落伞知道，失踪了的父亲老球，肯定不会以原本的真实的面目出现在梅城，他到底会以什么样的身份，用什么名字、什么性别，甚至以什么样的面目，球落伞一无所知，也完全无从推测。正如老球所说，恐怕连他自己，也不一定知道。

他可能是舅舅，可能是哥哥，可能是弟弟，可能是姨，可能是姐，可能是任何人。

他可能会叫张三，会叫李四，会叫王二麻子，可能是任何的名字。

他甚至都有可能以一个不是人形的人出现，或者干脆变成一个无形？

所以当老关问他找什么人的时候，球落伞只能随机应变根据对老关的年龄的判断，说出了“舅舅”。

但他又担心老关会热心地帮助他找“舅舅”，所以赶紧又把“舅舅”给模糊了，说不出“舅舅”的任何具体的信息，有意让老关摸不着头脑。

其实他完全错了，老关的假热情，不会持续多久。

老关匆匆走后，球落伞根据老关的指点，去找荣耀社区层的甲乙民宿住宿。

荣耀社区层确实和别的社区层有所不同，它四通八达，四处漏风，流水不腐，户枢不蠹，它前进后退，各有其道，易防易守，难防难守。总之，站在荣耀社区层，你是无依无靠的，正因为无依无靠，你也就放心安心了。

就这样，在这一天天将黑的时候，球落伞找到了甲乙民宿。

甲乙民宿是林美姿和林西姐弟俩合伙开办的，只是林西从来不过问店里的任何事情，他只管收钱花钱，其他一切事务，都由林美姿打理。

林美姿有时候也会抱怨，说，我就是你家的一个老妈子。

林西说，本来就是。

林美姿就再无二话了。

确实，本来就是。她还是个送上门来硬挤进来的老妈子。

林美姿的第一个男人死了，做了不到一年寡妇，就嫁了刘布艺。有人说，这是鲜花插在牛粪上了。也有人不同意，说，哪来的鲜花，一个二手货，鲜什么鲜。

撇开相貌不说，单说能力，刘布艺确实不如林美姿，所以，虽然民宿是他们夫妇和弟弟一起开的，其实基本上就是林美姿在独当一面。

至于刘布艺，一直就是个㞞货，现在“战争”来了，他的“㞞”更是表现得十分露骨，他的表演也更是淋漓尽致了。

那天征兵的政策一下来，刘布艺抱着林美姿就哭起来，眼泪鼻涕糊了林美姿一身，已经是生离死别的样子了。

林美姿虽然很生刘布艺的气，但她也不希望刘布艺去当兵呀，虽然刘布艺是个㞞货，但她好歹有了男人。她已经死过一回男人了，不能再死第二个男人吧。可是刘布艺符合条件，他不去，谁去?

当然有人去，而且必须有人去。

弟弟林西。

其实，关于林西到底是不是林美姿的弟弟，一直是各人有各人的说法，各人有各人的怀疑。

说到底，当初林美姿的出现，确实也是令人生疑的。

林西未满十八岁那年，他的父母亲遭遇一场事故，双双去世，丧事刚刚办完，就有一个自称姓宋的人带着二十五岁的林美姿上门来了。

老宋告诉林西，林美姿是林西父母送给宋家领养的女儿，现在父母双亡，林家剩下弟弟一人，太孤单了，所以宋家不会那么自私，决定把女儿还给林家，让他们姐弟也好有个伴。

林西从小脾气古怪，性格很坏，没什么坏事是他不敢做的，一直就是个无良少年，有个绰号叫“泼魂大帝”。想想也是，魂都给泼掉了，还有什么不敢做的。

所以那时候甚至有人说，林家的父母，其实不是出事故死的，而是被林西气死的。

也有人说，林家父母确实是出事故死的，但是即便他们不出事故，最后也会被林西气死的。

这就是林西的街坊邻居，说话的时候牙齿缝里都带毒。

林家父母一死，突然冒出个送人领养的女儿来，先不说林西的态度，他们首先就过不了街坊邻居这一关。

在荣耀社区层，家家户户几乎都是互通消息的，何况是突然冒出来一个活生生的陌生的人，要进入林西的家，这样大的事情，街坊邻居，没有一个不想参与，没有一个不想出来表个态的。

他们一起拥到林家的院子里，面对面地、紧紧包围了老宋和林美姿，甚至杵到他们眼前，好像怕他们目中无人。

老宋是心怀坦荡的，他笑着对他们说，哟，你们这么多人来关心我们，我代表林爸爸林妈妈谢谢你们对林西姐弟的关心。

一石激起千层浪，老宋一句话，立刻把大家的情绪搅动起来了，他们七嘴八舌地嚷嚷着。

什么姐弟，哪里来的姐弟？

几十年都没有听说过林西有个姐姐。

这边烧死人的烟还没散，那边活人就冒出来了，这性子也太急了吧？

街坊邻居都着急呀，他们担心林西被骗了，他们说话，是说给林西听的，要让他听进去，要让他警觉起来，不能相信老宋和林美姿。

林西啊，你自己看看，这个女的，肯定不是你姐姐，你跟她，长得一点都不像。

林西啊，你用脑子想一想，她怎么可能是你的姐姐。

林西啊，你爸爸妈妈活着的时候，他们跟你说过把女儿送人的事情吗?

林西没有反应，他们就急得自己对自己说话了，他们说，不可能，不可能，我们做了这么多年的邻居，不可能一点风声都没听到过。

不可能，不可能，我从前听算命的说过，林爸爸林妈妈命中就只有一个孩子。

他们甚至还找来一个老太，比林西的爸爸妈妈还年长一辈，虽然走路颤颤巍巍，但说话还蛮利落的，这老太言之凿凿地说，林西啊，你上当受骗啦，我可是亲眼看着你爸爸你妈妈结婚的，我亲眼看着你生下来的，可是我没有看见，在你之前你爸爸妈妈还生过一个女儿呀。

老宋戳穿她说，哎，老太，你老糊涂了吧，林西的父母结婚，可不是在你们这个荣耀社区层，那时候他们可不是你的邻居哦，那时候他们全家住在郊区层植物园那儿，跟我家是邻居，所以才会把女儿送给我老宋家领养嘛。

那老人家一点也不尴尬，人虽老了，反应还挺快，胡说八道的能力也不弱，她接着就说，就算他们结婚不是在这里，但这里的房子，是他们家的，他们一直在这里开店。

老太家里的人，也帮着老太说话，是呀是呀，林西爸爸妈妈的验明正身册，我们都见过，上面的地址就是我们荣耀社区层，跟你们郊区层没有半毛钱关系。

老宋当然也是有备而来的，他也像老太一样被戳穿了，但他还是能继续往下演，他说，好吧好吧，就按你们说的，林爸爸林妈妈是在你们荣耀社区层开店，而我呢，我是做花农的，一直在郊区的植物园工作，他们不是开店嘛，他们店里要经常更换绿植，所以找到我，我们就认得了，那时候，林爸爸和林妈妈还没有结婚，却未婚先孕了，林妈妈觉得难为情，就偷偷生下女儿，送给我家领养了。

大家哄堂大笑，说，未婚先孕的孩子就难为情，就要送人，难道你们郊区层都是这样的吗？

还是一个比较有知识的邻居说，是呀，荣耀社区层和郊区层，从地理上讲，只不过差了十几里地，可是从思想观念上看，难道差了十万八千里吗？

再一个人说，是呀是呀，未婚先孕有什么见不得人的，从来没有听说过，我们这里好多人，根本没有结婚，就有孩子了，也不知道孩子是谁的，就自己带孩子。

老宋笑笑说，好好好，就算你们说得对，那就不是因为未婚先孕，那是因为他们重男轻女，头胎生了女儿，不喜欢，就送人了。

大家又喷他，说，喂，姓宋的，你到底是什么人，你生活在什么时代，你是从侏罗纪来的吗？

又说，养儿子，吃乐果，养女儿，吃苹果，连这个你都没搞清楚，就敢来骗我们？

老宋仍然厚颜无耻，说，好吧好吧，那我再换个说法，就是说，林美姿生下来的时候，医生说她有残疾——

大家立刻打断他，气愤地说，哪里来的残疾，哪里有残疾，你这个林美姿，长这么漂亮，身材还这么正点，说她有残疾？信你个鬼。

老宋被逼得一步一步往后退，但是无碍，他即便嘴上说不过他们，他还有实证，那可是真正的撒手锏。

老宋简直是舌战群儒，他完全有这个能力，只是到后来他也嫌烦了，他发现，与其跟这些人废话，不如拿出撒手锏，只要让林西相信，别人说什么也是多余，所以老宋干脆一竿子到底了。

老宋当即拿出了一纸证明，这是林爸爸写的字条，他交给林西，说，你看看，这是不是你爸爸的笔迹。

林西没有接，他连接张纸条的兴趣都没有，他甚至懒得朝那张纸条看一眼。

林西不接，有人接，那些街坊邻居差点为了抢纸条打了起来，老宋一看情况不妙，别让他们抢着把纸条撕坏了，那可真是“撕无对证”了，他又赶紧把纸条收回，紧紧攥在自己手里。

明明林西一眼也没看，但是老宋也会说，林西啊，你刚才也看过了，那个字铁定是你爸的亲笔，对吧——那时候，我们担心美姿的爸爸妈妈以后会后悔，所以只是暂时领养的想法，连她的姓都没改，我姓宋，她姓林。

老宋又使出了第二个撒手锏，林美姿的验明正身册，到林西眼前拱了一下，又拱到大家面前说，你们看，你们看，她这验明正身册上都是写的姓林，林美姿，这个总可以证明了吧。

这种理由，实在是上不了什么台面，算不上什么理由，没人能够信服的，一个名字，一个姓，什么也说明不了。

那老宋也无所谓，就再换别的思路，反正他的思路多的是，一个被揭穿，再来一个，要多少有多少。

这边老宋的应对一个连着一个，那边却眼看着林西好像事不关己，看起来他一点也不想揭穿老宋和林美姿，倒是旁边的人在旁边干着急，真是老话说得好，皇帝不急急煞太监。

如果这么多人都对付不了老宋和林美姿，那就只有一个办法了：抬出王姨来。

于是就有人说，我们要去报告王姨，王姨来了，他就原形毕露了。

可是立刻就有人反对，不同意报告王姨，因为林西的父母刚死，王姨就宣布了，她要当林西的监护人。谁知道呢，她这是要监护人呢，还是要监护别的什么。总之，王姨若是来了，就没有林美姿的份，都是王姨的了。

无论他们是报告王姨还是不报告王姨，王姨已经在来的路上了。

但是，已经用不着王姨了，因为当事人林西出面了。

无论别人怎么不相信，怎么怀疑，怎么替林西担心着急，也无论老宋和林美姿有多么的令人怀疑，他们的理由有多么的可笑，多么的不堪一击，也无论争论的双方有多么的强词夺理，都抵不过林西一句话。

林西就说了两个字，我认。

林西认了，就是认了，不关别人什么事，别人再挑拨也没有用。

但大家还是不能心甘情愿地被骗呀，他们争先恐后地开导林西、教育林西、劝说林西。

说，林西呀，你还年轻，你不识人，更不识人心呀。

说，林西呀，平时看起来你蛮厉害的，到了这种要紧时候，你怎么这么糊涂啊？

说，林西呀，就算你心甘情愿被他们骗，就算你肯认，我们也不同意的，我们凭什么同意你？

林西好不耐烦，说，好啦好啦，你们烦得要命，你们顶真得来，你们是不是要问我，凭什么相信他们？

说实在的，他也不知道该凭什么相信人家，眼睛一转，看到老宋当宝贝一样紧紧攥着的那张纸条，就随手一指，随口说，就算是凭这张纸条吧，就算这张纸条上的字，就是我爸的亲笔吧，这总可以了吧。

还是不行，什么叫“就算”，是就是，不是就不是，林西你明明不相信这是你爸的笔迹，你凭什么说“就算”。

他们继续挑刺、挑拨、挑事，说，林西，你千万不能引狼入室。

林西啊，你听说过开门揖盗的故事吧。

林西啊，你这样麻痹疏忽，是会给自己带来灾祸的啊。

那意思就是，他如果引入了林美姿当姐姐，最后会被林美姿干掉，连这小命都要搭上了。林西真是给挑急了，这挑得有点过分了，林西就说，哎哟，你们说得都对，就算她不是，我说她是，你们能拿我怎么样？

人家说，不是就不是，你不能认。

林西说，我知道不是，但我就当她是，不可以吗？

林西的态度，别说大家疑惑，就连老宋和林美姿，也都觉得无法理解了，明明他们的理由是那么的经不起推敲，甚至是那么的荒谬，甚至老宋一再地出尔反尔，一再地打自己的脸，一再地修改台词，他自己挖坑，挖了一个又一个，然后又一个一个地填，他自以为都填上了，其实他自己早就掉进自己挖的坑里去了。

明明老宋和林美姿都躺在坑里爬不出来，林西为什么会相信他们，他为什么会认下这个不知真假的姐姐?

等到街坊邻居一个一个败下阵来，灰溜溜地散去后，老宋和林美姿跟着林西进屋，不等他们的疑问表现出来，林西就主动说了，林美姿，我认你是姐姐，你们觉得奇怪吧，奇怪什么呢，我干吗要认一个不知道真假的姐姐呢，你们觉得我脑子里有屎是吧?

老宋和林美姿赶紧异口同声道，没有没有，你脑子里没有屎，你的脑子简直太厉害了。

林西说，是呀是呀，我正在担心，爸爸妈妈不在了，我以后的日子怎么过，你们来得可真是时候，让我白捡了一个老妈子，替我打理生意，伺候我吃喝拉撒，我何乐而不为。还有，老宋你那里的绿植，还是要继续免费提供的哦。

老宋小心地问道，那你，相信——

林西打断他说，老宋，别跟我说相信不相信，相信是个什么东西，无所谓，你需要我相信什么，我就相信什么。

林美姿就这样成为了林西的姐姐。虽然前面有街坊邻居的查问质疑，但是相比起来，那都算不了什么，因为在林西这里，接受一个姐姐的过程，实在是太简单，太马虎，太不当回事了。

林美姿成了林家人以后，正如林西所说，就是个老妈子，真是苦了她，干活是她里里外外一把手，收入全部归林西。

但是幸好，林美姿是有想法的。一个人再苦再累再冤，只要有了想法，一切就都不在话下了。

可林美姿的想法，是很难实现的，这个不知真假的弟弟林西，虽然绰号叫“泼魂大帝”，可在最要紧的时刻，在最关键的问题上，他的魂一点也没泼，牢牢地守在自己那儿呢。

其实林美姿和林西，双方心照不宣，因为林爸爸林妈妈留下了一幢大房产，林美姿来到林家，无疑就是想把自己的名字，加到林西的产权证上去。

既然大家都知道，也不用互相隐瞒，林西就直截了当地说，林美姿，不如这样吧，你也别绝望，你好好当老妈子，如果表现好，也许最后美梦真的能够实现，但是如果不尽如我意，你就等屁吃吧，别说一幢房子，连一片瓦片你也得不到，你还得白白地替我干活，伺候我——哦对了，姐姐，你现在后悔还来得及，你自己再算一算，合算不合算，你觉得合算，你就留下，冒充我姐姐——

林美姿说，不是冒充，我真是你姐姐。

林西说，随便随便，真的也好，假的也好，你自己想清楚，如果觉得这笔账不合算，你要走我也不拦着你。

林美姿就这样表面荣耀实际艰苦地做起了弟弟林西的奴隶，她一直熬呀熬呀，真不知道出头之日在哪里。

有时候，她实在不想熬下去了，就试探林西，说，你到底信不信我是你姐姐？

林西答，你管我信不信呢，你是不是以为，只要我信了，你就真是我姐姐了？开什么玩笑。

林西真的很皮，起先肯定是林美姿来算计他的，但是后来的感觉，倒像是她被林西算计了。

可是谁知道呢，有些事情，也许说变就变了呢。

你看现在，就一切都变了，“战争”来了。

也许林西和他的姐夫不同，也许他不怕当兵，说不定他还愿意当兵，喜欢当兵，但是这一切，现在都未知，因为林西不在，他在牢里。

前一阵和姐夫打架，把姐夫打出轻伤，被警戒层抓去关牢，还没有到放人的日期。

其实要说是打架，也不完全准确。在林西这里，是不存在打架一说的，只有打人一说，哪次打，也都是他打人，别说是姐夫，就是姐姐，就是天王老子，想打，就照打不误。

打了人关牢，关就关了，小菜一碟，在他成年后的几年里，他是关了又放，放了又关，如他自己所说，想念牢了，进去玩两天再出来。

现在他人正在牢里，可是当兵必须由本人带上验明正身册，验明正身以后，才算是正式报名，林美姿和刘布艺算了一下林西出牢的日子，那时候报名时间已经截止，部队恐怕就要出发了。

如果林西赶不上，刘布艺就得去，刘布艺吓得又哭了起来，林美姿说，你只负责哭，我来想办法，反正林西的册子在我这里，我看看有没有谁可以拿上他的册子，先顶替他去报名，然后等他出来，就跟上部队走。

刘布艺含着热泪和希望，眼巴巴地看着林美姿，说，谁，你说谁可以顶替他去报名？

林美姿说，谁？家里除了你，还有男的吗？难道要我女扮男装去啊？

刘布艺也知道自己逃不过，硬着头皮带上林西的册子，出门去替林西报名当兵，可是走了没几步，就被自己吓瘫在地上，痛哭流涕。

林美姿气得把刘布艺拉了回来，刘布艺胆战心惊，一直惦记着林西报名的事情，边哭边问，那怎么办，那怎么办，总得有人去报名，否则林西就赶不上了。

林美姿拿他没办法，只得改弦更张说，算了算了，不要你去了，我试试别人吧。

她果然去试了，可是一试再试，无论她用什么手段，晓之以理，动之以情，施之以美色，报之以钱财，都没有人肯冒充林西去报名。

他们说，我傻呀，我替你报了名，到时候你会赖上我的。

林美姿说，不会的，你报的是林西的名字嘛，你是拿了林西的册子去报名嘛，他们只会记下林西的名字，找不到你的麻烦。

人家说，也许他们是找不到我的麻烦，可是你就是我最大的麻烦，到时候，你就会举报我，说我冒充你弟弟报名，让我吃不了兜着走。

林美姿怎么保证，也没有人相信她，她都急了，说，乡里乡亲的，互相都是熟悉的，你们就这么不相信我？

人家说，不能相信，绝不能相信，王姨说过，梅城的字典里，就没有“相信”这两个字。

另一个人说，别说相信冒名报名的事情，就连你是谁，我都不相信。

林美姿铩羽而归。每次她脸色沮丧地回家，刘布艺都要朝她哭一通。林美姿虽然四处碰壁，但她对自己还是很有自信，她说，你哭你的，我自有我的办法。只要你这段时间，在林西回来之前，你老老实实别乱说乱动，别把我们的想法暴露了就行。

刘布艺说，我发誓，我不会暴露你的。

林美姿说，那是，你暴露我，就等于送你自己上前线。

刘布艺吓得一哆嗦，抱住林美姿说，你让我抱抱，你让我抱抱，抱抱我就不害怕了。

他们正在拉拉扯扯，林美姿眼尖，远远地就看到有人过来了，她不仅眼尖，她的嗅觉也好，远远地她还能闻出这个人的气味，连同他身上背着的背包，也是不一样的。

生意来了。

希望也来了。

球落伞到达的时候，看到林美姿正站在一排晾晒着的腊肉中间，那一条一条的腊肉悬挂着，远远看过来，像是挂了一排彩旗。

球落伞背着背包，风尘仆仆的样子，林美姿上前挽住他的胳膊，一迭连声地说，哎呀你来了呀，哎呀你来了呀。好像她早就在等着他似的，好像她已经望眼欲穿了。

这心情并不假哦。

在这里球落伞可是个完完全全的陌生人，但是他不能表现得陌生无知，他笑呵呵地对林美姿说，是呀是呀，我来了，我终于到了，你都不知道啊，我从很远很远的地方来，我走了很多很多的路，我走了很长很长时间，我都记不得有多长时间了，也许有一年，也许有一百年了，也许，也许——反正我的两条腿，都走断了，我什么什么什么——

林美姿笑了起来，呵呵呵，那么那个很远很远的地方，是哪里呢？

球落伞早有准备，随口而说，就是乡下呀。

林美姿奇怪说，乡下？哪个乡下呀，现在还有乡下吗？

梅城人真无知，简直就是井底之蛙，连乡下都不知道，或者说，他们记忆衰退，连乡下都忘记了。不过球落伞并没有表露出对梅城人的不屑，他耐心地说，是，就是从前的那个乡下。

林美姿说，哦，那你是从从前来的？大过年的，你一个人来这里？

球落伞说，我是来找人的。他说话的时候，脑海里闪过他父亲可能幻化成的一张又一张的不同的脸面，但是这些幻化的脸都被林美姿的脸遮挡住了，所以不等林美姿问话，他已经脱口而出了，我来找我的姐姐。

林美姿先是一愣，但瞬间她的眼睛里流露出兴奋和渴望，她冲着他“咯咯”一笑，说，哟，你看我像你的姐姐吗？

球落伞并不窘迫，但他还是假装红了红脸，他毕竟是鬼才，他是有三头六臂的，虽然头一次来梅城，还不太适应这里的说话风格和习惯，一时也无法判断林美姿的笑声是褒义的还是贬义的，但他蒙混过关的能力还是足够使用的。

眼下的局面更是简单明了，他只需跟着林美姿的笑声，学着她，“咯咯”一声即可。

林美姿看到球落伞脸红了，有点意外，也觉得这个人有点奇怪。因为在梅城看不到会脸红的人。梅城人好像从来就不会脸红。

林美姿真无知。其实从前，所有的人，各地方的人，都是会脸红的，只是后来脸红这种功能渐渐退化、一直到彻底消失。

林美姿跟他调笑说，你姐姐失踪了？她是被人拐了，还是跟人私奔了？哈哈，要么跟我一样，被家里撵出来了，哈哈。

球落伞就开始编剧了，说，不是不是，我姐姐在家里待得厌倦了，就出来散散心，可是一散心就不知道散到哪里去了，我父亲母亲担心她，就让我出来找她了——他编了一段，略有些不妥，因为感觉自己的编剧水平有点下降，内容没有张力，更没有言外之意。

他对自己略感不满。

临时编排故事，这向来是球落伞所擅长的，先前在老关面前编一回找“舅舅”了，现在又再编一个找“姐姐”的。

球落伞虽有不满，但并没有到捉襟见肘的地步，他只是对自己的要求比较高而已，编姐姐离家的理由，编得不够精彩，更不够离奇，他对自己不满，正想着要不要重新改口，另外再编一个，比如他可以说，我怀疑我姐姐是玄幻UP主，她会不会被神秘的E站带走了。哈哈，是不是比刚才那个散散心什么的要潮一点。

不过没等他改口，林美姿已经把他的故事接了过去，她已经迅速地认同了他的剧本，笑道，哟，你姐姐真浪漫呀，其实你不用说你姐姐是怎么跑出来的，你就说说你姐姐长什么样子，多大年纪，叫什么名字，说具体一点，我们好帮你一起找。

球落伞才不要她帮着一起找姐姐，就像他曾经担心老关会热情地帮他找舅舅一样，所以他搪塞说，我姐姐嘛，她应该就是——哈哈，她差不多就是——哈哈。

林美姿疑惑地看了看球落伞，心想，嘴上说要找姐姐，却不知道姐姐长什么样，应该就是，差不多就是，几个意思？难道是个骗子？

或者，是个傻子？但她立刻又想，我这里正要紧的需要一个弟弟呢，你倒送上门来了，不管你是骗子，还是傻子，我都吃定你了。

一边想着，一边情绪就起来了，拉着球落伞说，先不急，先不急，看你风尘仆仆的，辛苦了，你先住下，喝口水，吃点东西，有了力气，再找姐姐。

球落伞跟着热情的林美姿进了民宿，那个值班的服务员看到有生意，取了住宿登记册，问球落伞的名字，球落伞报了自己的名字，服务员就愣住了，她想了半天，也想不出这是哪三个字，在她的脑海里，只搜索到降落伞，或者求落雨，没有球落伞。

这会不会显得有点没文化，她很尴尬，把登记册和笔递给球落伞，说，还是你自己写吧，免得我给写错了。

球落伞就在登记册上登记了自己的名字，他写的字有些奇怪，是他临出来时才练习的，亚地的字和梅城不太一样，用的笔也不一样，但好在不太难练。

服务员接过去一看，“哈”地笑出声来。

林美姿凑过去一看，也忍不住嘲笑说，哎哟，好难看的字，你小时候肯定没有用功练字，像螃蟹，横爬，我都认不出来——她仔细地看了又看，终于认出来了，一认出来，她就特别奇怪，惊奇地说，你姓球？

店里的另外两个服务员也过来了，听老板娘说有人姓球，凑过来一看，就笑了起来，说，哈哈，真是个球哎。

另一个则是怀疑的口气说，姓球？哪有姓球的？没听说过。

这个问题球落伞并不担心，他是做足了功课才来的，他坦然地说，姓球，没什么了不起，还有姓屎的、姓死的、姓鬼的——

林美姿听得笑了起来，说，是呀，姓什么的都有，还有姓妖的、姓魔的，多了去了。

哈哈哈。

大家都笑了。确实如此，姓球没什么了不起。

呵呵呵。

但是她们笑过以后，并没有解除怀疑，不仅因为这个人的字写得奇怪，这个人的姓名奇怪，他说话的口气也是奇怪。

当然，这些都是次要，最主要的是，他这个人的样子，也有说不出来的奇怪。你粗一看吧，他就是个人，普通的人，和你和我和他差不多，但你再仔细看看吧，又觉得他不普通，但是到底是哪里不普通呢，又说不上来。

她们索性拿他寻寻开心，说，喂，你不会是ET吧。

另一个说，不是不是，ET不长他这样。

是呀，ET哪有长他这么好看的。

她们来了兴趣，干脆把球落伞丢在一边，自己议论起来。

ET是火星上的吗?

他会不会是从火星来的哦?

男人来自火星吗?

火星人很聪明的，高智商哦。

这个人看起来像个白痴，高智商吗?

是呀，很多白痴就是高智商哎。

那他会不会是AI呢?

那就不知道了，看不出来的，现在的AI和人类一样一样的，AI就是人类，人类就是AI，分辨不出的。

哈哈哈哈。

林美姿见她们不工作，光顾着瞎聊了，就把登记册拿过去，看到“球落伞”三个字已经登记在册，林美姿就朝球落伞伸出手。

好像球落伞所有的聪明伶俐，都留在亚地了，到了梅城，他还没有完全适应梅城的习惯，虽然在那个“离”，他已经碰到过类似伸手要东西的情形，但他还没有将这两者必然地联系起来，他有些不明白，说，干什么？

林美姿说，咦，怎么，你以为你报了一个名字，你就是你啦——

一个服务员接嘴，你想多了。

林美姿说，他不是想多了，他是想少了。

另一个服务员说，这个人呆头呆脑，不要是个脑残哦。

虽然她们七嘴八舌，但是球落伞已经及时地醒悟过来了，她们是需要那本册子，他赶紧说，有，我有册子的，我特意带来的，我知道，在梅城，离不开这个册子的——一边从背包里取出册子，交到林美姿手上。

林美姿接过册子，打开一看，立刻看出了问题，咦，她警觉地说，这不是你的册子。

球落伞说，这就是我的册子，我一直带在身边的，我从来没有让它离开过我身边——

林美姿想了一想，她想明白了，她说，哦，我知道了，你刚才在骗我，你不叫球落伞——我说呢，球落伞，哪有这种古怪的名字，亏你想得出来。

球落伞这才想起，还没有在册子上填写具体的内容呢，把一本空白册子交给人家，人家难免会起疑心的，他赶紧说了对不起，赶紧把册子拿回去，可是翻开了一看，才发现上面已经填有姓名和其他内容了，再细一看，这个人的名字叫关乎。

关乎是谁？

球落伞回忆了一下，到达梅城后，他只和一个人有过比较密切的互动，就是在那个“离”旅馆碰到的，那个人十分热情，还请他吃了饭，他原先还不知道他叫什么，现在知道了，他叫关乎。

可是关乎的册子怎么会在他背包里？想必就是关乎看过他的空白册子以后，还他的时候，搞错了。

球落伞赶紧解释说，不好意思，不好意思，我们把册子换错了。

林美姿说，你们？你和谁？你们还有一个人吗？他也会来住宿吗？

球落伞赶紧现编，说，是的是的，我们是一起来的，他到别处去看看，有没有更好的旅馆。

林美姿说，想找更好的旅馆，找不到的——关乎，你就在我们这里登记住宿吧。

任何东西都可以瞎编，那是因为无根无据，可是这个关乎，确有其人，球落伞可不敢冒充他。球落伞本来就是一个身份可疑的人，再冒充他人，就更加离谱了，万一那个关乎发现册子错了，追查过来，他的面目立刻就会暴露，所以球落伞不再编了，赶紧说，我不叫关乎，我叫球落伞。

林美姿说，你不叫关乎，可是这个验明正身册上你叫关乎，你就是关乎。

球落伞奇怪地说，这样也行吗？不是说梅城人手一册，册子就是人吗？关乎那可是人家的名字，我随便用了，人家关乎就不是关乎了。

林美姿说，什么人家关乎，你才是关乎——你说你不是关乎，那你怎么证明你不是关乎呢？你有不是关乎的验明正身册吗？

球落伞无法证明，他的背包里，没有证明他是球落伞的东西，但是他也不笨，还是有办法的，他指着那个册子说，这上面有关乎家的家庭住址，我可以找他换回来。

他说得斩钉截铁，林美姿似乎是被他打动了，似乎是相信了球落伞的说法，她向球落伞建议说，今天天也晚了，如果按你所说，你是和别人换错了册子，但是现在黑灯瞎火的也不好找，不如这样，今天先用这册子上的名字给你登记，然后明天你去换回册子，我们这边再给你改过来。

林美姿分明是在为他排忧解难，可球落伞有些疑惑，他说，这样可以吗？这样我就成了关乎了，这不是在说谎吗？

林美姿说，不是有意要说谎，我这是为你好，否则今天晚上你就没地方住了，说不定，警戒层还会来找你的麻烦。

球落伞不能惊动到警戒层，他只得接受了这个办法，虽然心里不踏实，但除此之外，他也没有别的办法，关键的是，他对梅城的种种一切，还十分陌生，比如说老板娘提这个建议，让他用别人的名字住宿，这算什么呢？

其实在球落伞的背包里，还有好多空白册子，他满可以随便再拿出一本填上自己的真实姓名，可是这样一来，他也就彻底暴露了。

在梅城，一人一册，这是铁打的事实，如果有人发现他有许多册子，他不知道他们会拿他怎么处理，他不敢冒这个险。

好在有个林美姿，林美姿一直在庇护他，这个他能感觉到。

就这样，在甲乙民宿的住宿登记册上，就登记了“关乎”这个名字，球落伞以“关乎”的名字入住了，好在就一个晚上，明天就能换回来。

谁知道呢?

所以林美姿还是留了个心眼，跟球落伞交代说，虽然只是一个晚上的事情，但是谁也不知道一个晚上会发生什么事、多大的事，所以我提前提醒你，你好好记住，万一晚上有人来查——

球落伞很好奇，晚上还要来查吗?

林美姿说，你不知道现在是什么时候，就算是平时，他们也是想一出是一出，现在“战争”来了，他们更是幺蛾子乱飞了。

球落伞说，那他们晚上会来查什么呢?

林美姿说，查什么，不是我说了算，更不是你说了算，他们爱查什么查什么，反正我跟你说了，如果查到你，问你叫什么，你就叫关乎，记住了，否则，不仅关系到你，也牵连到我，要罚我的。

球落伞知道林美姿说得有道理，她不能让一个人冒名顶替住下来，但事实上她已经让一个冒名顶替的人住下来了。

事实就是这样的矛盾。

所以球落伞答应说，好的，我知道了，我就是关乎。

刚刚进入梅城的球落伞，对梅城的了解和理解，还是肤浅的，甚至是有误解的，有许多事情他是想不到的，就在他刚刚躺下，睡意蒙眬的时候，本来安安静静的民宿，有了动静。

是林美姿手下的一个服务员干的，她一直对老板娘心怀不满，老板娘老是骂她，骂得很粗俗很恶心，说老刘老是盯着她的屁股看，是因为她喜欢扭屁股，把屁股拱到老刘面前给他看，明明受到委屈，还被冤枉，这个心机婊表面顺服，却心生歹念，只是苦于没有下手的机会，现在机会送上门来了，赶紧咬她一口呀。

她便将甲乙民宿收留这个姓球的可疑人物的情况，连夜报告了警戒层，在荣耀社区层，有一个不叫关乎的人，冒用关乎的名字登记住宿了。警戒层倒没觉得这是十万火急的大事，便将这个信息转给社区层王姨，让王姨第二天去核查一下。

王姨一听傻眼了，关乎？

老关就是关乎呀。可老关明明在家里躺着，怎么又跑到林美姿的民宿去了，难道家里这个老关，是个替身，是个假的，真的老关，跑去民宿和“有人”同宿同眠了？

本来王姨警觉性就比一般的人高得多，何况是这样离奇的事情，王姨觉得这事情不能过夜，从床上爬起来就往外走，老关在背后追问，出什么事了？大半夜的。

王姨停下来，仔细盯着老关看了看，没看出来他是假的，但她并没有对老关实话实说，她要瞒着老关，所以只是拉开抽屉看了一眼，看到老关的册子在抽屉里，心里踏实了些，没再说什么，也不再理睬老关的询问，直接奔到离她家最近的小P家，拉了小P就一路赶过来。

小P还不知道发生了什么情况，一路追问王姨，王姨说，想都不用想，这个时候，有人冒名住宿，必定是从别的社区逃出来躲避兵役的。

她们两个赶到甲乙民宿，把熟睡的人都惊醒了，林美姿就知道有人告密了，庆幸自己事先给球落伞打了预防针，但还是有点担心他应付不过来，赶紧到他房间门口，喊道，关乎，关乎，你出来。

球落伞被吵醒了，听到喊“关乎”，起先并没有想到是在喊他，后来林美姿急得敲门了，一边敲一边再喊“关乎”，球落伞这才想起他就是“关乎”，赶紧起床开门出来。

到门外一看，王姨和小P正警觉地瞪着他，球落伞并不明所以，友好地朝她们点头微笑。

小P说，笑什么笑——她的手朝他一伸，就伸到了他的眼前。

球落伞经过几次训练，已经知道她要什么，马上回屋去，很快就把册子拿出来，小P接了，先交给王姨，王姨打开一看，看到册子上果然就是“关乎”两个字。

王姨愣住了，任凭她见多识广，也没有想到真的又冒出来一个关乎，她简直是目瞪口呆了。

可王姨毕竟是王姨，不光见多识广，而且足智多谋，还心细如发，她稍微愣了片刻，就直接翻到册子的下一页，一看“关乎”年龄，王姨茅塞顿开，一瞬间就完全想明白了。

一想明白，王姨顿时眼冒金星，怒不可遏，好你个老关，果然整出了新意，居然来了一出偷梁换柱。

当然，以王姨的水平，生气归生气，不会莽撞行事的。

王姨的心情是复杂的，如果这会儿就大义灭亲揭穿老关想逃避兵役的事实，对她本人，对她负责的社区层征兵工作，都会带来负面的影响，王姨不能冒这个险，她只能先将火气压下去，心里盘算着，怎样才能把事情办妥了。

球落伞见王姨发愣，又看到林美姿在一边朝他使眼色，于是赶紧上前说，我是来这里住宿的，这是我的验明正身册。

王姨盯着他看，又看了一遍册子，说，你是关乎，你确定?

球落伞说，我是关乎，不信你问老板娘。

林美姿无路可退，当然她也不想退，她不退而进，赶紧说，他来住宿，拿着这个册子，册子上他是关乎，我就给他登记住宿了。

她话里话外，早已经把自己择干净了。

王姨说，那就是说，人证齐全，对得上，那你们为什么还要举报?

林美姿已经猜到是手下的服务员做的手脚，但并不能确定是其中哪一个，于是气急败坏地朝着那些服务员骂道，你给我站出来，狗日的小妖精，你有胆量举报，没胆量承认?

所有的服务员，都是一脸的委屈，有的甚至委屈得哭了起来。

球落伞觉得有点过意不去，赶紧上前说，是我的错，是我的错，不关她们的事。

王姨立刻追着他问，你的错?你错在哪里?

当然错在他不是关乎啦。

球落伞惯常编剧，也正是因为这个特长，他才会被派到梅城寻找老球。信口雌黄，鬼话连篇，对他来说那就是家常便饭。可现在不一样呀，现在毕竟不是在自家的地盘上。梅城的一切，对他来说，还都是未知数，编剧的后果，他还没有把握，既然没有把握，还是不要冒险，不要搞到最后，老球没找到，把小球也搭进去了。

球落伞思来想去，最后做出决定，还是先假装老实吧。至于老板娘林美姿要承担的责任，他也都想好了，就说是自己骗了她，她也是受害者。

所以接下来球落伞就很自然地说了，我坦白，我说谎了，我不是关乎。

小P也想翻看册子，可是册子被王姨紧紧捏在手里，她扯了几下都扯不出来，小P看不到册子，就奇怪地说，关乎？关乎？咦，这个名字蛮熟的，是谁呀，我好像听到过这个名字哎，王姨王姨，你是不是也觉得，关乎这个名字很熟的。

王姨心虚了，一心虚她就要让自己强大起来，她以为，只要自己强大起来，别人就看不到她的心虚了。

所以王姨一改和蔼的态度，严厉地说，你是不是关乎，这不是你说了算的。

球落伞诚恳地说，我真的不是关乎，这本册子，是我在路上跟别人换错了的，只是我们两人都不知道换错了，人家回去发现册子错了，肯定很着急的，我打算明天一早就去找他换回来的。

他看了一眼林美姿，感觉这些话还不够替她承担、为她解难，又补充说，刚才我来住宿，我是冒名顶替的，我说我就是关乎，老板娘才让我登记的。

林美姿赶紧撇清自己，指着球落伞说，哟哟哟，真是活久见，看上去像个老实人，原来是个骗子。

其他人也纷纷指责球落伞，他们不相信他是无意中换错了册子，他们认定是他偷了关乎的册子。起先他们是七嘴八舌地指责他，然后他们又统一口径追问他，他如果不是关乎，那么他到底是谁，从哪里来，想干什么？

球落伞冤哪，他来梅城找自己的父亲，又不是来害梅城的，可是找老球这项工作是保密的，他的组织纪律性向来很好，所以，他就算被冤枉成江洋大盗，他也不能暴露自己的真实身份。

现在王姨的压力暂时小一点了，她成功地把大家的注意力从“关乎”身上转移到球落伞身上，王姨说，你说你是关乎，我们不能相信，你说你不是关乎，我们也不能相信。

球落伞奇怪地说，那要怎么样你们才能相信呢？

王姨说，在我们梅城的字典里，就没有“相信”这个词。

球落伞一听这话，有点蒙了，在他的编剧生涯里，还没有遭到过如此理直气壮的回复。但球落伞不愧是球落伞，反应灵敏快速，现在他心里已经渐渐地清晰和明朗起来，他已经知道，这是梅城，不是亚地，他在亚地的那一套，直接拿来使用，恐怕是行不通了，他随机应变的时刻到了，他得立刻改变战略战术。

球落伞迅速调整好状态，开始装糊涂，他两眼蒙眬，懵懵懂懂地问道，那我，到底是谁呢，我是关乎，或者，我不是关乎？

王姨说，你看看，你看看，别怪大家怀疑你，他们的怀疑还真是有道理，你连自己都不知道自己是谁，谁还会相信你？

球落伞好像被彻底绕迷糊了，干脆一言不发了。

大家都看着王姨，她是社区层的最高长官，要等她发话，怎么处置球落伞，是扭送去警戒层，还是先到社区层写交代材料，或者，少惹是非，直接驱逐出荣耀社区层地界，让别的社区层去接手这个连自己都不知道自己是谁的烫手山芋？

但是王姨现在还不能发话，因为关乎到老关，现在的小P，只是对“关乎”这个名字似是而非，万一她想起来了，老关就直接暴露了，老关一暴露，王姨就会很被动了，在这个重要的节骨眼上，王姨需要掌握主动权。

她镇定了一下，对大家说，既然麻烦已经来了，我们也不会怕它，但是我们在处理麻烦的时候，必须要记住我们的工作方针，是人性化地为人民服务，虽然“战争”来了，但也还是要让人睡觉的，不如大家今天先休息，这个册子上有关乎的地址，明天我们替你去找，比起你一个从外面来的人，对于这里的地形，我们肯定更熟悉，更好找。

王姨把大家一直想看却一直在她手里紧紧捏着的那个册子扬了一扬，大家就知道，这本写着“关乎”的名字的验明正身册，王姨肯定是要带走的。

球落伞不免有点担心，他现在唯一可以寄予希望的，唯一还有一点信任的人，就是林美姿了，他赶紧问林美姿，这个能给她拿走吗？这个册子在这里，我都不知道我是谁，若是给她带走了，我就更没有办法了。

林美姿怎敢反对王姨，林美姿对球落伞说，这个你放心，我可以担保，王姨不是别人，她是荣耀社区层的长官哎，她怎能私吞你的册子呢。

球落伞可怜巴巴地说，我可是独在异乡为异客，两眼一抹黑呀——虽然你们梅城没有“相信”，但是此时此刻，我也只能相信你们呀，因为我不知道，如果不相信，我又能怎样？

王姨说，什么呢什么呢，我们又没有欺负你，说得可怜兮兮——她挥挥手让大家散了。

大家很听话，就散了，球落伞也回房间休息，小P跟着王姨往回走，她一直在想着“关乎”这个名字，到底是在哪里听到过，或者，她甚至觉得自己是认得这个关乎的？

小P想得脑壳疼痛，忽然就想起来了，对着在前边急急走路的王姨喊了起来，哎哎，哎哎，王姨，你等一等，我想起来了，王姨你家老关也姓关哎。

王姨走得急，就是怕小P想得快，哪知小P想得真是够快，到底年轻人，脑子灵，多管闲事。

王姨沉住气说，老关是姓关呀，怎么了？

小P被问得愣了一下，心想，是呀是呀，老关姓关，那又怎样，老关的名字大概不叫关乎吧，如果老关就是关乎，那王姨岂不是一下子就把那个莫名其妙的小偷抓住了？

打从小P到荣耀社区层工作以后，就只知道王姨家的老关叫老关，但是他应该不是姓老，应该是姓关的，只是到底叫关什么，小P并不知道，没有听人议论过。

王姨并没有因为小P的发问停下脚步，甚至一点都没有放慢，小P也不傻，她知道王姨急着要回家，也就不再多嘴了，再走几步，她自己也到家了。

小P进去后，王姨松了一口气，感觉手心里都捏出汗来了，好你个老关，看你做的什么好事，要我来替你擦屁股。

王姨带着“关乎”的册子回家，扔到老关面前，一言不发，就看老关怎么交代，就看老关怎么表演。

老关把册子拿来看看，十分镇定，开始表演，他故作惊讶地说，哎哎，这个人，这个人居然跟我同名同姓哎。

王姨说，这不就是你吗？

老关说，不是不是，真的就是同名同姓哎，我有我的验明正身册，上面就是我的名字嘛。

王姨当然吃得准老关是诈唬她，想蒙混过关，说，哦，你也有“关乎”的验明正身册吗？

老关说，咦，谁会没有验明正身册呢，没有验明正身册，怎么证明你是谁、我是谁呢？然后老关又假作抱怨说，哎哟，多大个事，不就是个同名同姓嘛，值得半夜三更吵吵人吗？同名同姓有什么奇怪的，恐怕叫关乎的也不止我一个，也不止我们两个，不知道有多少个呢。

王姨看老关演得入戏，还逼真，一时还真戳不穿他，她也不想再兜圈子了，就直说了，老关，你以为，你偷换了人家的验明正身册，你就不是关乎了？

老关急赤白脸地说，我偷换？你凭什么说我是偷换的，你都不想想，如果我偷他的册子，我还得把他的名字改成我的名字吧，这很容易吗——老关动作娴熟地从抽屉里取出了自己的册子，递给王姨，理直气壮地说，你看看，你仔细看看，这上面，有涂改的痕迹吗？

王姨把老关拿出来的那本验明正身册左看右看，放在灯光底下照，也确实看不出是涂改过的。

老关又说，你再看看，这是我的笔迹吗？我能写出这么丑的字吗？我用脚指头写也比这个字要好呀，这明明就是户籍层那些傻缺填写的嘛。

确实如此，字迹歪歪扭扭，倒像是民宿登记册上球落伞留下的笔迹。

王姨心里倍儿清，老关绝不是无辜的，偷换验明正身册这事情，必定是他亲手操作的，因为现在老关手里的这个验明正身册上，老关的年龄，已经是五十一岁了。

不到半天时间，老关长了两岁。

老关可以逃避兵役了。

王姨一时无法抓到确凿的证据，她深知，想和老关玩，是需要斗智斗勇的，所以她打算后退一步，先不戳穿他，然后暗中观察，收集材料，以待后续。

只是王姨没料到，有人动作比她快。

第二天一大早，小P就来敲门了，她高声地叫喊，惊动了左邻右舍，王姨，王姨，我刚才碰到老东西了，老东西说，关乎就是你们家老关哎！

其实，昨天晚上的睡梦中王姨还一直在犹豫，要不要举报老关，怎么举报他，什么时候举报，她都还没有想好，结果老东西已经抢先了。

老东西的举报，让王姨免却了一番左右为难的心思，她就不必亲自去做大义灭亲的事情了。

可王姨知道，免却了这一番心思，另有一番更要紧的心思迫在眉睫了，老关偷换验明正身册，事情闹出来，王姨可没有好果子吃，虽然现在进步了又进步再进步，不讲究株连了，但是毕竟王姨的身份特殊，又毕竟是在敏感时期，“战争”将至，在王姨动员大家当兵上战场的时候，老关却干出这样的事情。

王姨心机这么深，会不会是王姨帮着出谋策划的呢？看起来很像哦，想起来也很顺哦。如果她真的不知情，那她为什么不在第一时间就举报老关，而是沉默了一夜，让老东西抢了先呢？

老东西这番操作真是神操作，从来没见过的，如此急吼吼，这么重大的事情，竟然都不请示王姨，就直接公开了。

王姨一下子被他逼到墙角，老关暴露了，王姨就没有退路了。

原本，王姨一觉醒来，还没看清自己的想法，老东西的动作，却让她一下子明白过来，顿时头脑清醒。

投鼠忌器，如若老关被揭穿，最后事情一定会惹到自己身上，所以她必须保住老关，保住老关，就是保住她自己。

如果不是老东西抢先一步嚷嚷起来，王姨大概就想糊弄过去算了，也不要再去甲乙民宿，不要再去找那个假关乎对证了，因为对到后来，肯定会牵连到老关头上，牵连到老关头上，也就是王姨的事情了。王姨不傻，才不会引火烧身。

至于本来王姨想借着“战争”惩罚老关，让他去死在战场上，可是这跟她保全自己比起来，已经不算个事情了。

可惜这一切的如意盘算，她已经打不下去了，她怎么也糊弄不过去了，猝不及防被老东西捅了一刀，她就不得不立刻出面处理假“关乎”的事件了。

这时候，大家动作迅速，除了小P，老东西和烂瓜也都紧随着到达了她家门口，斗志昂扬，准备跟着王姨一起出发了。

王姨听到老东西对着邻居大声嚷嚷，广而告之，在荣耀社区层，竟敢有人冒充老关。

是呀，你冒充谁不行，偏偏去冒充王姨的丈夫，真是太岁头上动土。

这老东西，他想干什么？

难道，老东西有想法了？

6. 关乎真假

消息传得很快，这边小P、老东西大声嚷嚷，唯恐天下不知。

天下怎能不知，不出一会儿，那边甲乙民宿就已经知道了。

林美姿很着急。无疑，她是别有用心的。从昨天第一时间起，她就一直在为球落伞打掩护，就已经暴露出她的心思，所有的事情皆因她的弟弟林西而起。

林美姿的这个心思，多半也是受到了球落伞的启发后产生的，谁让他乱说话，乱喊人，说要找“姐姐”。看他那球样，就不像是出来找姐姐的人。

林美姿乐得接过他的茬儿，努力维护球落伞，帮他蒙混过关，无非就是想让这个看起来呆乎乎的不知来自何处的球落伞顶替他弟弟去报个名而已。这真的不算太过分，并不是真的要球落伞代替林西去当兵。

不过，现在看起来，这事情已经彻底栽到王姨手里，她的美梦恐怕会像气球一样被戳破了。

不过林美姿还没到认输的时候，不是有两个册子、两个关乎吗？只要球落伞这个“关乎”能够咬定自己就是关乎，那么别人就难以证明他不是关乎。所以林美姿在得知老关就是关乎或者说老关也是关乎的消息后，经历了短暂的慌乱，很快镇定下来，重新振奋了精神，她知道，她的工作重点，在球落伞那里。

不，她不会再喊他球落伞，根本就没有球落伞，不存在球落伞。

他就是关乎。

这一切的变化，球落伞还不知道呢，他本是一个机智勇敢能够担当大任的年轻人，但是进入梅城以后，他发现自己的反应慢了半拍，甚至不止半拍，甚至越来越慢，他甚至感觉自己都后知后觉了，加上对梅城的方言不是太熟，他们和他对话的时候，他能够听懂，但是他们自己和自己说话的时候，话语极快，舌头打卷，他只能听出一小点的意思，所以一早上，民宿里的人都在说着关乎的事情，他却不知道发生了什么事情。

球落伞吃过早饭，就一直在等着，昨天承诺过他的王姨，还没有来。幸好他记得昨天那本册子上的关乎的地址，如果王姨真的不来了，他也打算自己去找关乎。

他还没出门，林美姿已经挡在门口了，她不会让他再失控、再失误了。林美姿笑眯眯地问他，关乎啊，早饭怎么样，还合你的口味吗？

球落伞听她喊他关乎，稍一愣怔，随即就会意地笑了，说，呵呵，关乎，是的是的，我是关乎。

林美姿满意地点点头，说，是的是的，我很高兴你已经明白了，从现在开始，哦不，应该是从昨天晚上开始，哦不，就是从最早的最早，从一开始的开始，你就是关乎。

球落伞已经陷入了被动的局面。昨晚他被王姨审了几句，就心虚了，很快就承认了自己不是关乎。他总不能老是出尔反尔，自打耳光，一会说自己是关乎，一会儿又说不是，再一会儿又说是，这让他把自己的脸往哪儿放？他对林美姿说，算了，我今天不说谎了，我昨天晚上已经说明我不是关乎了，今天我又说自己是关乎，这也太——

林美姿打断他说，你不用担心，无关紧要，一点问题也没有，我们这里的人，都是这样说话的呀，你不看别人，你就看看王姨，她可是荣耀社区层的长官，你看看她是怎么说话的，你听听她是怎么出尔反尔的，你就知道了。

球落伞简直无言以对，他也没有再跟她争辩，心想，她之所以这么说，可能是因为王姨还没来，大概只有等王姨他们找到那个真正的关乎，才能真正地验明正身。那时候他才能做回自己。

正这么想着，民宿外面声音吵吵起来，王姨的部队说到就到了。

大家迎出来一看，以王姨为首，四个人，人人腰扎皮带，个个脸色严肃，披坚执锐。

王姨手里拿着两本一模一样的册子，递到球落伞跟前，让他看，王姨说，你把你的那一本找出来。

球落伞看了半天，这可难倒他了，他的册子，明明是空白的，现在怎么变成两个都是“关乎”了，两本册子一模一样，唯一的不同之处，就是年龄，一个是五十一岁，一个是四十九岁。

球落伞说，哎呀，我昨天没有注意，我拿错的那本，到底是五十一岁还是四十九岁。

王姨哼哼一声冷笑，说，是呀，你都不知道自己几岁吧。

林美姿赶紧上前帮腔，抢着说，昨天我登记的时候看过，是这一本。她的眼尖手快，一下就从王姨那里夺了那本四十九岁的。

王姨觉得正中下怀，她抢走了原本属于老关的那一本，但她还是假装“哎哟”了一声，抱怨说，你抢什么呢，册子又不会长脚逃跑。她又盯着林美姿看了一眼，说，这又不是你的册子，干吗要你来抢？

林美姿也知道自己有点失态，所以赶紧把册子递到球落伞那儿，说，关乎，你拿好，这本是你的。

王姨眼神不差，她指着那本“四十九”问球落伞，你确定，这是你的？

球落伞当然不能确定。他对梅城的验明正身册，既不熟悉，之前也没有使用过，而且现在他已经完全蒙了，他无法搞明白，原来他携带的那一本，明明是空白的，现在怎么也变成“关乎”，是谁在空白的册子上填了不属于他的姓名和其他内容呢？

可麻烦的是，球落伞又不能将自己的册子本来是空白的这个事实说出来，如果说了出来，他来自亚地的身份就会暴露，现在，离他要找的父亲老球还远得很，老球的影子都没见着，老球的气息也没有出现，寻找父亲老球是需要暗中进行的，他现在不能暴露身份。

见球落伞在林美姿的指导下，认领了“四十九”，这回不等王姨发话，老东西冷笑一声就抢先发言了，你说这本册子是你的，你看看这上面的年龄，四十九岁，是你吗？

大家哄笑起来。

老东西算是说到点子上了，其实大家心里早就这么怀疑着，只是最后由老东西说了出来。

怎么看，球落伞也只像三十来岁。

球落伞一阵慌张，脸也红了，他刚想解释，可林美姿是容不得他说话的，因为他一说话，就会露馅儿。

林美姿上前反驳老东西说，喂，老东西，你老了就承认自己老了，跟不上形势就承认自己跟不上形势，现在是玄元时代你不知道吗，现在就是看脸的年代，是靠脸吃饭的年代，谁不想把自己的脸弄得年轻一点，要不然，满大街的整容店和医院的整容科，怎么生意那么好呢？

她的意思大家懂，四十九岁的人，看起来像三十岁，那很好理解，就是整了容呗。

这个理由太靠谱了，谁也无法反对。

你反对吗？好吧，你拿出证据来。

球落伞差一点喷笑出来，这些人的思维逻辑，真是有意思，谁能证明球落伞没有整过容呢，这还真是无法证明。无法证明的东西，就可以从反面证明球落伞确实是整了容，所以显得年轻嘛。

王姨心思复杂而缜密。在两个关乎这件事情上，王姨左右为难，前后矛盾，但是权衡利弊的结果，她明确知道，自己是要保住老关的，不能让老关偷换册子的事情暴露出来。这样她首先就得承认这个假关乎就是关乎，只不过恰好和老关同名同姓而已。

所以眼下的王姨，确实是有打退堂鼓的想法了，既然两本册子上都是关乎，既然林美姿都对答如流，替假关乎解释得清清楚楚，连整容的事都交代了，她就可以顺坡下驴，就此了结掉这个假关乎事件，把危险的可能会燃烧到自己的火星子，消灭在萌芽状态。

可是不行，王姨想结束，老东西不想，老东西简直是摩拳擦掌，跃跃欲试，忍不住呀，他又抢王姨先了，他跨前一步，站到了球落伞跟前很近的地方，球落伞都能听到他粗鲁的呼吸声，感受到他喷出来的带重口味的肠胃里的气味，球落伞想后退一步躲开这种难闻的气味，但是老东西立刻就呵斥一声：你站住，别动！

球落伞吓了一跳，赶紧站定，等候发落。

林美姿着急了，她也抢上一步，挤到老东西和球落伞中间，脸贴脸地对老东西说，我跟你说，这个人，名字就叫关乎，他从外地来，对我们这边的方言听不太懂，所以，你有什么话就跟我说——其实你也不用再多嘴多舌，你如果不承认他是关乎，那你认为他是谁，你有证据吗？你有他的册子吗？

老东西并没有被林美姿的连珠炮堵住了思维，他一直沉住气，让林美姿说完，一直说到嘴角边吐出白沫，老东西说，你擦擦嘴巴吧。

林美姿这才停了下来，抹了一下嘴巴。

老东西撇开林美姿，直接对球落伞说，我们查的是你的事情，一直是林美姿替你说话，你一直不说话，你是怕一开口就露馅儿吧？

球落伞当然有点担心过早暴露自己，但这种担心并不过分，退一步说，就算暴露了，他也不是来梅城做坏事的，他来了以后，尽管遭到诸多怀疑、质问，有时候还身处险境，但他并没有忘记自己来梅城的任务，他听林美姿说了那么多的瞎话，比他这个编剧强多了。但他不说话，主要是想冷眼旁观，旁观者清，他要看看，他看不懂的这些梅城人，到底在说什么，他们到底要干什么。

他要找的父亲老球，可就隐藏在这些奇怪的胡说八道的人中间，这给他的寻找工作，真是增加了很大的难度啊。

老东西跟球落伞纠缠的时候，一边的王姨，早已经把林美姿的想法看清楚了，她把林美姿拉到一边，直接跟她挑明了说，林美姿，你今天的行为，很古怪啊，让我是一头雾水啊，就这个人，不管他叫不叫关乎，他只是来你民宿住宿的一个普通旅客而已，犯得着你这么庇护他吗？你到底想干什么？

林美姿理直气壮地说，我不想干什么，我就觉得你们欺负一个陌生人，我看不惯。

王姨说，他住在你店里，他是什么人，来梅城干什么的，你搞清楚没有？

林美姿说，他是来找姐姐的。

王姨哼哼一声冷笑，说，可是我刚才问他，他说是来找姑姑的。稍一停顿，又哼哼一笑说，他还找人？他连自己是谁都不知道。

林美姿不服，狡辩说，王姨，你仔细看看他，他真的很像我弟弟哎。

王姨早就把脑洞打开了，她呵呵一笑，说，是呀是呀，有了这个弟弟，就可以顶替那个弟弟了吧。

王姨对于荣耀社区层家家户户的情况，每个人的思想，都掌握得门清，心里一本账算得清清楚楚。

当年林西父母双亡时，林西还未满十八岁，王姨是要自告奋勇做林西监护人的，却不料动作慢了一点，突然就杀出个林美姿和老宋，手持证明，野蛮粗鲁，硬生生地成为了林西的姐姐。

所以林美姿的心思，王姨是一清二楚的，因为她自己也曾经有过这样的心思。林美姿家的情况，王姨也早就盘算过，刘布艺的死腔，恐怕等不到上战场，就要哭死在地了，也只有林西可能去当兵，这应该也正是林美姿所希望的，但是林西的刑期没到，就差那么几天，等他出来，就过了征兵报名期了，所以林美姿现在只是需要一个人，一个不明真相的人，来替林西报个名。

林美姿如此急迫地要把弟弟送去当兵的理由，王姨用脚指头都能想得到，甲乙民宿的产权呗，林美姿这个也许冒牌的姐姐，之所以从不知何处冒了出来，辛辛苦苦替林西干活，最后不就是为了这个吗？

因为林西实在不争气，一天到晚瞎折腾，还四处欠债，大家心知肚明，预料早晚有一天，这个民宿会被林西作掉。

最担心的当然就是林美姿了，她必须得在林西把房子作掉之前，把自己的名字加进去，才能保住自己和父亲老宋多年来的辛苦努力。可是林美姿一直没有机会。林西浑虽浑，但并不笨，还精明过人，“姐姐”的那点鬼心思，他一开始就掌握得透透彻彻，只要“姐姐”稍有流露，他就找个借口对姐夫拳脚相加，打他个鼻青脸肿，但又不至于上升到刑法，看你还敢动歪脑筋。

这一次的入牢，是因为林西喝了酒，出手时力量没有掌握好，打出了轻伤，上了刑事。

现在林美姿终于等到了机会，“战争”来了。

如果林西去当兵，像他这样的愣头青，必死在战场无疑。

王姨明白一切。王姨对自己的工作实在是太过负责任了，既能掌握全局，又个个了如指掌。

无论王姨是不是了如指掌，林美姿却并不担心，更不害怕，如果要说在征兵中搞手脚，到目前为止，她只不过是筹划预谋，并没有付诸行动，而王姨则不一样，她家的那个关乎，已经动了手脚，已经酿成结果，他偷换了球落伞的验明正身册，并且改掉了自己的年龄，让自己逃避了兵役。

两相比较，王姨的麻烦比她大得多哦。

既然两个人都碰到了麻烦，王姨和林美姿简直是殊途同归了，所以到最后，她们两个都不再说话，心照不宣，达成默契。

于是到最后，王姨给大家分析了事情的经过，做出工作总结，并且叮嘱球落伞说，好了好了，现在事情搞清楚了，你就是关乎，你也就叫关乎，这“四十九岁”的验明正身册是你的，你记住了吧？

球落伞实在莫名其妙，他下意识地、无意识地点了点头。

王姨重新又加重口气说了一遍，关乎，你自己的事情，记牢了没有？你已经搞错了好几次，哪有像你这样的人，自己是谁都搞不清楚，你记住，别再把自己的搞错了哦！

王姨的算盘向来打得好，无人能及，也不能说王姨有多么机智过人，只是因为政策就在她手中攥着，就在她嘴里滚着，整个征兵行动中的每一个细节，她都烂熟于胸，所出现的任何特殊情况，也都只有王姨知道如何处理。林西刑期未满，他的名字是不能进入征兵名册的，就算假关乎听从林美姿的安排，带上林西的册子，以林西的名字去报名，那是登记不上去的，唯一的办法，就是用关乎的名字报名，这才叫验明正身嘛。

一旦假关乎用关乎这个名字报了，那么真关乎老关的名字，就不必再出现在征兵名册上了。

到时候，林美姿的美梦也成不了真，老关也没有风险了，就让那个假关乎去当兵吧。

所以王姨看着林美姿扬扬得意的似乎已经胜利在望的笑脸，她在心里狠狠地冷笑了一下。

她还依稀记得，从前在哪里看到过一句话，螳螂捕蝉，黄雀在后。挺有意思。

王姨已经处理完了真假关乎的问题，就带头往外走了，老东西十分不情愿，也十分怀疑，说，咦，这就算结束了，怎么这样就结束了，我以为事情还没有开始呢！

小P说，咦，老东西，王姨说结束，你说不结束，难道我们要听你的了？难道你说话比王姨还管用？

王姨回头剜了老东西一眼，老东西只得灰溜溜地跟在后面，他原以为能捉到一条大鱼，结果白忙乎一阵，白起个大早，连个小虾也没有捞着，真是郁闷。他对跟在后面的烂瓜抱怨说，我觉得事情不对，王姨好像在打马虎眼——烂瓜，你马上到“雾墙”里查一查，我不相信，真的会有两个关乎。

烂瓜懒洋洋地说道，嗯，到“雾墙”查询吗？我没有接到通知嘛。

老东西说，咦，我不就是在通知你吗？你还要什么通知？书面的？正式文件？

烂瓜说，你的通知管用吗？

老东西倒来气了，说，怎么不管用？

烂瓜说，那当然，一个社区层只能有一个人说了算嘛，这是规矩，你是连规矩都忘记了？还是有意要破坏规矩呢？

老东西哑口，但是不甘心，愣了一会儿又顽强地说，烂瓜，好歹我比你早入山门，好歹我也比你年纪大，我不能领导你吗？

烂瓜说，呵呵，我还以为是我领导你呢，我年纪比你轻，我学历比你高，我水平比你——

老东西见王姨回头警觉地盯着他们，赶紧放弃了烂瓜，故意磨磨蹭蹭，最后他不知不觉就掉队了。

民宿这边，王姨一行人刚走，林美姿就扬扬得意地笑起来，说，他们演戏演砸了哈。

球落伞十分惊奇，说，这是演戏吗？梅城演戏，都不在剧场舞台上演吗？也不拍成电影电视，就直接这么演了吗？

林美姿得意地说，呵呵，这就叫人生如戏，戏如人生。看起来她就是个人生的大赢家。

球落伞张大了嘴巴，假装崇拜地看着林美姿。其实，后来，渐渐地，他已经开始掌握要领了。正如林美姿所说，他们就是在演戏。而且在球落伞这个外乡人看起来，这样的戏，还蛮有特点，基本上就是指桑骂槐，就是打鸡骂狗，就是含沙射影，就是有话不好好说，就是有话要绕着圈子瞎说。

他认真地用心地看了半天的表演，他也不笨，看着看着，有点开窍了，他已经知道，所有的表演开始，一般都不会有最后的结果，你说你的，我说我的，各执一词，各有证据，你有你的册子，我有我的册子，到底听你的，还是听我的，连王姨这样的社区层长官，也无法确定。

球落伞现在至少可以随遇而安了，他安静下来，认真细致地回忆和分析了这些人的这些表演，渐渐地总结出他们的一些特点了，最常用也是最典型的就是：我说我的，你爱信不信。

总结出这个特点，有点让球落伞犯难，这和他编剧的习惯差太远了，亚地的编剧，是要把假的编得像真的一样，让人相信，可是梅城居然是你爱信不信，想到自己是要在这些胡说八道的人群中，找到不知真实面目的父亲老球，球落伞顿时有些沮丧，似乎他就要迷失方向了。

球落伞不仅自己有点灰心，他还在为老球担心，甚至有点同情老球，他不知道老球能不能适应和对付梅城奇特的生活方式。

幸好老球吞下了“真气丸”，肚里有了“真气丸”的老球，发生了很大的变化，现在的老球，应该是目光如炬，甚至是个老滑头了，嘴巴很大，心也大，有时候甚至天花乱坠，也许和梅城人有得一拼。

后来的老球，可不是从前的老球，所以球落伞认定，老球偷跑到梅城，就别指望他会老老实实地做自己。

这样的一个老球，混在这样的一堆梅城人中间，球落伞要把他找出来，谈何容易。

因为球落伞完全无法判断，老球会装扮成什么样子混迹在梅城，现在他的信心和决心都大打折扣，跟他主动提出自己出来寻找老球那时的心情，已经大不一样，他的眼前甚至是一片茫然了，感觉是一丝一毫的依据也没有，一丝一毫的把握也没有了。

老球和梅城人，肯定有不一样的地方，但问题是，老球肯定早已把自己装扮成一个像模像样的梅城人了，必定连梅城人也发现不了他。

不过球落伞必须要重拾信心，他自己给自己鼓劲，百密一疏，千虑一失，球落伞不相信老球真的会做到天衣无缝，真的会达到无懈可击的境界。

球落伞现在要搜肠刮肚，费尽心机，推测出老球可能有的漏洞。

父子之间，一场看不见的斗智斗勇已经无声无息地开始了。

林美姿把王姨一行送走后，回来看到球落伞一直站在那里发呆，过来提醒他说，喂，关乎，你发呆归发呆，千万别呆到把册子搞丢了哦，册子丢了，你人就丢了哦。

球落伞被林美姿反复提醒，他下意识地看了看紧紧捏在手里的册子，忽然间就拨云见日，计上心来了。

计就是册子。

梅城人手一册的验明正身册，老球没有。

那么反过来一想，事情就简单明了了。

在梅城的人堆里，找到一个没有册子的人，他不是老球，还会是谁？

球落伞顿时兴奋起来，跃跃欲试。他好像已经看到父亲老球被他找到，灰溜溜地站在他面前，认栽，服输。

球落伞向林美姿打听有没有谁是没有验明正身册的，林美姿觉得奇怪，朝他看了看，说，没有验明正身册？没有，没见过，没听说过，不可能有这样的人。

球落伞说，哦，我知道，没有册子，在这里寸步难行，一天、半天也混不下去的。

林美姿说，那是，这你都已经知道了——你是要找没有册子的人吗？难道你要找的那个“姐姐”，是没有册子的吗？

球落伞赶紧转移目标说，不是不是，我姐姐怎么会没有册子，我是想说，会不会有人丢失了册子呢？

林美姿说，会呀，有人的册子丢失了，也有人的册子被偷了。

球落伞说，那怎么办呢？

林美姿说，咦，这有什么问题，也不复杂，到管理层申报，经过审核，就重新发放呗——哦，对了，现在不行，现在“战争”来了，一切的层，都停止办公了。

球落伞这下放心了，就算老球狡猾，想办法冒充梅城人，去申请验明正身册，但是目前他也做不到，因为“战争”来了。

谢谢“战争”。

至少，“战争”来了，让老球还保持了一个与众不同的特点：没有验明正身册。

沿着这条正确的道路往前走，球落伞坚信自己能够越来越接近老球。满世界都是有册子的人，一个没有册子的人，就比较容易辨认了，就像大家都穿着衣服，一个赤身裸体的人，还不好认？嘿嘿。

你想多了。

7. 五花八门

两个关乎还是一个关乎，这事情其实很清楚，至少王姨心里很清楚，但是因为她心怀鬼胎，事情就变得模糊起来了。

王姨身经百战，什么世面没见过，什么鬼花样没处理过，却没想到，“战争”一来，飞出来的幺蛾子，真是五花八门，让人眼花缭乱。

出现两个关乎的事情，到底怎么处理，八字还没见一撇。老东西心怀鬼胎这是不用怀疑的，现在也还看不清楚，他是不是看在她王姨的面子上，暂且按兵不动，没有向战略层举报，但是保不齐他哪一天就会干出这事，王姨得先安抚老东西，要保证他被一根皮带激发出来的豪气一致对外，不要大水冲了龙王庙，他对着居民骂几声，吼几下，也是为了征兵，也就算了，但绝不能让他吃错药，搞错方向，把矛头对准她。

王姨一边考虑着怎样把老东西的这种暗藏体内数十年而后忽然被一根皮带激发出来的激情调整到正常状态，一边带着社区层的几个人，继续挨家挨户核查征兵情况，留给她的时间已经不多了。

两本册子，两个关乎，已经把他们搞得上头，紧接着又冒出来另一个关于验明正身的奇谈怪论。

这户人家的户主叫钱多彩，家庭人口较多，钱多彩有三个子女，都在适当的年龄之内，但是老大是个残疾，老二是个女孩，只有老三符合征兵条件。钱多彩向来比较老实，她早早就把子女和其他家属都喊到一起，好让王姨他们集中验明正身，节省时间。

这样王姨他们就及时地核对了老大、老二，但是没有见老三，问到老三，钱多彩的眼泪还没来得及掉下来，就号啕大哭起来。

钱多彩一哭，一家人都跟着一起哭起来，简直就是一片哀号。

老东西好不耐烦，呵斥他们说，干什么干什么，你们干什么，号的哪门子丧，还没上战场，就死了人啊。

钱多彩号了半天，才努力地止住了，一边抽泣着，一边说，啊，老东西你已经知道了？就是死了人呀，“战争”还没到，我们家就死人了，我们家老三，死了。

老东西一跳八丈高，腰里的皮带都给绷断了，老东西紧紧揪住自己的皮带，冲钱多彩喊道，你们这算什么，你们怎么可以这样，为了逃避兵役，连死人的事都想出来了，你们真是异想天开。

虽然老东西暴跳如雷，但王姨并没有受到影响，关于钱老三死没死的问题，她也没有立刻做出判断，同样在社区层做事，王姨始终知道自己的工作水平、思想境界要比手下的几个人高很多，她沉得住气，等待事态的发展。

钱多彩见王姨没有批评她，她才不把老东西当个东西，虽然他扎了皮带，但他的皮带都绷断了，腰里没了力气。

钱多彩收起了眼泪，态度也凶起来，嚷嚷说，死个人有什么了不起，这也不算异想天开，你们为了逃避当兵，不是出现了两个“关乎”吗？

老东西朝王姨看了一眼，这一眼看得有深意，他那意思是说，你看，我说的吧，你自己的事情处理不好，社区层的人，就不服你。

王姨沉住气说，两个关乎的事情，不难，反正人都在，册子也都在，早晚会搞清楚的，可是你人死了，难道还能复活吗？

钱多彩说，人死了是不能复活，所以，我们家老三，怎么还能上你们的征兵名单呢？

王姨和老东西都被她问住了，不急，还有烂瓜呢，烂瓜轻飘飘地说，死人怎么就不能上名单，死人也有名单的，异鬼也能打仗。

钱多彩气愤地说，烂瓜，你才异鬼，你是恶鬼！我们家老三，年纪轻轻就走了，你还说他是异鬼？

烂瓜才不信她这一套，他到“雾墙”里一看，就能戳穿他。

果然，烂瓜在“雾墙”里一眼就看到了钱老三的验明正身册还在，没有注销。

烂瓜对王姨说，假死。册子还在。

这是梅城的规定，人死了，册子注销，册子没了，人就没了，册子在，人就在。

钱多彩急了，重新又带上哭腔说，我们老三，死得急，正好“战争”来的时候，他死了，我本来是要去给他注销册子的，可是战略层规定的，在“战争”时期，所有的手续一律暂停，要注销人口，必须等到“战争”过后。

无论钱老三死了还是没死，钱多彩这话倒不是瞎编的，“战争”来了，一切停止办理，“战争”过后，全面恢复。

这下子好了，人不在了，册子却还在。

钱多彩见社区层的人不言不语了，连烂瓜也不说话了，她乘胜追击，把大家领到里屋，一看，墙上挂着钱老三的遗像，桌上还供着香烛水果之类，钱多彩说，你们看，你们看，遗像都挂在这儿，这下子你们相信了吧。

老东西最性急，抢上前就说，相信？谁会相信？你们家老三，早不死，晚不死，要当兵了，他死了。

钱多彩说，他也不想死，难道他想死吗？他也是没办法才死的，他本来有病，他心脏不好，那天你们大喇叭一喊，他听到“战争”来了，病就发作了，就死了。

小P脱口说，那是吓死的？难道他是被“战争”吓死的？

钱多彩说，你要这么说，我也不好反对，反正他是死了，你们若还是不相信，我这儿有火葬场的发票，拿给你们检查。

老东西说，有火葬场发票，你以为我们就会相信？这种发票，你要多少，我分分钟给你多少。

他们一直在为钱老三到底死没死争论不休，王姨可不能和他们一般见识，她当然不相信钱老三死了，因为她自己说过，在梅城的字典里，没有“相信”一词。但是如果钱老三没死，他会在哪里呢，他肯定逃走、躲起来了，但是他能躲到哪里去呢？他出不了荣耀社区层，他走不远的。

王姨到底是王姨，她脑子里比别人多一根筋，需要的时候，两根筋配合地一搭，就通了，就亮了。

住在甲乙民宿的那个假关乎，会不会就是钱老三？按说自己社区层的居民，王姨都应该认得，即便不太熟悉，也应该有看着脸熟悉的感觉，那个假关乎，王姨曾经左看右看，但是看不出一点点熟悉的意思，不过这也没有什么奇怪的，这也难不倒王姨，如果他就是钱老三，那他肯定是化了装，甚至整了容。他家里人都可以咒死了他，化个装整个容又算什么。

想到此处，王姨有点担心，关于那个假关乎，她心里很清楚，虽然暂时被她和林美姿联手控制着，但是有老东西在，还有许许多多老东西这样的人在，假关乎迟早会露出真面目。如果假关乎真的就是钱老三，那王姨必须得去提醒他，要多加小心，就躲在甲乙民宿继续做“关乎”，要牢牢地做，死死地做，不能动弹，不能露出丝毫的马脚。

王姨赶紧对大家说，这样吧，你们先留在这里，你们要继续和他们探讨钱老三到底死没死，找出证据来，我另外有重要事情，我一个人过去。

王姨急急忙忙赶往甲乙民宿，远远地就看到林美姿迎面过来，脸色焦虑，一看到王姨，林美姿一脸愤怒，说，都怪你们，你们把“关乎”吓跑了！

球落伞确实是被吓过，也确实是跑了。

但他并不是被吓跑的。如果他如此经不起恐吓，亚地是不会派他一个人单独来梅城执行任务的。

他刚刚进入梅城、进入荣耀社区层的时候，自以为没有他搞不定的事情，自以为只要他拿出看家本领，胡说八道，编几个故事，事情就会迎刃而解，老球就会乖乖地暴露出来，乖乖地跟他回去。

却不料事情的发展大大地出乎他的意料，他球落伞都不知道自己应该是谁了，他竟然被迫成了“关乎”。

更诡异的是，有人硬说他是“关乎”，有人又说他是假冒“关乎”，他也已经明白，无论是他说自己真是“关乎”，还是承认自己假冒了“关乎”，他都说了谎，他都是罪责难逃。

眼看着“战争”把所有的梅城人都困住了，连同他这个亚地人也难逃“战争”的天罗地网，他必须要尽快摆脱“战争”的束缚，才能掌握主动权，尽快找到老球。

球落伞在观看表演的过程中，已经逐渐搞清楚了，林美姿费九牛二虎之力，把他保下来，让他成为“关乎”，就是为了让他冒充她的弟弟林西去报名当兵。

现在看来，他是选错了社区层，这个荣耀社区层跟它的名字实在是不配，一点荣耀感也没有，随口瞎说都是脸不变色心不跳，在他们面前，一向以鬼才编剧自居的球落伞，竟然深感无力。真是小巫见大巫。

他得换个地方重新开始了。

球落伞走的时候把验明正身册留下了，因为他知道，他们对册子比对人更感兴趣，他留下了册子，他们应该不会追寻他，不会再来找他的麻烦。

就这样，球落伞留下了册子，带走了自己。

现在林美姿和王姨面对着没有人的册子，她们一时有点发愣，有点迷茫。在梅城，从来都是人不离册，册不离人，册在人在，册不存在人就不存在。怎么会有这样的人，宁可不要册子，也要把自己带走。

林美姿和王姨的希望都落空了，她们甚至都有点慌乱了，现在面临的状况是，两本册子，一个关乎。

这样看起来，老关那个真关乎，不仅当兵跑不掉了，他偷换册子的事情也很可能暴露出来。而林美姿希望送弟弟林西去当兵这事情，也受到了阻碍。

而此时此刻，还关在牢里的林西，则是一无所知，他都不知道，差一点就有人自称整容后而冒充了他。

王姨要责怪林美姿没有把假关乎看住，林美姿却反过来怪王姨，是因为他们上门来核查太吓人，尤其腰里还扎着皮带，光老东西那腔调，就把假关乎吓出了真面目。

两个人互相责怪已经于事无补，更何况，外面的吓人倒怪的喊声已经又到了，这个人一迭连声地喊着“王姨救我王姨救我王姨救我”，声音越来越近，越来越急迫，近似疯狂，很快就到了门口。

王姨出来一看，只见老东西和小P追着一个人，这个人口中喊着“王姨救我”，一下子冲过来就跪倒在王姨面前。

可是他快不过老东西，老东西人还没追到，就远远地喊起来，王姨王姨，这回你要提高警惕了，这回你不能再相信了，他不是精神病，他是装的！

这个“精神病人”跪在地上，紧紧抱住王姨大腿，浑身颤抖着，说，我发病了，我发病了，我要咬人了啊！

因为假关乎的失踪，真关乎的可能暴露，王姨自己一脑门心思，心情很不好，又冒出个自称的“精神病人”，还死死地抱住她的腿，王姨嫌弃地瞥了他一眼，抽出了自己的腿，说，满天星，你疯了？

满天星连连点头说，我疯了，我疯了，王姨还是你有水平，你一眼就能看出来我疯了，老东西还说我是假的，疯子能装得出来吗？

老东西终于也走近了，他气喘吁吁，对着王姨直摆手，王姨王姨，你千万不能听信他，你千万不能相信他。

王姨笑了起来，说，老东西，你真是老糊涂了，我相信他？你见过我相信过谁呀？

老东西这才松了一口气，说，急死我了，急死我了，我以为你又要存疑了。

满天星急得大喊，王姨王姨，你不能这样不负责任的，不能把一个疯子不当疯子，那就等于把人不当人啊！

王姨说，你疯不疯，你自己是不知道的。

满天星嚷嚷道，岂有此理，我自己有病没病，我自己不知道？

王姨坚定地说，那是当然，你自己当然不知道，有病没病，从来不是谁自己说了算。

满天星终于被王姨镇住了，想了一会儿，他又有主意了，说，你不相信我疯了，你们不相信我疯了，我就去自杀，我自杀了，就能证明我疯了。

王姨却不假思索地怼了回去，你自杀，你也不能证明自己疯了，反正，你疯不疯，你自己说了不算。

满天星说，但是如果我自杀，就是你社区层的工作没做好，你要负责任的，你要承担死人的事情。

王姨说，你说得有道理，但那是在平时，现在不是平时，现在“战争”来了，一切，都跟平时不一样了。

满天星哪是王姨对手，最后抱头鼠窜，不知所踪。

老东西气愤不已，嚷嚷道，活久见，活久见，为了逃避当兵，什么歪招都使出来了，五花八门啊。

小P说，王姨，我统计了一下，到目前为止，一共有九十九招，自杀，他杀，假装死，装疯，卖惨，改年龄，假病，假人，暴露隐私，逃走，搬家，改名字……

好了好了，王姨不耐烦地朝小P摆摆手，具体的就不要一一列出来了，你以为这是报功表？她稍一停顿，又补充了一句，九十九？哼，不如再找一种出来，就凑满一百整数了。

大家都小心地看着王姨，不知道她这是正话反说，还是反话正说。听不懂。

8. 卓九君和卓越

一些日子以来，关酱紫越来越觉得卓九君有问题。

当然，问题的关键不在卓九君本人。卓九君本人，关酱紫是满意的，甚至是非常喜欢的。关酱紫是对卓九君的哥哥卓越有意见。

关酱紫和卓九君恋爱近两年了，两个人的感情不仅没有因为时间的流逝而逐渐淡漠，可贵的是，经过时间雨水的浇灌，爱情的花儿越开越盛了，已经到了商量着什么时候领证办酒席的实质性阶段了。

可是卓九君的哥哥卓越却越来越令人不解。

关酱紫第一次和卓九君见面时，看到卓九君在和一个人说话，关酱紫随口问这人是谁，卓九君也随口说是他哥哥名叫卓越。因为那时关酱紫刚刚和卓九君交往，人家没有转过身来打招呼，她也不好意思主动上前细看，所以那次也只是看到了卓越的一个背影。

后来的这一年多时间里，双方家长、亲戚都一起聚过，一起吃饭，甚至一起出游过，每次都邀请卓越一起，卓越也每次都答应一起，但是始终没有一起参加，他好像一直都不肯出现。

起先关酱紫以为卓越是个内向腼腆的人，也没有太在意，更没有勉强卓九君。她不勉强，卓九君也就从不提及，乐得轻松，可是时间长了，不仅关酱紫觉得哪里不对劲，就连她的闺蜜、她的同事、她的妈妈，甚至连她那个满肚子心思的老爸，也都开始疑惑起来，大家基本一致的感觉就是，卓越对弟弟这门婚事不满意，所以不想见人。

婚事是卓九君自己的，即便哥哥不满意，也不能影响什么，但是卓越这种永远避而不见的做法，是很伤人的。

关酱紫终于忍不住要给卓九君增添一点压力了，前些时，她再一次提出，让卓九君以她父母的名义，约卓越一起吃个饭。

卓九君对关酱紫一直都是言听计从的，关酱紫说什么就是什么，关酱紫指东他绝不打西，关酱紫要请他哥哥吃饭，卓九君得令，立即执行，而且，他是当着关酱紫的面，直接给哥哥打电话。

关酱紫说，你打哥哥的电话，也不用当着我的面呀。

卓九君笑笑说，他老是借口不来，你别以为是我不希望他来。

关酱紫说，怎么可能，我们都相处快两年了，我还不知道你什么样。

卓九君看了一下时间，又说，哦，差点忘了，他本周的开机时间是下午四点到晚上七点，快了快了，还有几分钟就到四点了。

他就和关酱紫一起等时间，四点一到，立刻打过去，还开了免提。

关酱紫说，没必要开免提的，我听不听无所谓。

但卓九君还是坚持开了，电话那头，卓越听说约吃饭，一口答应，说，OK，订好饭店通知我，准时到。

超级爽快。

只是关酱紫已经不再相信，因为他爽约太多次了。

她打算再给他最后一次机会，如果今天晚上依然如故，她就要深入调查这个奇怪的哥哥了。

至于调查的手段，她才不愁，她老妈王姨是这方面的高手，之前之所以一直没有惊动老妈，倒不是怕老妈担心，实在怕老妈动用她的雷霆手段和超级资源，来一次超级暗访或明察，把人家当坏人对付，最后会搞得大家下不来台，不好收场。

卓九君是个值得依赖值得信任的人，关酱紫不想因为他哥哥的事，伤害她和卓九君之间的感情，所以一直以来都是任由他哥哥不讲规矩，不懂礼貌的，但是近来这些日子，他们两个都已经开始谈婚论嫁了，这个哥哥还不出面，确实有点怪异。

关酱紫只是有所怀疑，但她却不知道该怀疑什么，怀疑卓九君的哥哥有病？怀疑他心怀鬼胎？或者，她不是在怀疑卓越，而是怀疑卓九君，怀疑他根本就不想把哥哥介绍给她认识，怀疑是卓九君心怀鬼胎？等等等等。

反正应疑不应疑的，都疑了一遍，仍然得不到解决问题的办法。

其实，对于关酱紫的怀疑，卓九君是早就有所察觉的，卓越确实是不正常，一次两次回避，人家还可以理解，次次回避，时间长达两年，任谁都会心里不舒服，任谁都会问个为什么。

所以，卓九君和哥哥通过电话后，也对关酱紫做下保证，今天我哥一定会来的。

结果一切依旧，到了饭店，一等再等，说好六点，都等到快到七点了，也没有见人来。七点一过，卓越的手机就要关机了。卓九君急了，打电话过去，仍然是当着关酱紫的面打的，仍然开了免提，那边一接电话就说，咦，奇怪了，我早就到了，没有看到你们呀。

卓九君说，不可能，我们五点半就在这里等了，你到了哪里，你在哪里，你会不会搞错了地方？我们是在——

那边说，不会错的，你不是告诉我，在洗地饭店吗？

他果然搞错了。

应该是洗白饭店。

已经到七点了，手机自动关机了。

卓九君可怜巴巴地看着关酱紫，等着关酱紫的发落，关酱紫能怎么发落他呢，又不是他的错，还是卓越的问题。

手机打不通了，那边卓越知道自己走错了地方，会不会往洗白饭店赶来呢？联系不上，又不能不等他到就开席，于是又等，一等再等。

关酱紫说，别说打车，就是走，也走到了。

卓九君十分难为情，一边连连地说对不起，一边还在为哥哥打掩护，也许今天打车难打，有的时候，碰到尴尬，确实不如走路来得快。

又说，我刚才说清楚是洗白饭店了吧？

关酱紫终于有点来火了，她戗了卓九君一句，你哥，听力没问题吧？

卓九君赶紧说，没有没有。

关酱紫气不打一处来，又说，那么脑力呢？

卓九君仍然说，没有没有。

就这样一直等到八点多，那是不会再来了。关酱紫倒不服了，说，啊，今天走错了，明天再约。

于是，等到明天卓越手机开机，卓九君又约哥哥了。

哥哥又爽快地答应了。

但是猜都不用猜，卓越又没来，这一次的理由是人在外地，开车回来，路上撞了车，到修理厂去了。

关酱紫还真就来脾气了，再对卓九君说，你再约。

卓九君唯命是从，又约了。

这一次的失约理由是单位临时通知加班。

卓九君告诉关酱紫理由的时候，关酱紫已经懒得听了，没让卓九君说出来，她摆了摆手，说，今天是临时加班，明天是感冒了，后天——我都要吐了，反正这些理由，轮着来，来过一遍，再轮着来。

如此这般，这一两年中，有了无数次，当然，卓越也不是完全没有出现过，有一次卓越终于来了，见了面，关酱紫也就没有什么想法了，前面的阴霾一扫而过，大家挺高兴，吃得喝得聊得都high了，结果high过了头，关酱紫发现了问题。

卓越竟然得意忘形地吹嘘自己的女儿来了，可是卓越并没有结婚呀，没有结婚哪来的女儿？

关酱紫一下子火冒三丈，忽地站了起来，也不讲究什么礼貌不礼貌了，毫不客气地指着假卓越就戳穿他说，你是谁？你不是卓越，你是冒名顶替的。

假卓越一下子慌了，直朝卓九君使眼色求救，卓九君也慌神了，被逼无奈只得老实交代，这个人确实是冒名的，因为卓越太忙，请人帮忙顶替他的。

除了假卓越，真卓越关酱紫也见过一次，那次卓越受了伤，被什么东西砸了脑袋，卓九君带着关酱紫去医院看望他，结果看到的是一个满头满脸都包扎着纱布，连眼睛都蒙着的卓越。

你说这算是见过本人了吗？

呵呵。

时间就这样一点一滴地溜过去，关酱紫都快要和卓九君结婚了，卓越还不出现，关酱紫心里的疑惑越来越重，卓九君小心翼翼地看着关酱紫的脸色，小心翼翼地说，要不，我们再约——

关酱紫气得冷笑起来，说，卓九君，你好有耐心，你都不嫌这些手法太脑残太臊人。

卓九君不敢再说话，更不敢再提建议。

关酱紫忘记了自己刚刚指责卓越轮番使用脑残的手段，她自己也无可奈何地开始了对卓九君的轮番责问。

是不是你哥长得很丑，丑得不能见人？

不是不是。

那你哥是有病，传染病？

不是不是。

那，你哥，是不是干了什么坏事，犯过罪，进过局子？

没有没有。

那，你哥跟你，生死仇敌？

不是不是。

什么也不是，什么也没有，一切都正常，一切都正常得不能再正常了。

但他就是不能正常地出现在关酱紫的面前。

关酱紫像她娘，看起来大大咧咧，其实并不是那种傻乎乎的直肚肠，她也会玩弯弯绕，也会诱敌深入，所以她换了个方向。

关酱紫假装关心地说，哥哥太忙，来不了，也不要勉强了，那嫂子为什么不能来呢？

卓九君小心地看了一眼关酱紫，他感觉到她在布置陷阱，但又不知道她的陷阱入口在哪里，他得小心一点，别掉下去了。

卓九君小心地说，酱紫，你知道的，我哥他，没有结婚，说到底，还是为了我，耽误了——

关酱紫确实知道。

关酱紫和卓九君认识不久，互相交流家庭情况的时候，卓九君就告诉关酱紫，他的父母，在他十二岁的时候，双双出车祸去世。

关酱紫心里一疼，脱口说，那，你是孤儿？你是在孤儿院长大的吗？

卓九君不是在孤儿院长大的，他有个哥哥，比他大十多岁，父母去世时，哥哥已经工作了，哥哥很能干，很优秀，挣很多钱，是哥哥一手把他拉扯大的。

比卓九君大十多岁，卓越的年纪可不小了，怎么还没结婚呢？

你说正常吗？

关酱紫眉头一皱，计上心来，对卓九君说，我可能猜到原因了，你哥这前半辈子都在照顾你，你反倒要比他先结婚，他是不是伤心了？

卓九君赶紧又说，不是不是。

关酱紫自以为是，她不再搭理卓九君的“不是不是”“没有没有”，她顺着自己的思路往下走，蛮有把握地说，我想好了，替你哥介绍对象。

卓九君顿时兴奋起来，好呀好呀，酱紫，还是你最懂我，还是你最懂我哥。

说干就干，关酱紫闺蜜多，她妈又好管闲事，有无限的资源，何况现在大龄女青年多得很，信息发出去第二天就反馈了好几个。

他们翻来翻去看了几张照片，排了个一二三四，先安排卓越和一号见面。

卓九君曾小心请示关酱紫，他们要不要一起参加，关酱紫说不用当电灯泡，都是大龄和超大龄了，相信他们自己有经验处理的。

其实关酱紫是有把握的，这个女方，是她妈的心腹，所以今天的见面，既是相亲，其实更是一种面对面的探究。

相亲结束不出十分钟，老妈的消息已到，卓九君的哥哥，年龄对不上，显得太年轻，恐怕有诈。和文字消息一起来的，还有女方利用烂瓜提供的“雾墙”技术，偷拍的一张照片。

关酱紫一看照片，顿时跌掉了下巴，照片上，俨然就是卓九君自己。

难道他们兄弟是双胞胎，但是卓九君明明说哥哥比他大十多岁，自己是哥哥一手拉扯大的。

难道是卓九君冒名卓越去相亲，这又算是哪门子的事呢，卓越不愿意相亲结婚，卓九君又不好意思回绝关酱紫的好意？

这是答案吗？

关酱紫简直要崩溃了。其实，说到底，或者说得简单一点，只要她和卓九君好，关别人什么事呢，关他哥哥什么事呢，从前的她，也算不上是个要强好胜的女孩，见不见的，也不是她生活的重点和中心，可是这个卓越永远地避而不见，把关酱紫基因里流淌着的来自王姨的那个基因激发出来了，她实在是想不通，为什么见个卓越就这么难，她不服呀，她疑惑呀，她百思不得其解呀。

等到关酱紫把照片塞到卓九君面前时，卓九君已然知道，他是再也糊不下去了。

其实最近一段时间，他一直在想这个问题，而且他基本上已经想通了，也想定了，他打算找个机会就和关酱紫摊牌了。何况现在，卓越的照片都来了，他更是退无可退，只有把真实情况告诉她，并请求她的原谅。

卓九君和关酱紫约定明天见面谈，也就是说，第二天就是真相大白的时刻了。

可是忽然，这一天晚上，“战争”来了。

“战争”让卓九君重新看到了希望，短短一个晚上，卓九君已经想好了新的对策，他会先斩后奏，让事情先成定局，然后再告诉关酱紫，他哥卓越报名当兵了，他甚至可以对关酱紫说，保家卫国，是他们共同的责任，所以他也想报名，可是他哥不同意，而且，政策也不允许。

也许，这是解决难题的最好的办法，最后哥哥会死在战场，卓家就剩下他一个人了，十分悲伤。

因为“战争”，各个层面都乱了，关酱紫在医院当护士，首先就被集中在医院不能回家，他们要为“战争”准备大量的医用战略物资，要为“战争”培训前线抢救伤员的技术以及让他们充分了解前线战争是怎么回事，就像大屏上播放的《战地护士》《赎罪》那样。这种种许多，都要在短时间内完成，哪里还有时间放他们回家过正常日子。

卓九君两天没见着她了，每天手机定时开机时，他可以和她短短地通个电话，但是不巧的是，关酱紫本周的开机时间是上午九点到中午十二点，这是她每天最忙的时候，电话根本接不了。

她都不知道卓九君已经有了新的主意，她也不知道自己的老妈和老爸正在为老爸当不当兵斗智斗勇、热火朝天。

等待关酱紫的时候越长，卓九君的心情就越紧张，他很怕被关酱紫戳穿，因为哥哥当兵这个主意，也有风险，万一到了出征那天，关酱紫要陪他一起送他哥上前线——这可不是万一，是一万，关酱紫是个重感情的女孩，她百分之一万会提出来的。

这样就彻底暴露了。

卓九君很焦虑，一方面，他迫切地想念着关酱紫，想和她说话，想和她沟通，但另一方面，他又觉得，拖延一点时间，也许有两全其美的办法想出来。

真是皇天不负有心人。

最最要紧的时候，他遇见了球落伞。

先前球落伞从荣耀社区层的甲乙民宿悄无声息地离开，他甚至连那本被视为比本人更重要的册子都留下了，为的就是告诉荣耀社区层，告诉王姨和林美姿，他不是关乎，他不能去当兵。

他留下了册子，他们也就不会再跟踪他、找他的麻烦了。

一个人连册子都没有，想干什么都干不成，无论是好事坏事，他都寸步难行了。这样，他们也就放弃对他的疑惑和追寻，任由他去了。

没有册子，他是谁呀，他谁也不是。

一个谁也不是的人，谁还会去关心他呢。

不过，这只是王姨、林美姿她们的想法，这种想法对于球落伞并不适用，球落伞和她们是不一样的，他丢掉一本册子，没什么了不起，因为他身边有的是册子，要多少有多少。

球落伞离开了荣耀社区层，他暂时还没有明确的方向感，因为他暂时还不知道，走出了荣耀社区层，他应该到哪里去，换一个社区层，就能够换一种方式存在吗？就能更方便找到老球吗？

球落伞首先需要一个落脚点，有了落脚点，他才像一个梅城人，才能融入梅城的生活中去，才能去有效地寻找他要找的人。

他看到路边有一个挂着招租招牌的店面，过去打听了一下，人家说，我这个价格，平时你是租不到的，现在“战争”来了，便宜你了。

球落伞不解，说，为什么“战争”来了，就便宜我了？

那店家惊讶地看着球落伞，说，咦，你从哪里来，你连这个都不知道，“战争”都来了，你还在考虑贵不贵、便宜不便宜吗？

球落伞点头称是。现在他已经有了经验，主动拿出册子，递给店家，店家接了，只是看了一下册子的面皮，甚至都没有打开，就还给了球落伞。

球落伞说，你不打开看看，核对一下，看看有没有问题。

店家才不要看，他笑了起来，说，会有什么问题，一人一册，不可能搞错的，难道你会拿了别人的册子，谁会把自己的册子给别人呢，再说了，我又不是社区层的，有什么问题不归我管，我只管出租、收租。

球落伞十分顺利地安顿下来了，当然，即便这个店家和社区层的人一样警觉，那个册子也不会再有问题了，球落伞早就吸取了教训，事先填写好了正确的内容，他是绝对看不出问题来的。

卓九君就在旁边的一幢大楼里工作，这之前他一直反复拨打关酱紫的电话，从九点整就开始了，一直打到现在，快十二点了，再过几分钟，他今天又联系不上关酱紫了，卓九君着急呀，急得他从大楼里跑了出来，好像出来就能打通关酱紫的电话似的。

十二点差五分，他走出大楼，往前走了几步，到了拐角上，无意中发现，原先一直关着门的一个小门面，今天居然开张了。

有人经过店门口，停下来，朝店里看看，店里是空空的，那个人问球落伞，你是卖什么的？

球落伞说，我不卖什么。

那个人一扭头，说，神经病，走了。

另一个人上前，看看，说，你什么也不卖，你的店里空空荡荡，你什么意思？

球落伞说，我没什么意思。

再一个人凑过来，看了看情况，说，哦，我知道了，什么也不卖，还搞个店面，是算命的吧？

球落伞奇怪地说，算命，那是什么？

这个人说，不是算命？那是做P2P？

不会是无名氏骗局吧？

现在的骗子也和过去不一样了，还要给自己找个固定地方，好让上当的人最后追过来找他？

那才叫牛×。

呵呵。

哈哈。

其实球落伞才不会开一个空空荡荡什么也不卖的店，梅城人的警觉性这么高，他这么做，岂不是自招怀疑、自找麻烦？

一方面，他得有个落脚的地方，租个店面，让自己有个安身处，在他想来，等于就是到旅馆开个房间，而且比旅馆开房间要省心，这店家只管急着把店面租出去，管他是谁来租用。他才不想去怀疑他什么，一旦怀疑上了，你让店家出租还是不出租呢。

果然，球落伞轻而易举就安顿下来了。

另一方面，在大家七嘴八舌的过程中，他一直在想，我开一个什么样的店，才有利于找到老球呢？

他得赶紧确定下来，因为他知道，短短的时间里，自己又引起怀疑了。

是呀，花大价钱租个店面，却不是开店的，不是卖东西的，他想干什么？他是什么人？

卓九君虽然也一直站在店门口，但他并没有仔细听大家对球落伞的疑问，他的心思一直在关酱紫的电话上，快到十二点的时候，卓九君再一次拨通了关酱紫的电话，以为仍然无人接听，却不料那边传来“喂”的一声，卓九君猝不及防，吓了一跳，赶紧就喊，酱紫，酱紫——

那边却说，我不是酱紫，护士长没有空接你的电话，她让我告诉你——说到这儿，就听到大屏的时钟“当”地敲响了，十二点了，电话自动断线，酱紫让她告诉他什么，来不及说了。

不管怎么说，虽然不是酱紫亲自接的电话，也虽然什么也没来得及说，但比起前两天，已经有进步了，她知道让别人来替她接一下电话，也算是传递了一点信息。卓九君心情顿时好了起来，他看了看坐在店里两眼茫然的球落伞，同情心陡升。

卓九君的职业是一名AI设计员，只是现在“战争”来了，任何职业，都要靠边站，一切给“战争”让位，无论你是什么“员”，你都得成为“战争”的战斗员。

虽然大家七嘴八舌，都没有说到点子上，卓九君看他店里什么也没有，倒是猜出了几分，他主动过来和球落伞打招呼，说，你是做中介的吧？

球落伞摇了摇头，他已经多多少少吸取了教训，在“不相信”的梅城人的面前，他干脆就不再编剧了，所以他老老实实地说，我是来找人的。

卓九君同情地说，你要找的这个人，很难找是吧，不然，你也不会专门为了找人，还租一个店面下来——你要找的人，到底是谁呀？

球落伞编剧的毛病又犯了，脱口就说，找我弟弟。

卓九君心里不由一动，说，你弟弟？他仔细看了球落伞一眼，问道，你弟弟，他叫什么名字，多大年纪，长什么样子？

球落伞要尽快适应当场编写适合梅城的剧情，他紧张思索，认真考虑着怎么开头，怎么布局，这卓九君已经抢着说了，我看你蛮像我哥哥的，会不会，你要找的弟弟就是我哦？

球落伞真是服了。

卓九君笑了笑，很亲切地说，开个玩笑哦，其实，主要是我看你情绪有点低落，想逗逗你，如果我不是你要找的弟弟，也没事，你就把我当你弟弟，我喊你一声哥哥，多好。

球落伞真的感受到些许亲切和熟悉，他不会就是老球吧？球落伞小心试探地说，我们见过吗？我们认识吗？我们之间真的有关联吗？

卓九君说，见没见过，我也说不上，只是我看着你，就觉得亲，就想喊你哥，奇怪吗？你不会怀疑我有什么用心吧？

他这样一说，球落伞赶紧解释说，不好意思，不好意思，你对我一点不防范，我却有点见外了，对不起啊，我孤陋寡闻，我从乡下来，不大懂规矩——

卓九君朝他盯住了一会儿，说，你不像乡下人。他再奇怪地看看球落伞，又说，乡下，现在还有乡下吗？

球落伞说，是从前的乡下吧。

卓九君说，哦，你是从从前来的。

他们一起笑了起来，有人经过他们身边，和卓九君打招呼，说，卓工，这个人刚来，你就认识啦？

卓九君随口说，是呀，他是我哥。

那人朝球落伞看看，怀疑地说，他是你哥？怎么看起来年纪跟你差不多，你们差几岁？

卓九君说，差好多岁呢，我哥看着年轻。

球落伞细心观察着卓九君，他很快就发现了卓九君和荣耀社区层那些人的不同之处，他说谎的时候，表面看起来也和他们一样坦然，但是他的脸有点红。

幸好卓九君的同事不像球落伞这么细心，他才不会注意卓九君有没有脸红，他就笑笑，朝球落伞点个头，就走过去了。

卓九君对球落伞说，谢谢你配合我。

球落伞说，你真跟他们说我是你哥呀。

卓九君说，因为我真的有个哥呀，所以。

刚刚走过去的那个同事，又回过来了，对卓九君说，哦，你有个哥，难怪，你不用报名当兵了，是你哥去吧？

卓九君说，我们还没商量好呢。

那同事说，可是报名只剩下一天了，你们还没商量好呀。他挠了挠自己的脑袋，同情地说，唉，这事情确实不大好商量，二选一，其实等于没得选。

也不知道他是在同情卓九君还是同情他自己，想必“战争”来了，谁家的事也都不好商量。

球落伞知道机会来了。

现在的他，已经不是那个刚刚进入梅城两眼一抹黑的球落伞了，他已经积累了经验，吸取了教训，他要抓住主动权了，他不会再像在荣耀社区层那么被动，那么狼狈了。

所以他没有犹豫，一口答应了。

是球落伞没有吸取在荣耀社区层的教训吗？恐怕不是，球落伞在不知不觉中已经受到梅城表演的影响，他也开始表演了，他假装思考了一会儿，然后又表演出小心翼翼的样子，问卓九君，我冒充你哥哥，会不会被揭穿？

卓九君笑了，说，没事没事，不存在冒充的事情，你只是替他露个脸而已，你只需要跟关酱紫那边说一下，你是我哥哥，你要去当兵，就这么简单——他见球落伞似乎不相信他说的话，又说，至于当兵的事，你尽管放心，我哥自己会去报名的，而且，我哥的册子上是我哥的名字，你想去也去不了的。

在荣耀社区层的经历，早已经让球落伞得出结论，在梅城，最重要的东西，就是那个验明正身册，没有那个册子，你什么也不是，有了那个册子，你才算是你自己。

换句话说，就是丢了你自己，也不能丢了你的册子。

于此，球落伞更加坚定了自己的想法，更加确定自己制订的寻找方案是正确的，寻找老球，就是要和梅城的规定反其道而行之。

眼前的这个卓九君，看起来蛮厚道蛮真诚，其实他和林美姿一样，急着要和他攀上亲，已经迫不及待，不择手段了。他们真是操之过急。

球落伞应该问一问卓九君，既然他知道他哥会去报名，会去当兵打仗，为什么又需要别人冒充他哥去见关酱紫和家人呢，难道他哥没脸见人？无法见人？还是——

不过球落伞只是在心里打了个问号，他并没有指出卓九君的漏洞，他就是个看戏的人，他如果在人家演戏的过程中就指出了他们的问题，这戏就会演不下去，或者，会演出另外的走向，而球落伞要看的，是原生的剧情。

现在，球落伞自己也加入他们的队伍中，和他们一起演出了。

这卓九君见球落伞这么轻易就被他钓上了，答应冒充他哥哥，卓九君简直乐不可支，忘乎所以，但他毕竟为人老实谨慎，担心球落伞随时反悔，随时跑掉，所以赶紧对球落伞说，你为了找一个人，还特意租个店面，价格太贵了，不合算，不如你住到我那儿去。

球落伞这才开始引入自己的正题，说，其实我租这个店面，还是有其他想法的——他带着试探的口气说，我、我除了找人，我其实也是卖册子的。

卓九君顿时十分惊奇，说，卖册子？你卖什么册子？

卖册子，这是球落伞的计划的一部分，如果老球因为没有册子，在梅城混不下去，听说有地方卖册子，他应该会过来买册子。这个方案，等于守株待兔，前提是，那只兔子走投无路，必须撞到他这棵树上来。

卓九君对球落伞卖册子感到奇怪，球落伞对卓九君的问题也感到奇怪，他说，册子就是册子，难道除了验明正身册，还有其他册子？

卓九君差一点惊掉了下巴，惊愕地说，你真的卖验明正身册？然后又一字一顿再说了一遍，验、明、正、身——册？

球落伞说，怎么，有什么问题，不允许卖册子吗？

卓九君完全没有想到，竟然会有一个人在这里卖验明正身册，他甚至都不知道这是发生了什么变故，卖验明正身册？玩笑开得太大了，还说什么允许不允许，那是根本不可能。

卓九君都觉得自己的心跳加速了，因为这事情实在太出乎意料，他追问球落伞，你从哪里弄来的验明正身册？你要卖册子的话，可能还不止一本两本哦，难道，难道你是批发来的，天哪，怎么会有这种事情发生，怎么可能有批发验明正身册？

球落伞反应还是快的，他早就从卓九君的惊愕中，领悟到卖册子这个主意的荒唐不靠谱，一人一册，是铁定的纪律，册子都是机构统一颁发的，绝对不可能有人拿册子出来卖。

球落伞赶紧调整自己的思路，他“嘻嘻”笑了一下，说，我跟你开个玩笑啦，你还当真了，你这个人，好像跟别人不太一样，还真好骗。

卓九君顿时泄了气，挠了挠头，有些尴尬地说，是吗？酱紫也说我好骗，看来我还真是——

球落伞说，对不起，我真不是有意要骗你的，我只是不负责任地随口一说，我太轻率了，想想也是，我怎么可能卖册子呢，这册子都是机构管理着的，别说我没有册子，就算有册子，我也不能卖呀，这可是触犯天条的大罪。

卓九君这才还过魂来，松了一口气说，你这个玩笑，开得也太豁边了，你还说我跟别人不太一样，我倒是看你和别人不太一样，换了谁，谁能想到开这样的玩笑呀。

现在球落伞感觉自己已经穿越了刚来梅城时的那种懵懂混沌的状态，脑筋越来越清醒灵活，他已经可以堪称梅城鬼才了，眼珠子一转，又有主意出来了，随口跟卓九君说，弟弟，我跟你实话说了吧，关于册子，也不是无中生有的，我确实不是卖册子的，但是我捡到了一本册子，我担心丢册子的人着急，特意按照册子上的地址去找的，可惜地址是错的，那个地方根本没有人住，连个人影也没有，所以，我就寻思，我在这个热闹的市中心，搞个失物招领——

球落伞说得诚恳，自己都被自己感动了，他都不知道，他已经在不知不觉中，学会了梅城式的信口开河，而且发现，很爽。

卓九君一心想着尽快让球落伞顶替哥哥和关酱紫及其家人见面的大事，时时处处要讨好球落伞，所以想都不想，赶紧认同，支持说，哎，这是个好办法，丢了册子的人肯定很着急的，没有册子，寸步难行，你失物招领，他应该很快就会来领的。他停顿了一下，嘴上虽然尽情吹捧，心里却觉得还是有些疑点，所以又小心问道，难道、难道你就是因为捡到一本册子，还特意租个店面开着，做失物招领处？

球落伞继续信口雌黄，其实我从前就是开当铺的，后来当铺倒闭了，许多东西人家当了一直没来赎回，我留着也没用，就当是捡来的，请他们来认领取走吧，东西还真不少呢，有手表、手机、手提包——

卓九君说，那些东西倒不是太有意思，人家也不会太看重，你这个捡到的册子，可是性命交关的——尤其是现在，“战争”来了，没有册子，那可真是要了人命——我也可以发动我的同事朋友，帮你一起找一找。

球落伞说，那太好了——他朝外面的大屏看了看，大屏正在播放“战争”，球落伞指了指大屏说，如果它能够帮我官宣一下，那效果就更好了。

卓九君说，你想动用大屏的资源，大屏是要收费的，但那是过去的做法，现在“战争”来了，不知道大屏会怎么做。

球落伞说，我这是在帮助“战争”呀，你想想，假如这个人应该去当兵的，或者，他很想去当兵，却丢失了册子，那怎么办，没有册子，就当不成兵了，这可是“战争”的最大的事情。

卓九君承认球落伞说得有理，自告奋勇，说自己可以帮他联系大屏，处理官宣事宜。

球落伞谢过卓九君，现在他考虑问题越来越周到，他对卓九君说，我要谢谢你的帮助，但是我不能告诉你这个册子上的名字和其他内容——

卓九君也明白，赶紧点头说，我知道，我理解，这个册子上的具体内容，还是暂时保密为妥，万一有别有用心的人知道了册子的内容，会来冒领的——他真是十分周到，又担心球落伞不能领会他所说的“冒领”是什么意思，所以又解释说，你想一想，假如你捡到的册子上的名字是张三，他就会过来对你说他是张三，而你无法证明他不是张三，因为他会说册子丢了，没有册子，什么也无法证明。

这两个本来八竿子打不着的人，就这样有情有义、有商有量把事情都说妥了。

卓九君走后不久，球落伞的失物招领就已经上了大屏，一时间许多人蜂拥而至，后来干脆排起了长队。

看起来，丢失册子的人还真多。

球落伞在店里摆了各种物品请大家认领，但是没有人对除了册子以外的任何东西感兴趣，他们要认领的只有册子。

球落伞说，你说你的册子丢了，你叫什么名字？

这个人朝他翻白眼，说，你管我叫什么名字，反正你捡到的册子就是我的。

第二个上来，球落伞又问，你叫什么名字？

这个人撇了撇嘴说，我叫什么名字，你把册子拿出来看看就知道了，那册子上面就是我的名字。

再到第三个人，更加奇葩，说，我的名字是我自己的，我为什么要告诉你？

还有人说，咦，你明明捡到了我的册子，你难道没有翻开来看吗，你看过了，不就知道我的名字了吗，为什么还要问我呢？

反正总之，没有一个人会说出自己的名字。

球落伞倒不是太在乎他们为了冒领册子所想出来的各种馊主意，球落伞的目标是老球，他一直在观察人群中有没有可能是老球。

既然他们不肯说出自己的名字，问问他们的职业总可以吧。

一个人说，你问我是干什么的？跟我要领回我的册子有关系吗？

另一个也不愿意好好回答，说，我干什么工作，轮不到你管，你只管把我的册子还给我。

也有人愿意跟他聊聊，套套近乎，拉拢感情，方便把册子骗到手。就说，你眼拙，看不出我是干什么的吗？告诉你吧，我是墙管，“雾墙”里的一切，都要经过我手我眼。

球落伞说，哟，你别演戏了，我早就看出来了，你哪像个墙管，你像个城管。

这个人愣了一愣，随后笑了起来，说，哎呀，被你看穿了，我就是城管哎——说着说着，他自己也有些疑惑，朝自己身上闻闻，说，难道城管会有特殊的气味？

另一个妇女，看上去年纪不小了，却打扮得十分妖艳，还扭捏作态，球落伞眼不拙，说，你这男扮女装，也扮得太马虎了，叫人一眼就看出来。

这人笑道，我本来也没打算扮得很像，扮得像有什么用，关键是要和册子对得上。

球落伞说，你以为册子是一个女的丢失的？

这人说道，咦，我在后面排了半天了，看到前面的男的都不对，我就想着扮个女的试试呗。

他见球落伞无语了，又说，就试试运气而已，试得成最好了，试不成也无所谓。

球落伞有些气馁，就算老球真的混在这些人里，他大概早就学到他们的这一套，真真假假，假假真真，别说球落伞这样的外来人，恐怕连他们自己，到最后也给自己搞糊涂了。

就算老球此时此刻就在他眼前，可他早已经眼花缭乱，闭目塞听了。

卓九君的进展比球落伞快多了，只过了半天时间，他就落实了冒名见面的事情，他告诉球落伞，他的女友关酱紫忙得差不多了，可以放出来了，他要和关酱紫一起吃饭，关酱紫希望哥哥也能一起参加。

卓越来不来，关酱紫其实并没有寄托太大的希望，但是卓九君兴奋地告诉她，这一次，哥哥一定来。

卓九君和关酱紫通电话的时候，球落伞就有预感，好戏又要开场了。

结果，不出所料，关酱紫来了，还带来了王姨。

于是戏剧性地出现了王姨再见球落伞的场面。

其实王姨的惊诧还在其次，这些反正就是她日常工作和生活的重点，在王姨这里，永远只有更惊诧，没有最惊诧。

最惊的应该是关酱紫，毕竟这两年来，她曾经费尽了心血，挖空了心思，想要见上卓九君那个神龙见首不见尾的哥哥一面，但始终也没有成功，没能如愿，哪知院里只三日，梦想已实现。她哪能不惊不奇。

他们坐下来的时候，关酱紫正面对着窗外的大屏，大屏一直在滚动播放征兵动员，看到大屏的一瞬间，关酱紫明白了，为什么等了两年的卓越终于出现了，因为现在是现在，现在不是平时。平时的两年，恐怕也抵不上现在的一天。

因为，现在，“战争”来了。

王姨已经等不及了，也顾不得礼貌什么的，急急把女儿拉到包厢外面，追问道，这个人，真是九君的哥哥吗？你以前见过他吗？

关酱紫不知道母亲为何这般急吼吼的，好在母亲向来如此，她也是见怪不怪，洋洋哈哈地说，见过的呀，就是第一次和卓九君见面的时候，他在场的。

王姨才不相信，说，你确定，是他吗？那都快两年了啊，你没有记错吧？

关酱紫说，妈，你当你的社区层长官还当得不过瘾啊，你把工作都带到家里来了。

王姨说，我向来公私分明，哪有把工作带到家里？

关酱紫说，咦，你的工作，不就是“怀疑”吗，你现在连家里人都一一怀疑，这不是把工作带到了家里吗？

王姨说，酱紫，你太年轻，你没有经验，这个人，我告诉你，我在林美姿家开的那个甲乙民宿见过他，他若真是九君的哥哥，他怎么会跑到民宿去住宿？

卓越的出现，关酱紫可是有成就感的，现在被母亲尖锐地指出问题，她顿时不高兴了，说，妈，在你眼里，什么都是假的，谁也不是真的。

王姨说，酱紫，别人真的假的我才不管，但是这两个人你不能相信他们，这个人，不是卓九君的哥哥。

关酱紫说，妈，你真的以为人人都是假的?

王姨说，本来嘛，你老爸改年龄的事情你知道了吧。

关酱紫“扑哧”一笑，说，我老爸真屃，他怕死吗?

王姨不直接回答，只管哼哼。

关酱紫说，妈，你哼得好酸哦。

这会儿王姨的心思却在女儿身上，她气哼哼地说，假的就是假的，你看我来戳穿他们——哎哟，酱紫，你放心，我不会当面戳穿的啦。

关酱紫无所谓地说，妈，没事没事，你爱咋的就咋的，你爱戳穿就戳穿，我无所谓。

王姨也笑了笑，说，你无所谓，我还能怎样——可有一点我想不通，他的这个“哥哥”，为什么两年都不出现，现在出现了?

关酱紫一脸聪明，说，那还用说，“战争”来了嘛。

王姨立刻一拍巴掌，说，宝贝，你提醒得好，我知道怎么试探了。

王姨毕竟是王姨，她大半辈子就是吃“试探”和“戳穿”这两碗饭的，明明女儿都不在乎，明明女儿让她随意，真的假的也无所谓，可是她做不到，她必须要戳穿他们的面目。

母女俩一起回来，王姨是带着主意进来的，她心里愤愤地想着，你们商量好了来搪塞我是吧，你们搪塞我也就算了，若是你们敢戏弄我的女儿，看我怎么收拾你们。

考验不出来你们的真假是吧，王姨有的是撒手锏，“战争”，就是最好的最适时的考验。

王姨笑眯眯地说，九君啊，现在不一样了啊，“战争”来了，各层都在准备“战争”，征兵报名，明天就截止了，你们兄弟俩，商量过了吧，决定了吧，谁当兵？

卓九君和球落伞相视一笑。说实在的，卓九君为了这次会面，可真是千算万算，他算到哥哥能够见人了，算到这次能够过了关酱紫长期以来一直怀疑的这一关了，他也算到酱紫会将她妈带来，她妈的疑心病，卓九君是深深知晓、多次领教的，所以他早就做了充分的准备。

王姨提到了当兵的话题，卓九君早就有了应对的方案，他十分坦然，不疾不徐，而且又和他的哥哥再确认过眼神。

“卓越”领会了“弟弟”的眼神，“卓越”就说，我是哥，我当兵。

卓九君假装争先恐后，说，这么多年来，我哥哥一直是为我考虑的，一直是哥照顾我的，但是这一次不一样，“战争”来了，当兵，应该我去。

王姨一拍巴掌，夸张地说，嘀嘀，自打征兵活动开展以来，我还是头一次碰到有两个人抢着报名的事情，感觉都不能相信这是真的了，哈哈，你们哥儿俩，好样的。一边说一边回头朝关酱紫使眼色。

关酱紫不想领会母亲的眼色，她现在心情有点激动，因为这一次她总算是完成了一个本来和她关系并不是很大却一直纠缠着她的心愿，她大有一番成就感，一个从不以真面目示人的人，终于在她的感召下见人了，这难道不是她努力的结果吗？

虽然看起来“卓越”没有那么老，不像比卓九君大十多岁，但是无数事实证明，长相是不能说明问题的。

关酱紫现在是心安理得了，可王姨是不会安心的，一个假关乎，变成了“卓越”，毫无疑问，这个“卓越”也是假的。一个不真实的人，被她撞见了两次，却还能如此淡定坦然，他甚至连以假乱真都不做，让人一看就知道是个假的。

这样也能出来混？

连王姨自己都有点捉摸不透了，因为她需要怀疑的东西实在是太多了。

他会不会就是那个疑似超级诈骗王？

他的验明正身册怎么会被老关无痕迹篡改？

他的出现，和“战争”有没有关系？

明明是一个陌生人，为什么能够又做弟弟又做哥哥，他会不会携带了某种新型的迷魂药物来了？

总之，许许多多的“怀疑”就像是许许多多的小虫子，钻进了她的心里，在她体内到处游走，搞得她身上到处痒痒的难受，不把“怀疑”捉出来，她是不能罢休的。

王姨有着天生的超灵敏的嗅觉，分明知道这个“卓越”不一般，如果放在平时，她早就张开了她的连环白骨掌，要捏出他的真面目来。

不过，王姨又是知道轻重的，知道现在还不是时候，现在“战争”来了，既然这个据说名叫“卓越”的人，可以去当兵，那么她王姨的准女婿卓九君就可以逃过兵役了。

难道这是命中注定的，本来王姨是想让这个不知道是谁的人顶替老关的，结果他顶替了准女婿。

反正王姨也想好了，这个人，无论他叫什么名字，无论他是谁，只要打仗没打死，只要他能够回来，她是要好好研究他的，到那时，他的真面目就暴露无遗了。

如果他战死了，那就无话可说，一个死人，要他的面目也没有什么用处。

王姨心里的小算盘，关酱紫和卓九君是不会去揣摩的，他们虽然只有两三天时间未能见面，但是一日不见，如隔三秋，他们旁若无人地亲密起来，若不是因为“战争”，他们已经商量好，这几天就去领证了。可是“战争”一来，一切暂停。这也没有什么大不了，两个人感情好，不会因为迟几天领证就发生变化。他们都是玄元时代的新青年，不会纠结这些的。

其实卓九君心里十分感激“战争”。两年前，当关酱紫问他那个人是谁的时候，他随口说了个谎，结果用了整整两年的时间来圆谎，不仅一直圆不过来，还越圆越荒唐越离谱，多少次差点穿帮，关酱紫的疑心也越来越重。

为了那个名叫“卓越”的哥哥，他早已经身心疲惫，快要无力招架了，幸亏“战争”来了，不然他很可能功亏一篑。

而对于假卓越、真球落伞来说，今天他所看到的戏，似乎又更复杂了一点，更难以理解一点，这个荣耀社区层的王姨，明明知道他不是卓越，却不戳穿，甚至都不正眼看他一下，好像卓九君说什么，她就信什么。

她明明说过，在梅城的字典里，是没有“相信”两个字的。

正因为如此，球落伞的兴趣越来越大了，他觉得，梅城的戏，演得真好，他喜欢看。

这时候，球落伞还不知道，他还没有来得及观察，他们的戏，都是傀儡戏，背后都有线牵扯着的。

不过不用着急，他迟早会知道的。

你看，这不，有些东西，已经来了。

就在饭桌上这几个人“静默十分钟，各自想拳经”的时候，窗外的大屏，突然间就加大了音量，播音的语速和语气也变得急促而严厉，大屏请梅城全体注意，今天傍晚，战略层已经做出了新的决定，修正了原来的征兵方案。

然后播放了全新的战争进行曲，然后是新的方案的文字内容。

三个年轻人齐齐地奔出门去看战略层的新方案了，只留下王姨一人，她是岿然不动的，她经历得多了，改个方案有什么了不起，一改再改也没有什么了不起。

只是看着这一桌子的菜，只剩她一个人，王姨叹息了一声，心想，这个“战争”，蛮厉害哦，四个人的晚饭，只有她独自吃了，捣蛋嘛。

是嘛，那个“战争”还没来，她自己的战争已经轰炸了好几轮了。

9. 争先恐后

战略层在方案修正说明中说道，在广泛发动并挨户核查的基础上，机构总结了前阶段征兵工作的情况，大家的应征积极性空前高涨，征兵名额大大超过了原定的数字，现在，根据前方再次传来的“战争”信息，战略层再次请来专家研判，最后一致认为，可以大大减少人肉部队，只需增加纯武器部队的数量和品种即可。

于是，战略层重新发布决定，废除前阶段的征兵名册，改挨户动员为主动报名。

正因为有此番巨大的改动，等于前面的一切，都要推倒重来，所以原定的征兵截止日期，也必须随之后挪了。

这个战略层真的很不靠谱，至少它完全无视了前阶段大家工作的辛苦，前面大家的努力全部白费了。

面对“战争”，他们怎么能够如此不严肃不严谨，随随便便，朝令夕改。

荣耀社区层的几个人，灰头土脸，灰心丧气，连小P都捶着自己的腰说，累死我了，我的腰都要断了。

老东西气得哼哼说，你小孩子也有腰？我才腰断了呢，幸亏我有皮带，要是没有这根皮带，我的腰真的就断了。

小P不敢把老东西怎样，尤其是他扎上皮带后性情大变，小P吃不透他，只好忍气吞声，可烂瓜想跟老东西干架，工作白干，他心里窝火，再加上早就看不惯老东西，火气就堆积到一块儿了，先前还因为征兵工作压力大，不能分神，烂瓜才忍了，现在反正不征兵了，都靠自觉了，烂瓜决定跟老东西玩一把。

烂瓜十分阴险，当然他也有阴险的本钱，他跟人搞事，从来都是玩阴的，他只要到“雾墙”里瞄一眼，老东西所有的私皮夹账都一清二楚。

烂瓜到“雾墙”那里一看，奇怪，正册里居然没有老东西的名字，没有名字，也就没有了一切。

连烂瓜这样的技术男都挠头了，正册中没有，难道老东西的名字会在另册中。

可惜的是，烂瓜不够查看另册的级别，查看另册，那是要特别申请，然后经过特殊批准的。

烂瓜虽然对老东西不满，但是他很懒，让他到“雾墙”看一眼，这还可以，但是要他多费几番手脚，到另册里去找老东西，他才懒得麻烦自己。

随他去吧，另册就另册，看老东西现在这腔调，估计他从前也不是个正经人，他在另册里，也是理所当然。

老东西的名字，是不是在另册里，只有王姨知道，不过烂瓜才不会去王姨那里打听，王姨此时的脸色，比谁都难看。比起手下几个人，王姨自己更是一肚子的怨恨，为了动员别人当兵，又为了自己家的人不当兵，她可是费尽了心机，伤透了脑筋，最后总算让她如愿以偿，老关成功地改了年龄，虽然王姨已经搞不清老关的年龄到底是改回去了，还是改回来了，但他毕竟把年龄改在征兵的条件之外了。准女婿卓九君因为有哥哥卓越应征，无论这个哥哥卓越是真是假，反正卓九君是可以高枕无忧了，王姨打算着，等到部队一开走，她就要催促让女儿去领证结婚了。

王姨正在庆幸自己的能干和运气，为自己的如意算盘颇感得意，却不料，战略层一声咳嗽，告诉大家，你们，忙也是瞎忙，折腾也是瞎折腾，我这儿一声令下，你们一切心机都是白费。

王姨来火归来火，但她好歹还记得自己的身份，她是社区层的长官，不能混同于普通群众，任何时候，任何情况下，她总要比他们觉悟更高一点，思想更进步一点。

所以王姨忍耐下自己的“小我”，顾虑起梅城这个“大我”，她假装开导大家说，别啰唆啦，别抱怨啦，前期工作，虽然辛苦一点，但绝不会是白费的，天底下，就没有白干的事，我们付出的代价，就是战略层新决定的基础，只有在大家的努力下，他们才能搞明白，到底应该有多少人去打仗。

老东西是最沮丧最失落最有挫败感的，如果征兵不用动员，全靠自觉，那还要他这样的征兵工作积极分子干什么，他感觉自己被无情地抛弃了，连他腰里的皮带，也变得像根烂稻草了。

老东西气愤地说，不干了不干了，都不用征兵了，要皮带干什么用？他一边说一边扯皮带，因为用力过度，竟把皮带扯断了，老东西又心疼了，把皮带拿着左看右看，说，咦，我的力气有这么大吗？

老东西对皮带这么钟情，连王姨都忍不住要嘲笑他，你老东西一个，能有多少力气，你怎么不说你的皮带是根烂货，哈哈。

小P不想听他们瞎扯，她自己一肚子心思，在一边自言自语，嘀嘀咕咕道，本来我还想着花木兰呢，现在想想我就不高兴了，征兵的时候他们就乱来，到了战场，还不知道会乱成怎样呢，人家花木兰，那可是，那可是——她索性念叨起来：将军百战死，壮士十年归。归来见天子，天子坐明堂。策勋十二转，赏赐百千强。可汗问所欲，木兰不用尚书郎，愿驰千里足，送儿还故乡——

王姨说，小P你又叨叨什么。

小P说，我没有叨叨什么，我是说，他们这么不靠谱，我要是做花木兰，不要被他们整死在战场哦。

老东西不满地说，我本来下午还要上老江湖家去继续动员，哼哼，昨天去动员他的时候，我忘了系皮带，他居然不买我的账，还怼我，我今天特意换了根新皮带——现在倒好，门也不用上了，皮带也不用系了，可是我这口气，出不掉啦，哼哼。

一直死沉着脸不吭声的烂瓜，忽然开腔了，他大概又去云里雾里云游了一番，提出了自己的怀疑，说，不对呀，战略层说大家踊跃报名，征兵人数大大超过原定的数字，这不可能——就说我们荣耀社区层，也只勉强达到了原定数字的三分之一，还差一点呢。

王姨一听，有点急了，说，那难道其他社区层厉害？

烂瓜说，厉害个屁，大多数的还不如我们。

老东西说，是呀，他们干活哪有我们卖力。

王姨是老江湖碰上新风浪，看不准风从哪边来。其实，即便她能看出来，又怎样，面对战略层的决定，她还能顶风翻案不成？

全新的征兵方案出来的这一天，整整一天时间，社区层也不好好上班了，尽在那里胡扯新方案否定旧方案的事情，意见提了一大箩。

其实何止是荣耀社区层，凡被“战争”波及的地方，人人都有意见，而在梅城，这一段时间里，又有哪个地方没有被“战争”波及呢。

因为议论的声音太大，惊动了大屏，在平常的日子里，都是大屏的声音盖过所有的声音，可是今天居然议论的声音超过大屏了，大屏知道情况不妙，大屏要开腔了。

大屏在开腔之前，都会播一段与内容有关的音乐，今天也不例外，播的是“战争送别曲”。

是陌生的，但是记忆中似乎还有一点残存，还有一点印象，却又不真切，也不完整，这到底是哪里的音乐，是什么时候的音乐，它表达了什么？

没等大家回想起来，音乐已经戛然而止，大屏开始说话，大屏说，据大屏方面的可靠消息，新修的征兵方案，是战略层自作主张公布的，并没有经过最高机构的审核和批准。

这还了得，那还了得，一时间，梅城轰轰轰轰，简直要炸翻天了，大屏向来都是梅城所有真实情况的唯一来源，在梅城，你不相信大屏，你还能相信谁？

连大屏都追究到战略层那里，这下子战略层肯定是跑不掉了。那是，你战略层都引起这么大的非议了，你还想跑？

当然，战略层跑得掉跑不掉，这并不是事情最后的走向，机构还没有出面呢。不到万不得已，机构是不需要亲自上阵的，到了万不得已，机构一出来，事情就搞定，这是铁的定律。

所以关于征兵方案修订的事件，最后肯定是由机构出面处理，手段也是屡试不爽：甩锅。

甩锅给战略层，免去了战略层长官的职务，但是机构并没有重新再修正方案，因为战略层的修正方案已经开始实施，不得中止，不可再一次出尔反尔。

而实际上，机构给出的意见就是：战略层是以一个错误的方式，做出了一个正确的决定。

甩锅给战略层，民众皆大欢喜。

其实民众是十分欢迎修正方案的，只是他们觉得自己不能被糊弄，无论你出台好方案还是烂方案，你得让我们知情，你不能自作主张，否则我们的权利就是被你们剥夺了。

机构到底是机构，永远是站在制高点，看得最清楚，他们知道新方案是好方案，但是为了让民众的矫情有地方发泄出来，处理战略层个别人员，小菜上一碟，就万事大吉了。

现在真的很好，首先王姨不必担心老关那个一改再改已经不知真假的年龄最后到底能不能通过审核；也不必担心卓九君的哥哥卓越会不会反悔，临时又把球踢给卓九君；林美姿想把弟弟林西从牢里直接送上战场的把戏，也不用费心操作了；至于像蒋大脸那样不要脸的人，说便秘拉稀什么的，到医院开了假证明，也都作废了。

还有那个自称精神分裂的满天星，听到大屏的声音后，就从家里出来，在街巷里走来走去，神气活现，见人就说，自从治好了精神病，精神好多了。

最性急的还要数快刀他爸妈，他们已经急着要给快刀重新证明他是他们亲生的了，他们已经来了，他们到了社区层，跟王姨说，我们上次是说谎的，快刀他不是我们领养的，他是我们亲生的，你看，我们有医院证明。

他们果然拿出了另一份医院证明，证明快刀的出生年月和父母亲姓名。

王姨又被他们气得笑了起来，她简直要朝他们作揖了，她真的是很佩服他们，她对他们说，现在不用给我们看啦，你们爱亲生就亲生，爱领养就领养，你们爱几岁就几岁，我们不管了。

快刀的父母亲不高兴，说，王姨，你这是什么态度，你这样对待居民是不对的，我们都应该实事求是，有一说一，是亲生就是亲生，是几岁就是几岁，怎么可以随随便便想怎样就怎样。

王姨不想和他们说话了，但是他们却纠缠着王姨，要王姨承认快刀是他们亲生的。

王姨说，我宣布有什么用，我前脚宣布了，你们后脚就拿来医院证明，说我是错的，谁知道到底谁对谁错呢？

快刀父母亲说，你不肯宣布，你就是不承认事实，你不承认事实，你想承认什么？你做工作，从来就不实事求是。

连从来都习惯在一旁看笑话的烂瓜也忍不住了，他在旁边阴阳怪气地说，你们实事求是是吧，你们这是真的确定了对吧，你们确定快刀是你们亲生的对吧，你们不再改了对吧？

快刀的父母亲赶紧发誓说快刀绝对是他们亲生的，绝不会再变了。

烂瓜说，那好，我就在“雾墙”里替你们改正了。只不过你们要有思想准备哦，你们的儿子不再变了，可征兵方案保不准还会变的哦，说不定还要再变几变呢，说不定最后又变成最早的样子哦。

此话一出，着实把快刀的父母亲吓着了，他们面面相觑了一会儿，赶紧开溜，一边走一边说，我们再等等，我们再等等。

王姨气不过，现在的她心胸变得狭小了，她追着他们匆匆离去的背影，讽刺他们说，你们很讲实事求是哦！

送走快刀的父母亲，荣耀社区层的几个人也面面相觑了一会儿，正感觉无语，又有人来了。

来人是穷爷。就是因害怕征兵而假装自杀的那个㞞货，现在他神气起来了，过来兴师问罪了，他走进来就朝老东西瞄了几眼，发现老东西腰里的皮带没有了，他的气势就更凛然了。

嗯哼哼，嗯哼哼，穷爷放肆地环顾着社区层的每一个人的脸色，从他们沮丧的神色中，他感觉到了自己的力量，他朝自己跷了跷大拇指，说，幸亏我没有去死，我要是死了，就看不到你们这几张苦脸了。

小P气不过，快嘴快舌地说，若不是我们手脚快，救了你，你现在说不定躺在医院的病床上哼哼哼哼，说不定还在抢救呢。

王姨说，抢救个屁，什么医院病床，要不是我们救你，你现在就躺在殡仪馆的冰柜里了，大家忙征兵，烧尸也没人帮你烧。

老东西最厉害，他总是一步到位，说，还什么医院，还什么殡仪馆，他早就是一堆灰了。

穷爷才不理会他们的嘲讽揶揄，他“呸”了一声，扬扬得意地说，你们还真以为我会去死呀，我就是试探试探你们，看看你们的脑子还是不是人脑子，你们也太经不起考验了，我一试，你们就露馅儿了，果然一个比一个更猪脑子哦。

王姨压抑住不乐，希望他赶紧走，就说，好好好，我们都是猪脑，就你是人脑，你人脑别来我们猪圈这儿乱窜，感染上猪瘟算谁的。

穷爷可不是好打发的，他说，你以为我是来乱窜的，你以为我是没有目的的，告诉你们，我是来向社区索赔的。

老东西一跳八丈高，你要索赔，索赔什么，索赔我们救了你？

穷爷道，你们社区层，要赔偿我的精神损失费和名誉损失费，那天要不是你们多事，假装救我，怎么会有那么多人知道我要自杀，我现在都成了荣耀社区层的名人了，都要归功于你们宣传得好。

小P说，哟，穷爷，你都成名人了，应该是我们向你收点宣传费吧。

穷爷说，小姑娘，你年纪轻，不懂世道，我告诉你，现在世道可怕，人心叵测，所以我一向很低调的，可是因为你们，让我现在变得这么高调，我的玻璃心，受到了伤害，我的名声，也不好听了，不向你们索赔，向谁索赔？

天哪，小P夸张地尖叫起来，这都是什么人啦，我怎么会跑到这种地方来上班了啦。

王姨说，你来报到的时候，我就对你说过，你听进去了吗？

小P说，王姨，你是说了无数遍，我都听进去了，可是，我现在碰到的情况，要比你预先提醒的，还要恐怖得多呀，我的稚嫩的心灵才真是受到伤害呢。谁来赔偿我？

对付穷爷这样的无赖，最后还是得无赖出面，所以由同样无赖的老东西出面，对穷爷说，穷爷，你的信息又不灵通了吧，你又low了吧，机构已经出台了最新条例，其中增加了一条，凡是有勇气自杀者，说明此人勇敢无敌，无论主动报名与否，无论名额够不够，都会加入征兵名册优先考虑。

烂瓜心领神会，假装说，哦，增加了这一条，我还不知道呢，让我到“雾墙”看一眼。他立刻去到“雾墙”看了一眼，回头对老东西说，有了有了，新增条例第五十九——

没等老东西和烂瓜说完，穷爷惊恐万分，拔腿就跑，边跑边说，我不行了，我不想活了，我要去死，我要自杀——哦，不对不对，我绝对不要自杀，你们别逼我去自杀，你们要是逼我自杀，我跟你们没完，我自杀后做了鬼也要来纠缠你们。

大家冲着他的背影呵呵笑了几声，笑得很干巴，因为这真没有什么好笑的。

穷爷走后，大家都不想再待下去，再待下去，不知还有多少人会来纠缠，让人恶心。他们赶紧收拾收拾，都提前下班了。征兵工作已经转移到各大广场了，从明天起，他们都要上广场，不过，这一回，不再以他们为主，他们都要给人家打下手了。

幸好任务不算太重，只要帮着登记姓名，核查相关证件或有关证明就行，关键是不用他们帮着维持秩序。

战略层通过大屏向大家做了通报，报名的广场，人越多、气氛越热烈越好，就算混乱一点，也是好事，说明大家心往一处使，所以无论是社区层、治安层还是其他层，都没有接到维持秩序的任务。

老东西走得最快，刚刚走出社区层，迎面就看到了死去的钱家老三，老东西“哦豁”了一声，说，真是活见鬼。

死去的钱老三说，你看错了，我不是鬼。

老东西说，你不是死了吗，死了还能在路上走，不是鬼是什么？

钱老三死皮赖脸地说，嘿嘿，我那是假死。

老东西已经从烂瓜那儿学了一招，说，钱老三，你确定你是假死？你确定你不是真死了？

钱老三笑道，老东西，你明明看见我活着在走路，你还问什么废话。

老东西照着烂瓜依样画葫芦，说，既然你是假死，那个修正的征兵方案也可能是个假方案哦，如果是假方案的话，说不定很快又要重新来过哦——

钱老三一听，果然有点慌了，说，什么重新来过？重新来过什么？

老东西说，咦，方案不行，就重新再做呗，也可能，又回到第一轮的方案上去了，从前也不是没有过这样的事情，改来改去，最后发现，还是最早的最好。

钱老三愣了一会儿，说，你吓唬我。

老东西跟他斗智斗勇说，是的是的，就算是我吓唬你的，你千万别当真。

钱老三似乎是更当真了，对着老东西直摆手，你等一等，你等一等。

老东西说，等什么？

钱老三说，不对不对，是我等一等，我等一等再告诉你们，我到底死了还是没死。

钱老三赶紧跑路，留下老东西看着他慌张的背影，得意地说，跟我玩，哼，你还嫩了点！

王姨他们虽然走得慢一点，但他们在背后也看到了老东西智斗钱老三的精彩表演，现在他们已经一致认识到，这一切都是机构神操作，现在的机构，水平越来越高，其实就是机构在告诉大家，你们所有的一切，你们所有的谎言，都暴露了，而且，都白扯了。

你看，只要有正确的指引，谎言就会不攻自破。没什么好担心的。

总之，几乎所有的人都有一种虽然白忙一番，却又喜从天降的感觉。

既然大家都找到了感觉，下一步的行动立刻掀起了高潮。在梅城的各种大大小小的广场，到处设立了征兵报名点，每一个广场都是人头攒动，奋勇当先，和前几天争抢着改年龄、开医院证明、假死等的场面一样热闹。

大屏更配合着大家的情绪，一遍又一遍地播放着关于“战争”的介绍、动员、鼓劲、许诺，等等等等。

广场四周，彩旗飘扬，到处挂满了标语横幅，这哪里像是要征兵，要开战，分明是战争胜利后的庆祝。

负责登记的工作人员没有来得及做好充分的准备，争先恐后报名当兵的人群已经蜂拥而至。

一下子乱了手脚，这样的民众英雄，不能怠慢他们，不能让他们消耗太多时间和精力，报名手续一切加快加强加大马力，一切从简，开始还要求刷脸认证，但是连续出现了好几起“我不是我”“你不是你”的误操作，耽误了大家很多宝贵的时间。

最后战略层开会决定，让刷脸机靠边，让一切阻碍速度的东西统统靠边，一切给“战争”让路。

就凭肉眼，难道分辨不出你我他？在没有刷脸机的时代，我们还不是照样分得清清楚楚。

这里的每一个人都欢欣鼓舞。

但是有一个人例外。

他就是球落伞。当然，也可以不用“有一个人例外”这样的话来形容他，因为他本身就是一个例外的人。

一个自鸣得意无所不知的球落伞，竟然成了一个可怜的球落伞，他再一次茫然起来。本来，经过这些天的努力，他已经不仅得意，甚至感觉有点得道了，他已经觉得自己进步很快，已经差不多掌握了梅城的特点了，可是谁能想到，关于“战争”，就这样突然地、猝不及防地发生了变异，巨大的变异，走向了反面。

这个翻转，也太突兀，太莫名其妙了，任凭球落伞是个水平高超的鬼才编剧，他也无从发现其中的必然逻辑。

他再一次看不懂梅城人的言行举止，他们让他如一叶障目，睁大眼睛也看不清事态的走向。

他刚刚到来的时候，正是梅城刚刚开始征兵的时候，球落伞所到之处，所见之人之事，皆是不愿意当兵，千方百计逃避，挖空心思拒绝，行为下作，甚至十分荒唐，十分可笑，连他一个外来的陌生人，都莫名其妙地既代表弟弟，又代表哥哥，还代表一个叫“关乎”的人，他差点被当了几次“兵”。

若不是修正了方案，此时此刻的他，都不知道自己会以哪一个名字登上梅城的征兵名册呢。

可是现在广场上怎么会有这么多人积极主动报名当兵，他们和昨天、前天那些不愿意当兵的，都是一类人吗？

难道在梅城，生存着不同种类的人类？

或者，球落伞也会想得更多一点，更远一点，这不是什么新款病毒吧。据说从前有过一款病毒，看起来就是一条鼻涕虫，但是它可以控制你的思想和情绪，让你走向你的反面，让你变得不是你。

或者，也可以反过来说，让你变成了真正的你。

难道这是说，“战争”来了，真我就暴露出来了？

球落伞知道自己还需要更仔细更贴近地观察梅城的人类，才能更准确地从中发现和他们不一样的人，那个人，应该就是老球。

球落伞必须要给自己找一个工作，一个接地气的无限接近梅城人的工作。

他自告奋勇地申请做了一名征兵登记员的助手。

球落伞理直气壮地置身在梅城征兵的第一线，这样他就可以目睹梅城人是怎样从逃避兵役转换成热衷当兵的。

球落伞就再一次和王姨相遇了。

他和王姨他们分配在同一个广场的报名点上，成了同一条战壕里的战友。

报名的队伍排得很长，在广场上绕了好几圈，幸亏广场比较大，否则人都挤不下了，连报名处的桌子也要被挤翻了。

抢在第一的那个人，大声嚷嚷，你们还不开始呀，你们什么时候开始呀，我都来了几个钟头了，我天不亮就来排队了！

王姨抬头一看，这人是蒋大脸。

蒋大脸红光满面，容光焕发，递上验明正身册，说，我叫蒋大脸，这是我的册子。

王姨没有接他的册子，只是朝他看着。

蒋大脸说，咦，王姨，我报名呀，我可第一个到的哦，我可是排在第一的哦，你哪怕只收一个人，也是要收我的哦。

王姨说，蒋大脸，上次我们去你家动员你，你想了各种理由不肯应征，现在你想通啦？

蒋大脸委屈地说，王姨，我也没有想各种理由，我就想了一个理由，你忘了，我说我便秘。

王姨说，是呀，你便秘怎么能上战场呢，万一战场吃紧起来，没有时间让你大便，你岂不是要被大便憋死，你被大便憋死了，那算什么呢，不能算牺牲吧，不能当烈士的哦。

蒋大脸嬉皮笑脸地说，王姨，你的记性没必要这么好吧，嘻嘻，王姨，其实我大便很畅通，我没有便秘。

王姨说，咦，你明明就是便秘，你还有医生开的证明呢。

蒋大脸说，嘻嘻，王姨，你明知故问，你知道那是假的。

王姨立刻严厉起来，说，蒋大脸，你说话把牙齿筑筑齐再说啊，我怎么会知道你的证明是假的，那不成了我怂恿你作假，难道我对你们的作假睁一只眼闭一只眼，甚至大开绿灯？

蒋大脸见自己软的这一套王姨不吃，就有点不高兴了，改为硬的了，戗戗地说，哎哟，王姨你不要装成一副无知少女的样子，咱们之间，谁不知道谁呀，你难道不是睁一只眼闭一只眼，难道你想两只眼睛都闭上？那就太好啦，万事大吉啦。

硬的一套王姨也不吃，王姨说，你少来啦，反正你不能报名，除非，你到医院叫医生开证明，证明你没有便秘。

他们的对话，球落伞在一边听得清清楚楚，可心里却又糊里糊涂，至少他们是在谈论，这个叫蒋大脸的人，先前是不肯当兵，还到医院开了证明，来证明自己有病，逃避当兵，而现在，他又抢在第一个来报名当兵，王姨却还不收，又要让他去医院开证明，证明他没病，这算是哪门子逻辑呢？

果然，蒋大脸生气地说，王姨，我知道，名额肯定很紧，你肯定是想留在手里给别人开后门，这不行的，我要举报你。

王姨就把负责征兵的战略层的人喊过来，直接对蒋大脸说，喏，你举报吧。

战略层的人问清了缘由，又到“雾墙”里查看，果然，“雾墙”已经有了记载，这个人有病，是不符合当兵条件的。

蒋大脸敢跟王姨纠缠，却不敢顶撞战略层的人，他们个个身佩武器，“战争”来了，特殊时期，看哪个不顺眼，他们可以拔出武器就打，这不是他们的权力，这是“战争”的权力。

但是蒋大脸并没有死心，他唯一的办法就是重新再到医院，再开证明，纠正“雾墙”里关于他的信息，然后再来报名，时间紧迫，他拔腿就往医院去了。

球落伞亲眼看到他们演的这一幕，琢磨了半天也没看懂，更没想通，他丢下手里的事情，追着蒋大脸走了一段，然后拉住了他。

蒋大脸回头一看，顿时脸上一喜，说，啊？你们同意啦？

球落伞说，不是不是，是我想问你个问题，关于应征当兵的事情，为什么你前后是两个不同的态度，甚至是两个十分极端的态度？难道你是两个人？

蒋大脸听了这个问话，似乎有点蒙，朝球落伞看了半天，然后指着大屏说，什么两个人，你眼睛不好，你不认得大屏吗？

球落伞这才想起，自己忽视了大屏。

他朝大屏看，大屏还是那个大屏，但大屏已经完全不是那个大屏了，现在的大屏上，播的尽是战争胜利的画面，一派喜气洋洋，人人欢天喜地。

各式场面感人至深。

深情拥抱的。

喜极而泣的。

戴红花的。

发红包的。

奖励别墅的。

介绍美女的。

提升官衔的。

和先前的那些“战争”惨烈场面，形成巨大的反差，抬头仰脸看大屏的人，淌着口水，摩拳擦掌，跃跃欲试。

蒋大脸再说，你，再用耳朵听听。

球落伞赶紧用耳朵听了一下，不仅画面、画风大变，背景音乐也变了，现在大屏上所有内容的背景音乐，都统一成了一种音乐，无穷无尽地循环播放，音乐背后有着隐隐约约的歌词，这些歌词很奇怪，在球落伞听起来，它是这样的：咪哩嘛啦咪哩嘛啦咪哩嘛啦咚咚锵。

无穷无尽地重复播放。

球落伞这才明白，机巧就在大屏的画面和背景音乐里边，也就是说，这个画面、这个音乐，只对梅城人起作用，球落伞不是梅城人，他无法接受大屏这种莫名其妙的咪哩嘛啦的暗示？

蒋大脸在一边得意地说，你现在知道了吧，你现在知道我为什么要报名当兵了吧，王姨小心眼，给我穿小鞋，你得帮帮我，帮我开个后门，让我报名。

球落伞哪里有这个权力，他搪塞说，无论怎样，你得到医院开个证明。

蒋大脸不敢相信王姨，但是得了球落伞这句话，就已经足够了，欢呼雀跃去医院开证明。

球落伞刚要返回报名处，忽然被人从后面拉住了，回头一看，是林美姿，身边还站着一个长得跟她一点也不像的年轻人，估计就是她的弟弟林西了。

因为征兵的截止时间延期了，林西已经从牢里出来，跟着姐姐一块儿来了。

林美姿激动地拉住球落伞说，帮帮忙，帮帮忙，我和我弟弟，我们来迟了，队伍排得这么长，我们等一等倒无所谓，但是就怕轮到我们名额都没有了，关乎，哦不，你姓球，叫球什么来着，我忘了——姓球的，你能不能帮我个忙，让我们插个队，今天要是报不上名，我弟弟会急死的。

那个林西在一边点头，表示自己真的很着急。

球落伞看了一眼林美姿，他不便将林美姿的阴险想法揭露出来，但他又觉得林西有点可怜，刚刚出了牢房，又要去当兵，这个做姐姐的，还怀揣着一肚子的坏水，不揭穿她，有点对不住这个叫林西的年轻人。

球落伞正左右为难，林美姿却笑道，哎哟，姓球的，你是不是还惦记着我们甲乙民宿的事情，其实你真不必要，我已经和我弟弟商定，等他打仗回来——

林西立刻打断了林美姿的话，说，姐姐，现在是什么时候，你怎么还有闲心思跟人家说房产的事情，难道房产的事情，比“战争”还大吗？

球落伞知道自己多余了。连林美姿的弟弟林西，那个“泼魂大帝”都是这样的思想境界，他还想怎样？

球落伞在这广场上只是个小助理，无权无势，林西姐弟知道在他这里开不到后门，就着急着到别处去报名了。

球落伞呆呆地看着他们的背影消失在人海之中，他现在知道了，任凭自己再怎么努力，他仍然一次次地感觉到自己的无能为力，他甚至心灰意懒了，他差一点就想要回他熟悉的亚地，去交一个不能完成的差了。

当然，这只不过是球落伞一时冲动的想法，事实上他是不会做逃兵的，他也不能做逃兵，在亚地那个地方，是没有“逃兵”这一说的，就像梅城没有“相信”这个词。

许多年来，球落伞从来没有完不成任务就回家，所以，无论梅城怎么让他蒙圈，他都不能走，他必须留下，直到他找到老球，解决问题。

球落伞重新调整了自己的精神状态，让自己振奋起来，林美姿姐弟刚走开，又一个人来到了球落伞面前，球落伞一看，叫了起来，哈，关乎。

老关也来了。

球落伞说，关乎，你不行的，你五十一岁了，过年龄了。

老关说，我不是五十一岁，我是四十九岁，五十一岁那本，是你的。

球落伞已经知道，无论他说什么，都会被老关顶回去，他急得就把王姨喊过来了。

王姨看到老关，不仅不惊讶，反而责怪他说，你怎么到现在才来，再晚你都报不上名了。

老关说，我绕到社区层去了，把你抽屉的锁撬开了，那本“四十九岁”我拿来了，要是没有“四十九岁”，我怎么报名呀。

王姨说，你看清楚了啊，不要再搞错了，你四十九岁。

老关高高地扬着手里的“四十九岁”，说，不会错，这回真的不会错了，我四十九岁，铁定的。

他知道球落伞在旁边十分疑惑地朝他看，就回头笑着对球落伞说，这还得谢谢你呢，要是没有你的那本空白册子，我也不会经历这样的人生考验呀。

球落伞奇怪地说，但是你的考验被揭穿了，你一会儿四十九岁，一会儿五十一岁，当场揭穿，你怎么办呢?

大家哄笑了起来。

球落伞也陪着他们一起笑了。

王姨眼尖，看到快刀的爸爸妈妈拉着快刀也挤在队伍中，她把他们喊过来，她可是有机会出口气了，说，你们快刀当兵，我没意见，反正是他自愿的，但是我想问问清楚，你们快刀到底是亲生的还是领养的？

快刀他爸妈“哈哈哈哈”笑着说，说，假的假的假的呀。

王姨说，假的，哪个是假的，亲生是假的，还是领养是假的？

他们又笑，说，王姨，你这么精明，我们骗你，你怎么会相信呢？

嘻嘻嘻嘻，他们一家三口，同声笑了起来。

后来球落伞看到一位老人家，在报名处转来转去，大概也想要报名，他的手一直伸在包包里，可能是随时要把验明正身册拿出来。可是他根本不用把验明正身册拿出来，一看样子，就知道年龄太大了，既然报名的人这么多，对年轻人都要挑挑拣拣，年纪大的，根本没有机会了。

可这老人家，报名心切，不甘心，不肯离去，他走来走去地想着，“战争”来了，我能干些什么，“战争”来了，我说什么也不能落下。

他想呀想呀，又看了许久大屏，大屏最后给了他启发，终于让他想出事情来了，他急切地挤上前，把衣袖挽了起来，说，抽血吧，你们抽我的血，我的血干净的。

这边人山人海，接待的都是报名当兵的人，看一个老头说要抽血，不知他动什么脑筋，不客气地跟他说道，老人家，你抽什么风，谁说要抽你的血？

那老人家说，我先前看大屏上，打仗都是流血的，到时候血会流尽的，血会不够用的，应该先储备起来。

他的话居然得到一些市民的认同，有几人立刻插上来说，是呀是呀，别说打仗，打游戏也要流血的。

老人家说，我要献血。

大家都嚷嚷，我们要献血。

征兵的人嫌他们烦，这征兵工作本来是各个社区层的事情，人家也都做得好好的，现在一下子全给否掉，一下子全压到他们战略层一层头上，累得狗趴，他们没好气，戗他们说，现在已经开始流血了吗？现在不是还没有开始流血呢吗？再说了，“雾墙”里那些东西，你们就都信了它吗，那都不知道是哪朝哪代的东西，谁知道今天的“战争”是什么，说不定，也就不战而胜了。

他们说的话，居然启发了大家，大家七嘴八舌地议论起来。

也是呀，也许不用血，我们又不知道“战争”是什么。

也是呀，也说不定，部队还没有到前线，整个队伍就不见了？

不见了，那到哪里去了？

我怎么知道到哪里去了。

被吸走了？被卷走了？被雾化了？被吞没了？

也是呀，也说不定，打仗不用武器，不流血，吐唾沫就行。

那叫兵不血刃。

也是呀，你看大屏上，“战争”的样子多得去了，生化的，电子的，无形的高智能，古战场，吸血鬼，什么什么。

他们议论纷纷，唾沫星子直飞，溅到征兵工作者的脸上，他们十分不高兴，说，是呀是呀，所以你们的血，我们肯定是不要的，你们先一边站着去讨论吧，现在我们根本就不知道“战争”要不要流血。

球落伞悄悄过去问那个老人家，您这么大年纪了，为什么要献血呢？

老人家朝他瞪着眼睛，他不明白这个年轻人，怎么会问出如此愚蠢的问题。谁还说长江后浪推前浪呢，他这明明是一代不如一代。

10. 出征

终于，关于“战争”的一切，一切的一切，都准备好了。

基本上是万无一失了。

那就只剩下两个字：出征。

首先还是大屏。大屏通知了出征的时间。

大屏说，这是梅城人今后永远都要记住的“战争”纪念日。

出征的仪式十分隆重，排练是秘密进行的，民众并不知道出征那天会有怎么样的情形。采取这样的保密手段，让大家的激动和好奇，在出征的那一天，达到了高潮。

天还没亮，大家都已经从家里出来，赶去从城中心往城外去的那条宽阔大街，他们穿小巷过桥梁的时候，就已经是人赶人，人追人，人挤人了。

他们一边走路，一边兴奋热烈地议论。

哎哟，你赶这么急有什么意思？

就是就是，不就是给出征的人送个行吗？

何止是送行，今天可是去看表演的哦。

那是那是，今天有好戏看，所以要早点去，占个好位子。

那是那是，今天的表演肯定很好看，他们都偷偷地排练过了。

就这样，梅城凡是没有被征兵的人，一个更比一个早，一个更比一个想看戏，天刚蒙蒙亮，大街两边已经挤得人山人海了。

终于等到天亮了，出征的表演开始了。

通过大屏的告知，大家才知道，表演的主要内容，就是检阅部队方阵，大大小小有几十个方阵，每个方阵都有自己的特点。大屏骄傲地对大家说，我们保证，每个方阵，都能亮瞎你们的眼。

伴随着喧天的鼓声和欢呼声，检阅方阵的表演开始了。

首先通过的第一方阵，是将军方阵。这肯定是最重要的方阵，是“战争”的指挥部方阵。

在大屏的统一指挥下，每出现一个方阵，大家就一起高喊口号。

将军方阵的口号是：杀敌卫国，舍我其谁！

反复高喊，确实很有震撼力的。

但是观众中有个眼尖心细，没被口号喊昏了头的，他就看出来这个方阵里夹杂着不少年轻人，他不免有怀疑了，嘀咕说，将军方阵，这里边都是将军吗？哪有年纪这么轻就当将军的？

旁边的人立刻就批评他了，叫他不要求全责备，他们说，这都很不错了，将军都亲自上前线打仗了，老将军人数不够，有的身体不行了，有的眼神差了，你让他们怎么瞄准敌人，所以突击提拔几个年轻的将军，鼓舞士气，增强战斗力，也是应该的。

那个指责将军太年轻的人，自知自己没有顾全大局，羞愧地低下了头，不再提意见了。

虽然将军方阵是打头的，大家对将军方阵有所敬重，但毕竟兴趣不是很大，只是简单地议论了几句，也算是有一点关注度，否则面子上也下不来，很快，这个方阵就这么走过了。

紧接着的就是夺眼球的女兵方阵了。

因为很明确，这一次女兵的任务，是实施美人计，所以女兵没有穿军装，不穿军装的女兵队伍，像一支模特队，大长腿，锥子脸，星星眼，她们的服装，都是梅城最顶尖服装设计师专门为她们量身定制的，真如大屏所说，亮瞎眼。

实在是太美了，美得都看不下去，所以民众可以放一百个心，再强大的敌人，也定会被她们迷倒一大片。

这个方阵的出现，引起了一阵骚动，观众席中响起了热烈的掌声和欢呼声。当然，在这些正面的声音中，也不免会夹杂一些不同的声音，对于女兵不穿军装出征，也有人看不惯，说，美人计那是到了战场再使用的，而且应该是见机行事的，不应该现在就用上，现在是出征检阅，是要让梅城民众看到我们部队高昂的士气和严明的纪律，女兵部队不穿军装，这是不对的，是不严肃的。

有人赞赏，就有人批评，有人批评，就有人再赞赏、更赞赏，循环往复，乐此不疲。叽叽喳喳叽叽喳喳。

在大家的争论声中，女兵方阵走过去了。有好多人还踮着脚，伸长脖子看着她们远去的背影。

接下来，是一支奇特的队伍，简直是神龙见首不见尾，彩凤展翅震四方。

只见方阵的中央，悬空飘浮着各种武器，却看不见有人在握着它们、举着它们。这些武器，自行地准确地踏着大屏播放的进行曲，自带节奏地向前。

咦，人呢，这是变魔术吗？

不是魔术，是高科技的隐身，人都隐身了。

这是隐形队伍方阵。

让人大开眼界。

大屏配合着每个方阵的出现，一一介绍方阵的情况，十分详尽，十分专业，名称、专长、职能、结构组成、前因后果等，为了不影响背景音乐的效果，这些介绍，都是通过文字出现在大屏上的。

结果又有一个眼尖而且顶真的人，看出了文字的差错，他急得大喊起来，哎呀哎呀，你们看，大屏写错了。

这一条的介绍，应该是说，飞翔方阵以最新研发的飞翔器为载体，结果这条字幕却出现这样的介绍：飞翔方阵以最新研发的飞翔器为载体，它将载着我们英勇的将士，飞翔在天空，居高临下，消灭敌人，它必将载入玄元历史的神秘黑洞。

这一条错误，有人看到，有人没看到，没看到的人，大概都集中心思在看街上的表演，没有更多地关注大屏，但是看到的人都觉得疑惑，尤其是对字幕中那个“神秘黑洞”几个字，完全不能理解是什么意思。

首先看出来的那个人感觉自己抢了头功，他激动了，大声地嚷嚷，大屏错了，大屏错了！

他周围凡是看到大屏出错的人一时间受到他的蛊惑，也跟着嚷嚷起来。他们一边嚷一边还在讨论着大屏犯错的原因，因为这几个字到底是什么意思实在令人难以猜测，怎么会如此前后不搭、文不对题地出现在这个地方。

咦，“神秘黑洞”什么意思？

哈哈，会不会是连拼连打选择错了，会不会是输入法出了问题？但是无论是哪种输入法，在这个地方，都不可能出现“神秘黑洞”这样的词呀。

那么“神秘黑洞”是什么意思呢？

是在骂人吗？

难道飞翔器载人不行吗？

难道飞翔器不能载人吗？

难道什么什么？

难道什么什么？

可是这些难道，都不能成立呀，飞翔器真的很厉害，刚才方阵经过的时候，已经展示过它的神奇魅力了。

所以最后大家几乎达成了一致的意见，这个“神秘黑洞”，和原文完全没有关系，可能是校对人员粗心了，没有校对出来，也可能是校对人员看出来了，感觉好玩，乐得将错就错，就上了字幕，从大屏上出来了。

哈哈。

真是搞笑。

只是旁边几个没有看到大屏犯错的人，不能接受他们的态度，跟他们对抗，吵了起来。

这边的声音是这样的：

你们为什么要非议大屏，他们义愤填膺地责问。

你们为什么说大屏错了，大屏是不会错的。

你们为什么对大屏说三道四？

你们为什么对大屏指手画脚？

没有大屏，我们就没有一切。

没有大屏，我们就什么也不知道。

那边的声音比较小一点：

错就是错了。

错是事实。

人人都会犯错，大屏也不例外。

承认错误才是王道。

什么什么什么。

其实就算他们是吵架的双方，但毕竟双方加起来也没有多少人，势单力薄，他们以为真理在握，他们以为他们的争吵声可以盖过整齐前进中方阵的口号声了。

他们太自信了，他们真是小意思，差远了，弱毙了，再怎么大声，你大得过大屏，大得过方阵？大屏的声音、方阵的声音，那可不是谁想盖就能盖住的。

他们像几只小苍蝇，嗡嗡了几声就被淹没了。

可是大屏真的不争气，这几只苍蝇的声音被淹没了，大屏又出错了。

这一回的错，错得更离谱，因为这是一个数字，这个数字比较重要，大屏特意定格了一会儿，是要让所有的人都看清楚数据说话的可靠性。

可惜它的数字错了，而且，这个错误太明显，也太小儿科，想替大屏说话的人，都无言以对，想不出维护的词儿来了。

这是大屏统计的“千手方阵”的情况，这个方阵战士的特点是多才多艺，每个人都能够同时使用五件以上的武器。方阵一共八十人，检阅时每人手持五件武器，所以仅这一个方阵，就拥有武器八百件。

这是一道简单的算术题。

连这么简单的乘法都不会算。

太激动了吧。

太紧张了吧。

有意的吗？

高级黑吗？

微微红吗？

这一回，由于大屏定格，加强了效果，看到错误的人多了，声音也大多了，大屏即时听到了大家的声音，知错即认，立刻给出了解释，大屏说，我们的计算方法，和你们的计算方法不一样，我们是按照在“战争”中可能实际使用的武器数来计算的，战略层专门请专家做过严密的推算，千手方阵的每一个人，在“战争”可能使用的武器平均在十件以上。

哦，原来如此。

既然大屏都解释了，而且大屏也说了，现在是要存小异，求大同，不要求全责备，要一致对付“战争”。

于是也不再有人纠缠，总得继续向前呀，不然那一个接一个的方阵，不能因为大屏的一点点差错就停顿下来，如果这也停顿一下，那也停顿一下，这方阵要走到什么时候才能走完。

所以大家又批评了指出错误的人，说他是鸡蛋里边挑骨头，他也就承认错误了，并且自我批评检讨了。

其实刚才他指出大屏错误的时候，大家的情绪都很激动，认为大屏也太不用心了，连这么低级的错误都审不出来，这简直是在混日子。平时你混混日子也就算了，现在可是“战争”。

“战争”都来了，你还混日子?

可是大屏一说话，一解释，大家又都觉得大屏说得有道理，又都跟着大屏的思路跑了。

所以，下面的方阵，得以正常前行。

又有各种派别的方阵：

武当派方阵

华山论剑派方阵

兵马俑方阵

花木兰方阵

吸血鬼方阵

气功方阵

弓箭手方阵

动物世界方阵

生化方阵

犬牙交错方阵

心理战术方阵

猫和老鼠方阵

夜战方阵

魔术战队方阵

蛙人方阵

飞人方阵

无形坦克方阵

变形金刚方阵

异形火炮方阵

天雷滚滚方阵

…………

无奇不有，只有你想不到，没有他们做不到。

步伐整齐，气宇轩昂，八面威风，等等等等，用再多的形容词也不够啊，确实令人眼花缭乱，确实鼓舞人心，其中更值得一提的，就是关于每个方阵的口号，简直绝了。

有一个方阵，叫作无胆英雄方阵。那就是一些胆子比较小的当兵者，为了让自己不害怕，出征前特意到医院把胆囊割掉，让自己成为了无胆英雄。他们的确是英雄，他们的口号是：割割割，割掉小胆成大胆，割割割，割掉私心成英雄！

因为无胆，他们的喊声也变得更加豪壮嘹亮。引起无数民众疯狂躁动，陪着他们一起喊，喊声震天。

还有一个方阵，叫蒙面战士方阵。

这支队伍中的战士，因为有视力障碍，所以干脆把自己眼睛全弄瞎，以适应可能到来的夜战，也因为瞎子的嗅觉和听觉特别强，可以听到正常人听不到的声音，可以闻到正常人闻不到的东西，便于提前防范敌人的突然袭击和生化战细菌战之类。

他们的口号是：瞎瞎瞎，瞎掉眼睛横了心，瞎瞎瞎，瞎掉眼睛献红心！

民众被他们的牺牲精神感动得热泪纵横。

还有很多很有特色的队伍，比如有杠精方阵，他们喊着：喷子喷子，喷出大粪，喷子喷子，喷出胜利。光用语言就把敌人臭死。

人肉方阵，炸弹捆在身上，炸炸炸，炸平坎坷成大道。

动物方阵，训练有素的动物们，和战士们一样服从命令听指挥，它们迈着整齐的步伐，做着统一的动作，向观众们致谢，唯一有些许遗憾的是，它们无法喊出统一的口号，因为它们一开口，会出现各种杂音：

汪汪汪

喔喔喔

吼吼吼

嘎嘎嘎

喵喵喵

…………

这些声音一齐发出，听起来会很混乱，会把一场严肃的出征检阅，变得滑稽，变得不正经。所以比起人类方阵，它们有一点委屈，只能做动作，不能喊口号。

其实，除了威武神奇的方阵，还有许许多多值得一提的东西，比如那些光怪陆离、千奇百怪的武器，因为时间关系，不能耽误了出征，在这里也只能一笔带过了：

冷兵器：刀、剑、矛、枪、戈、戟、斧、弓弩、鞭、锏、叉、挝、棍棒、镗、锤……

这只是冷兵器中的大类，比如仅一把刀，就有三叉魔头刀、铁背大砍刀、盘龙古月刀、锯齿狼牙刀、青铜刀、红绸刀、尖翅刀、虎牙刀，什么什么刀，数千百计的刀。

枪呢，如意金刚枪、梅花仙子枪、虎头金钻枪、猛龙枪、黑缨枪，什么什么枪，数不胜数的枪。

还有十八个大类的热兵器、轻武器、重武器、大规模杀伤性武器。

还有数不清的鬼神器。

还有看不见的隐形器。

…………

总之，以梅城现有的ND打印技术，无论什么样的武器，都可以从打印机里出来。

就这样，出征的队伍走了大半天，一直走到傍晚的时候，最后一个伙夫方阵走出去，城门就关起来了。

就在这样的一个瞬间，整个世界就安静下来了。

和刚才火热的场面相比，如同跌入了另一个世界，另一个冰冷的世界。

没有人说话，没有议论，不知道有没有人在想着走出去的那些人。

他们会不会想：

出征的人会怎么样？

谁会把他们的消息送回来？

他们还会回来吗？

他们要什么时候才能回来？

这些问题，暂时都是不可知的。

其实，留下的人，并没有真的在考虑出征的人和他们可能碰到的问题，留下后的日子是什么样的，这才是他们要关注和重视的。

一扇城门，简单而又冷静地将出征的人和留下的人隔成了两个世界。

11. 乱话昏说

城门一关，大屏立刻就变脸了。

就这么一眨眼的工夫，那个把梅城闹得天翻地覆的“战争”，似乎连影子也没有了。

一切迅速地恢复了正常，好像就是从前的平常的样子了。

其实，大家心知肚明，一切已经回不到从前了。

在出征的部队行进到最后的时候，大家还是有些疑问的，为什么后勤的集装箱需要那么多，简直多到比正规的方阵还多得多。

集装箱是装战略物资的，其中包括粮食。

所以大家觉得疑惑，他们为什么要带那么多吃的，带上那么多吃的，他们这是要走多远，要走到哪里，要多长时间才能回来。

不说别的了，这支部队，要吃完这么多的东西，都不是一个简单的事情了。

这么多的东西，是怎么集中起来的，是从哪里搞来的，等等等等。

问题越问越深，越问越广，忽然就有一个脑子开窍了，大声说，哎呀，难怪我昨天晚上去超市，货架上都空了呀。

说这话的人，自己并没有多想什么，他只是说一个事实，可是他身边的一个人，听了他这句话，忽然“嗷”地发出一声怪叫，叫声未落，他拔腿就跑，像只兔子，哧溜一下就没了人影。

其他人只是愣了片刻，紧接着，大家都叫着，喊着，争先恐后往外狂奔。

有一个人完全不明就里，紧张地大声问道，你们干什么，你们要奔到哪里去？

没有人回答他。

他也就跟着大家一起狂奔起来。

许许多多的人狂奔到超市的时候，已经到了超市打烊的时间了，那个自动卷帘门正在往下放，一群人蜂拥而上，高喊着：

不能关门。

不许关门。

关门是犯法的。

关门是要出人命的。

他们肩扛背顶，托起了电动门，一个比一个快速地钻进了超市。

一场抢购，就这么毫无征兆地开始了。

可惜的是，进去以后，放眼一望，几乎所有的货架，基本上都已空空如也，只剩下少量平时都无人光顾、一点也卖不动的货物。比如有一种小酸梨，又酸又涩，平时堆放在最不引人注意的角落，基本无人问津，现在也只剩下三五十个了，再有一种烂苋，其实就是一般的苋菜，因为长相难看，梅城人十分不喜欢，常常任凭它真正烂掉也不想去买它，最后就被称为烂苋，就更不受人待见了。

就这个烂苋，现在也抢得空空荡荡，捞几根烂菜叶也算是收获了。

大家愤怒了，暴躁了，吵吵闹闹。

叫嚷声差一点冲破了超市的顶棚，简直是一飞冲天了。

昨天我来超市，东西还满满的，怎么一夜之间，就卖光光了？

肯定有人泄露了秘密。

肯定有人抢先开了后门。

肯定什么什么。

你们这是公权私用。

你们这是特权专用。

你们这是什么什么……

吵吵闹闹，也不会让货架上出现货物，超市的员工只负责劝导大家，说明天会进货的，明天再来吧，梅城的物资从来、一直、永远都是充足的，从来没有出现过紧张缺货的情况的，你们又不是不知道。

可是，从来是从来，现在不是从来，现在不一样的，现在是“战争”。

超市员工拍胸脯保证说，你们放心啦，我们早已经下单，明天一早，你们还在睡梦中，我们就进货了，明天上午超市开门时你们来吧。

没有人相信。即便有少数几个人暂时相信了，也迅速被不相信的人影响了。

所以最后他们一致决定，不相信，不上当，不回家，因为等明天超市开门的时候，肯定已经又没货了。

他们太有远见了。

既被裹挟又置身事外的球落伞，觉得他们的分析判断是有道理的，他们真是一群机灵聪明的梅城人。只是球落伞还不知道，他们不回家，能到哪里去。

他们哪里也不会去，就坐在超市门口，紧紧守住超市的大门，打算通宵不睡坐等开门了。

超市员工关门的时候，看着门外寒夜中坐等的人群，同情地叹息说，唉唉，何苦来着。

你说归你说，我们才不信你。大家都这么想。

他们坐到半夜，天气突然降温了，一个个都喊冻死了冻死了，有的说，吃不消了，要回家了。

旁边的人就鼓励他说，是呀是呀，你赶紧回去吧，你看你嘴唇都发紫了，你身体吃不消的。

另一个说，是呀，你们不经冻的，还是赶紧回去吧。

但是喊来喊去，也没见一个人起身回家。

球落伞也跟大伙一起坐在超市门口，他一边打瞌睡，一边自豪地想，我真是了不起，我真是接地气，为了了解梅城，为了找到老球，我深入到普通民众中间，和他们一样，在超市门口席地而坐，等天亮。

天蒙蒙亮的时候，球落伞听到另一边骚动起来，有人在说，死了死了。他过去一看，真的有一个人死在那里了。

大家都用手去摸，球落伞也过去摸了摸，那个人浑身冰凉，僵硬了。

有人说，是冻死了？

也有人说，不会的，晚上虽然很冷，但也不至于到冻死的程度。

那，难道是饿死的？

更不可能，只是一个晚上而已，饿不死。

那会不会他有低血糖之类？

看起来也不像。坐在他旁边的一个人说，昨天晚上我们还吹牛吹了半夜，他说他身体强壮得很，后来我有点困，眯了一会儿，眼睛睁开来，他已经这样了。

那，不会是得了急病吧？

旁边的那个人一听，吓得忽地站了起来，一下子退出去好远，站得远远的，捂着嘴和鼻子说，急病？急病也没有这么快的呀，不会是急性传染病吧？

他的话音刚落，就有人咳嗽起来。

一个人一咳嗽，好几个人都跟着咳嗽起来。

人群立刻分离成两拨，一拨是不咳嗽的，一拨是咳嗽的，一旁的球落伞，看在眼里，感佩梅城人的分离动作实在太迅速，他们的反应实在是太快了，相比之下，在他们亚地，好像都是比较麻木的，一个比一个麻木，即便如他球落伞这样的鬼才编剧、精尖人物，到了梅城，也几乎成了半个废人。

两拨人互相远离了，不咳嗽的这一拨人，眼睛忒尖，几乎同时指着第一个咳嗽的人说，是你先咳的。

那个人慌慌张张，又咳了几声，说，我、我不是咳嗽，我是吓着了，给唾沫呛着的，不算是咳嗽。

第二个咳嗽的人说，我也不算是咳嗽，我是因为一夜没有喝水，嗓子太干了才咳嗽的。

不等第三个咳嗽的人说话，所有的没有咳嗽的人都远远地指着他们说，你们都咳嗽了，就不要在这里排队了，去医院吧。

那几个咳嗽的人，立刻抱成了一团，异口同声地说，不可能，我们绝不走，你们休想排挤我们，你们排了一个通宵，我们也一样排了一个通宵，我们绝不会放弃的。

有人阴险地说，你们不去医院，你们不怕病死？

咳嗽的人又高度一致地说，我们不是不怕病死，我们是怕人没病死，结果没东西吃，饿死了。

不咳嗽的人也同样高度一致，他们商量说，这些人，明明得病，却不去医院，想害人啊，我们是不是应该报警？

那边就强横地说，你们报警我们也不怕，警察只抓坏人，不会抓咳嗽的人。

这边就说，你们不是一般的咳嗽，你们是传染病，传染病警察是要管的。什么什么。

球落伞正在看戏，他等着看这两拨人再往下怎么演，最后会演成什么样，忽然就听到有人“嗽”了一声，应声抬头一看，超市的大门开了。

刹那间，两拨人忘记了争吵，忘记了咳嗽，忘记了传染不传染，一下子就拥了过去，你推我搡地挤进了超市。

进去一看，货物算是多了一些，但也只能“算是”，因为比起昨天晚上，并没有多出多少，而且一眼就能看出来，在大门敞开之前，已经有人进来扫过货了，然后悄悄地从后面的门出去了。

大伙气愤地大叫大喊，叫经理出来，叫经理出来交代。

超市的营业员笑眯眯地说，经理进货去了，既然你们不是来买东西的，是来找经理的，那就请你们先到外面去等，门外还有好多人要进来购物呢。

大伙一听，也不再找经理了，也不再管那么多事了，有人抢先就抢先了吧，至少现在还有点货，再不动手就迟了。

也没有人带头，大家动作整齐划一，一下子就拥向了货架，在蔬菜区那块有人看到蒋大脸装了满满一筐的苦瓜，把货物柜里的苦瓜全部抢光了，颇觉奇怪，说，蒋大脸，你抢那么多苦瓜干什么？

蒋大脸说，你们不知道我的痛苦，我便秘，这东西通便的，我不多抢一点，万一又脱货了，我大便不出来，就是死路一条，那还不如上战场战死，做个烈士。

有人信以为真，也有人懂苦瓜，耻笑说，蒋大脸你是真不知道假不知道，你抢错了，这个东西明明止泻的，你若是便秘，吃了会更便秘，会堵住你的肠道和屁眼。

蒋大脸丝毫不受影响，无耻地说，那我就算是拉稀好了，我就是用来止泻的，可以吧。

球落伞在一旁听得仔细，简直有点五体投地。

大家一边抢货，一边集中火力攻击蒋大脸，纷纷说，蒋大脸你到底要不要脸，开始征兵时，你说便秘，开了医院证明，后来报名时，你又开了医院证明，证明你没便秘，那你此刻，口袋里揣着的医院证明，到底是便秘还是不便秘呢？

蒋大脸推着装得比人都高的货车，将无赖的笑脸藏在后面，说，你们管天管地，还管老子大便小便啊，哈哈哈哈。

蒋大脸的车子太满太重，他有点驾驭不住了，球落伞赶紧上前说，我帮你一起推吧。

蒋大脸看到球落伞主动帮忙，心头一喜，说，咦，他们都说你这个人好说话，叫你当弟弟你就当弟弟，叫你当哥哥你就当哥哥，我还不相信会有这样的人，不过现在看起来，你还真的愿意帮助别人哦。

球落伞指了指车上满载的苦瓜，说，这个东西叫苦瓜？这个东西，到底是通便，还是止泻的？

蒋大脸刚才还说会耐心解答任何问题的，可听他这么一问，蒋大脸立刻满脸不屑地翻了翻白眼，说，咦，你这算什么问题，你连这个都不知道，难道你真的是ET吗？

球落伞说，他们虽然嘴上这么说，但他们也知道我不是ET，就算我是ET，我来到你们这儿，入乡随俗，对你们的情况总是多了解一点为好。

蒋大脸说，可是你到底想了解什么呢？便秘还是拉稀，有多大的区别呢，有什么了不起呢，便秘就便秘，拉稀就拉稀，看需要啦。

球落伞说，你的意思是说，需要便秘就便秘，需要拉稀就拉稀？

蒋大脸说，本来就是嘛，需要哪样就哪样嘛。

球落伞说，哦，我明白了，只要记住“需要”两个字，对吧——你身上有两张医院证明，一张证明便秘，一张证明拉稀，是不是这样？

蒋大脸说，是呀，我一会儿便秘，一会儿拉稀，所以会有两张医院证明，怎么，有问题吗？

球落伞不由自主地点头说，没、没问题，说得也有道理，一个人一辈子，不会只便秘不拉稀，也不会只拉稀不便秘，本来就是时而便秘，时而拉稀，就像你说的，需要便秘就便秘，需要拉稀就拉稀。

蒋大脸说，哎，这就对了，你总算是明白过来了。

后来球落伞帮着蒋大脸把满满一车货物送回家了，进到他家一看，球落伞有点惊呆，原来蒋大脸家早已经抢购了许多的东西，家里囤积得满满的，油盐酱醋米，到处都是，连浴缸里也装的满满的。

球落伞一时没看清浴缸里白乎乎的是什么，蒋大脸见他疑惑，主动给他介绍说，哎，你看，我这里边，都是盐哎。

球落伞说，你买这么多盐干什么？

蒋大脸说，你不懂的，你只知道米最重要是不是，可是人不吃盐会没有力气，会得浮肿病的。

球落伞十分意外，试探地说，想不到你已经抢了这么多，你动作好快。

蒋大脸得意地笑道，嘿嘿，小伙子，你不懂了吧，这就叫兵贵神速——咳，我不当兵真是可惜了，我要是当兵，必定会是常胜将军。

从蒋大脸家里出来，刚刚走了几步，球落伞就看到老东西提着一包干面急匆匆地过来，见到球落伞，他也没有了往日的警觉和怀疑，好像那些警觉和怀疑已经随着“战争”出城去了，也许，他仍然是想警觉、怀疑的，但是现在他鼓不起劲来。

球落伞也已经发现了老东西的变化，腰里的皮带没了，也没有了神气活现的腔调，倒是有一脸的落寞和遗憾。

他不想理睬球落伞，球落伞却偏要去搭理他。“战争”被关在门外了，现在大家都有偃旗息鼓的意思，球落伞就没有机会浑水摸鱼了，如果他没有机会浑水摸鱼，他想找到老球，就难上加难了。

所以球落伞不仅主动搭理老东西，甚至还略带挑衅的口吻对老东西说，咦，你们社区层的长官，也要去抢购啊？

老东西今天去晚了，只抢到了一堆被人抢剩下的碎面，情绪大受影响，他打断了球落伞，没好气地说，你别开口闭口社区层啦，在社区层做事，实在不合算，等到为大家做完事，就别指望谁还会给你留一点残羹剩菜。

球落伞嘲笑说，呵呵，你们真是疯狂抢购啊，是不是梅城人都习惯囤货啊，可是囤了那么多，一时吃不了，别过期了啊。

老东西撇着嘴说，你以为谁稀罕囤货呢，是“战争”，“战争”，你不知道吗？

球落伞疑惑地朝远方看了看，说，“战争”，它不是已经关在城外了吗，甚至都听不到它的声音，一点也听不到，它可能已经很远了。

老东西说，“战争”虽然在不知道什么地方展开，可是城内生产的货物，大部分都要运往“战争”——

球落伞说，不对呀，他们走的时候，明明带走了很多个集装箱，里边装了那么多货物。

老东西说，那么多？那么多是多少呢，“战争”，用得够吗？

球落伞听出了老东西话里有话，赶紧问道，难道这个“战争”，要打很长很长时间吗？

老东西说，你以为呢？

球落伞赶紧装回去，老老实实地说，我不知道呀，我对“战争”一无所知，所以想请教你。

老东西说，一直要打到他们全死光。

球落伞吓了一跳，说，全死光？什么叫全死光？

老东西说，“战争”，不就是死人吗，不死光，都称不上是“战争”嘛——他朝球落伞瞥了一眼，不屑地说，怎么，难道你以为他们还会回来吗？

球落伞又吓了一跳，死人和全死光，可不是同一个概念，为什么老东西会把它们混为一谈，全死光的话，那“战争”算是失败还是胜利呢？

老东西的脸色忽然鬼祟起来，他压低了声音，说，有内部消息了，据说，已经战死一部分了。

球落伞大吃一惊，说，怎么可能，这么快？他们才刚刚走了两天。

老东西朝他翻白眼，说，你爱信不信，对了，反正你也听不懂，跟你说，也是白说。

他们正说着话，小P从后面追上来，她也听到了老东西听到的那个“内部消息”，兴奋地说，啊，啊，内部消息已经来了哎，你知不知道到底死了多少？

老东西说，具体数字还没到，反正不会少。

小P说，哦，那就等看大屏了，大屏会最先报告的。

听他们的口气，好像“战争”死了人，他们很开心，好像这是他们很期盼的事情，球落伞忍不住说，有人战死，难道是件好事吗？

老东西和小P同时盯着他看，他们分明是在看一个天外来客，他们完全不明白球落伞怎么会问出这样的问题。

球落伞也许并没有意识到自己的问题有什么问题，他看着小P兴奋的样子，尤其觉得奇怪，说，有人战死，你怎么会高兴呢，你哥哥不是在“战争”吗？

小P说，我妈说了，我哥战死，我们就是烈士家庭，烈士家庭那可是——

球落伞忍不住打断小P，他甚至带了责问的口气说，难道一个烈士家庭的称号，比你哥哥的命还要紧，你们更关心那个称号吗？

小P说，要说更关心，我们肯定更关心“战争”呀，只有“战争”胜利了，我们才有和平的日子。

球落伞说，什么样才算胜利呢，人死光了，也算胜利吗？

老东西和小P抢着说，那就是用牺牲换来的胜利，怎么不是胜利呢？

他们正说着死光不死光的话题，就看到有一个人远远地一边喊着什么一边跑了过来。

小P眼尖，抢先就看清楚是谁了，立刻喊了起来，喂，满天星，你跑什么跑？

满天星很激动，大口喘着气说，我告诉你们，我告诉你们，“战争”那边，死人了，死了很多人，大屏还不播，大屏在隐瞒！

老东西说，谁不知道死人了，还需要你一个精神病人跑东跑西告诉大家？

小P也指责他说，满天星，你一个生了病的人，为什么不在医院待着？

满天星“嘿嘿”笑着说，你们上当了，我才不是精神病人，我是个假的精神病人。

老东西说，管你真的假的，总之你是精神病人，精神病人的话，没人相信的，所以我警告你，不许你再说“战争”死人的事情！

满天星不服，说，凭什么，凭什么人人都在说，我就不能说，你们这是精神歧视！

老东西说，因为明明是真的死了人，可是经你的嘴巴一说出来，大家就以为是造谣的——你们精神病人的专属本事，就是造谣嘛。

满天星严肃地说，第一，我不是精神病人；第二，我没有造谣，我的消息是确切的。

老东西才不信，说，你的消息确切？你的消息从哪里来的，难道精神病院里也有消息流传？

满天星说，不是从医院来的，是从梦中来的，昨天晚上，我爷爷在梦里告诉我的，“战争”那边，死了好多人。

老东西和小P同时哈哈笑了，小P说，梦里的？那可是比精神病院里的消息还更靠谱哦。

球落伞插不上嘴。其实他早就想到了一个问题，以他亲身的经历来看，老球会不会像他一样，中了圈套，被冒名顶替别人进了队伍？

如果不是他机智神勇，说不定父子俩的相会，会是在战场上呢。

如果真是这样，那老球他就完球了。

老球完球了，他小球的任务就完不成了，他回去怎么交代？

但是球落伞还没有彻底失望，关于死人不死人，关于死光不死光，现在还只是老东西和小P、满天星他们的嘴里瞎咧咧，并没有确凿的消息，更没有可信的证据，球落伞急中生智，想到了一个关键人物，他赶紧试探说，咦，怎么没看见王姨呢，关于“战争”，关于死没死人，关于人死光没死光，应该王姨说了才算呀。

老东西不语，小P欲言又止，只有满天星附和他说，是呀是呀，从前“战争”没来的时候，王姨时时刻刻在眼前晃荡，你想躲也躲不开，怎么现在王姨好像自己躲起来了？

小P叹息了一声，说，你们别指望王姨了。

正如小P所说，这会儿，王姨家里，已经闹翻天了。

先前老关虽然也去广场报名，但是人家只认那个“五十一岁”的册子，“四十九岁”的那个册子，是从哪里来的，到底是谁的，已经在警戒层作为一个悬案挂了起来，等到“战争”过去，肯定是要追查破案的。

无论老关怎么解释，他交代自己擅自填写了球落伞的空白册子，但是始终没有一个人相信他的话，因为“四十九岁”那本册子上的字，根本就不是老关的笔迹，老关后来坦白了，说自己是用左手写的，大家也仍然不相信，还都笑话他，说，谁会用左手写字呀，老关你别瞎编了，编得一点也不像，下次编圆一点再说谎。

更重要的是，没有人相信在梅城会出现一本空白的册子。

既然老关不上战场，那也就万事大吉了，因为在第一轮动员阶段，老关不想去当兵，求助于王姨，王姨是包庇了他的。但是王姨的包庇也不是免费的，王姨是有条件的，他们是做了交易的，就是王姨保证老关不上战场，老关保证和“有人”断了来往。

一拍即合。

这真是一举两得、一箭双雕的好事情。

等到部队开拔，城门紧闭，老关也收了心，打算和王姨重归于好了，却不料，“有人”冒出来了。

"有人"的丈夫，上战场了，老关又疏远她了，她岂不是驼子跌跟斗，两头落空了。

她找老关，老关躲她，一气之下，她竟然主动追上门来了。进门就大声嚷嚷，姓关的，你个缩头乌龟，你什么意思，今天你一定要给我个说法。

嚷得隔壁邻居都听得清清楚楚，起来探头探脑。王姨起先是想关门的，可是关门的速度，哪比得上声音的速度呢。

既然如此，王姨也就无所隐瞒了，反正大家撕破了脸，有脸无脸，也都无所谓了。

王姨本就是个泼妇，因为当了社区层长官，就变得文雅有教养了，可是现在她忘记了什么文雅什么教养，重新又豁出去，嗓门一下子就高了八度，声音大大地盖过"有人"，她大声嚷嚷，大家看看，大家看看，直接打上门来了，要鸠占鹊巢啦，见过不要脸的，没见过这么不要脸的！

看热闹的群众哄哄地嘲笑挖苦"有人"，"有人"却有她的战略，她不和王姨直接开战，却是盯住老关，她大概觉得自己是能够吃得住老关的，就冲着老关说，姓关的，是你让我动员他去打仗的，你还说，他走了，你就跟王姨离婚跟我结婚。

这句话把王姨挑拨到了，气伤了，她也不分青红皂白，冲着老关就说，啊，原来你还指望人家死男人，你怎么不指望我死掉呢？

老关老老实实地说，你死不掉的，你又不会上战场，你怎么死得掉？

王姨说，你是不是希望我女扮男装上战场死掉呀？

老关说，你扮不了的，你的这张脸，大家太熟悉了，天天看在眼里，熟得都刻在脑子里了，你一扮就会露馅儿的。

王姨冷笑道，哼哼，那我去整容得了。

老关说，你不会整容的，你前两天还说，整过容的人，都不知道谁是谁，甚至不知道自己是谁。

王姨道，不知道自己是谁才好，那跟死了也差不多嘛。

“有人”见这对夫妻你一语我一语，不像在戗戗，倒像在打情骂俏，来火说，喂，当我不存在啊？姓关的，我等你呢，你给句话，什么时候去办手续？

老关顿时哑巴了。

其实大家都已经看出来，今非昔比，老关的想法，已经发生了根本的变化，他已经决定摆脱“有人”，做回“无人”了。

无疑的，老关害怕了。

因为事情摊牌以后，王姨的态度让他疑惑，她既没有和他吵闹，甚至都没有追问追责，在他偷换了球落伞的册子时，她还帮他渡过了难关，庇护了他，现在“有人”猖狂地找上门来，王姨也不过就是冷笑几声。

王姨的城府太深了，老关心里不踏实，他总感觉王姨在给他挖坑，给他下套，他必须得小心再小心，他简直是如临深渊，如履薄冰，日子过得战战兢兢，经过反复的思虑，老关最终决定牺牲这段恋情了。

当然，在这之前，“有人”在老关心里，已经有些淡了，对于“有人”的热情，好像是被“战争”消耗掉了。

当她气势汹汹责问老关时，老关皱眉撇嘴，表现出对“有人”十分不屑和鄙视的神态，这让王姨感觉很爽，她不用出头了，她早就摸透了老关，料定他会有所作为的。

后面果然就由老关跳出来，他知道这时候他必须站稳立场，亲自上阵大战“有人”。老关抢上前，好像要保护王姨似的，挺在王姨前面，面对“有人”说道，怎么，你这么性急，你男人已经战死了吗？

“有人”哼了一声说，你们还保密啊，已经战死了许多人啦，大家都知道了，你们还跟我装蒜，我告诉你，死了就是死了，早晚会公布，你瞒不下去的。

老关说，喂，你这美梦做得真美，你以为你家的男人必死无疑？

“有人”说，那还用说，我家那位，当的是排头兵，冲在最前面的，他不先死谁先死呢。

老关急了，指着她说，哪有你这样的，哪有你这样的，你这是咒你男人早死早好吧。

“有人”不服，说，咦，姓关的，明明是你先咒他的好不好，你跟我说的，他去打仗，他就死了，死定了，然后你就可以——“有人”又扬扬自得地一笑，继续说，我告诉你吧，我男人其实早就知道我和你狗男狗女的事情，他只是假装不知，随便我怎么骗他，随便我怎么瞎说，所以嘛，就算他不死，回来也会和我离的，再说了，他又不是去游山玩水，他是到“战争”那里去了，他不可能不死，他是死定了的，所以老关，你咒他咒得很毒很准啊。

老关跺脚拍屁股，咬牙切齿地说，我什么时候咒过他，你别给我泼脏水啊！

“有人”笑了，说，哈哈哈哈，脏水？说得你很干净似的——

王姨也跟着笑了。

王姨一带头，大家都哄笑起来。

老关的脸涨得通红，都要出血了，嚷嚷道，你嘴巴放干净了，你一个小三，谁会相信你说的话。

两个当事人互相咬了起来，王姨在一边，倒成了冷静的看客，她干脆什么都不说，只负责冷笑了。说实在的，她才不稀罕老关，这把年纪的夫妻关系，就像猢狲咬着的一块姜，丢了不舍，留着辣嘴。

起先王姨替老关遮掩，无非是担心老关偷换册子的事情，惹到自己身上，连累自己。现在既然不存在这样的危险了，王姨也就不会再替老关打掩护了。再说了，本来她还想要点脸面，她不想在众人面前，输给一个没啥名堂的“有人”，所以她开始的时候是硬挺住的。

可是现在门都打开了，大家拥进来，面子也没了，王姨也就没啥顾虑了，爱咋咋的。

王姨沉默，大家生怕没戏可看，都撺掇老关和“有人”吵闹，这出戏才有了新意，看戏的人群看得喝彩，他们纷纷发表意见。

又不是女儿国，抢什么男人呀。

搞得老关像个宝贝似的，其实老关只是个宝货。

这小三看起来也是个宝货，也不比王姨年轻多少。

那就对啦，宝货对宝货，就看对眼了嘛。

王姨一世强悍，到头来栽在小三手里，真是人各有命。

这个人说到王姨，旁边的人就杵了他一下，说，别说王姨，我们还是说说小三吧。

于是大家就去逗老关。

喂，老关，你家“有人”叫个啥名字？

喂，老关，你家“有人”床上功夫怎么样？

虽然他们逗的是老关，王姨假装冷静，脸上却是青一阵红一阵的。

这事情就这样僵着了，大家不让步，那个始作俑者最不要脸的老关一直坚持不要脸，他最后甚至说自己根本不认得“有人”，说“有人”是诈骗犯，是他的对头派来的仙人跳，等等，真有想象力。

最后还是要靠王姨，也只有王姨能够表现出一点水平和境界，算是要一点脸，她对“有人”说，要不，等你男人死定了，死透了，再说，行吗？

“有人”也就下了台阶，说，死定了，死透了，那是无疑，那是必定的，我会再来，你等着——

老关狠狠地回了她一句“你才等着”，就看到有人狂奔过来，一路大声喊，看大屏，看大屏！

12. 纪念碑

其实，无论是惨烈还是必胜，在部队出城、城门关闭的那个时刻，大家心里都松了一口气。

毕竟留守的人，谁也不知道“战争”在哪里，“战争”是很远还是很近，“战争”到底长什么样，都不知道，出征的部队是做了长期打算的，不知道他们要走多久才能走到“战争”那里。

大家也许都觉得，或者都期盼，“战争”会是一个很长远的，长远得不可测、不可望的远。

却万万没想到，只过了一两天，就有消息传回来了。

从民众的传言到大屏的证实，大家知道了，一场恶战，已经点燃了。

这是前方战地记者发回来的最真实最新鲜的记录，比如有一段内容，拍摄的“战争”双方，穿着长袍马褂，后脑勺上还扎着长长的辫子，拿着红缨枪舞来舞去，嘴里发出“来也、来也”的声响。

大家看了，似是而非，不知所以，有一个人脱口说，咦，这不是在演戏吗？我们从前在大屏上看到戏台上演戏，就是这样的打扮，就是这样的动作，就是这样说话的。

这个抢先说话的人遭到大家的白眼，就闭上嘴了。

他们抱着疑惑继续往下看，另一组镜头，是飞在天上，一方是飞行铲车，另一方是飞行拖车，铲车和拖车在空中大战，这倒是大家没有见识过的，只见那些会飞的铲车和拖车一架跟着一架往下坠了，发出“轰轰”的爆炸声。

接着又来了一组新场面，那是童子军的战斗，比的是吹口哨，相互吹了半天，也看不出个输赢，因为观看的人，根本就不知道什么算是赢，什么算是输。

看到后来，渐渐地有人看出问题来了，再后来，越来越多的人看出问题来了。他们站在大屏下面，开始议论纷纷了。

刚才那个遭到白眼的人，又一次带头怀疑说，咦，这个样子的东西，我记得以前播过的，至少我是看见过的，怎么会是即时的战况呢，难道我记错了？难道我是在梦里见过的？

他一带头，把大家的疑惑就都带出来了。

另一个人说，是呀，刚才那个镜头，好像是《吸血鬼大战僵尸》中的内容，会不会大屏搞错了播放内容。

再一个人发现了更严重的问题，有一条口播的“战争”新闻，居然说，刚才，在坎巴达洼地，发生了激烈的枪战——这完全是冬瓜缠到茄门里去了，坎巴达洼地，那是远古时代的大海那边的一个地名呀。更何况，坎巴达那个时候，哪里有枪啊。

大家的反对声、抗议声终于惊动了大屏，大屏立刻进行了自我反省和检查，然后大屏很快知道自己错了，大屏立刻向民众道了歉，原因是“战争”十分惨烈，大屏也乱了阵脚，剪辑员也好，配音员也好，字幕员也好，一个个都慌了手脚，出了差错，把过去在“战争”动员阶段播出的内容，混在一起重新播放出来了，这是大屏播放史上最大的一次失误、最严重的错误，大屏已经在最短的时间里处分了相关人员，并且立即纠正了错误。

大屏又开始了新一轮的“战争”实况播放。

这一轮的内容，看起来真像是实况了，因为画面很奇特，一会儿全黑，一会儿全白。

大屏告诉大家，全黑或者全白的时候，就是动用了无形部队和无形武器在打仗，所以什么也看不到，但是大屏提醒大家，什么也看不到，不等于就没有“战争”。

那正是“战争”最最白热化的阶段。

全黑和全白过后，大屏有了颜色，鲜红的，这是血的颜色，是烈士们洒的鲜血，当然，也有敌方的狗血。

再看下去，又感觉异样了，怎么永远都只有颜色没有图像呢，难道“战争”成为了一种颜色大战？

大屏再次自我检查一番，赶紧检讨说，我又错了，我又错了，我错把上次建筑大赛中的色彩图片插播到“战争”场面里去了。

如此三番五次，大屏真是一错再错，错了的大屏，总是能找出出错的原因，然后检讨，然后纠正，然后再出错，比如后来大屏竟然还播放出火山爆发的视频、泥石流的视频、海啸的视频、龙卷风的视频、冰封大地的视频，通通都解释为“战争”的场面。

然后又说出错了。

没有人再相信大屏了。

但是，不相信大屏，相信谁呢？除了大屏，梅城是信无可信的。

所以，大家还仍然是跟着大屏，他们虽然可以不断地指责大屏出错，但是归根到底，还是得听信大屏，大屏说什么就是什么，大屏说“战争”很惨烈，战死了许多人。

画面中，一个地方尸体堆成了山，另一个地方是万人坑，总之是惨无人道，惨绝人寰，惨不忍睹。

还活着的战士，从尸体上跨了过去，他们还要继续“战争”，来不及道别，来不及掩埋，来不及痛哭，来不及抒发任何的情感。

就由站在大屏下的民众来抒发情感。

哭英雄的。

骂敌人的。

为烈士唱赞歌的。

为历史做记录的。

本来嘛，这可不是别的什么传言，这可不是什么别的消息，这是关于“战争”的传言和消息呀。

“战争”，能有什么好的传言和消息吗？即便有一面胜利的旗帜，那也是从死人堆里升起来的。

大屏的画面，已经真实地说出了“战争”的性质和已经看得见的结果。

大屏下面，所有的人，眼睁睁地看着这些血淋淋的“战争”的画面，并没有因为“战死”而沉默，而沮丧，他们反而更加亢奋，更加积极地要为“战争”做出自己的贡献。

他们在前方为保卫我们而死，我们能为他们做点什么？

民众的思维是活跃的，甚至是超前的，他们已经开始考虑，战后怎么对待牺牲的战士，他们通过“雾墙”回忆到过往的最通常的办法，也是最合理的办法，那就是为他们树碑立传。

幸亏有“雾墙”，否则，今天的民众，都不知道该怎么纪念“战争”的牺牲者了，因为“战争”离他们实在是太远了。

“雾墙”让大家都受到了启发，立刻就有人提出了建议：立纪念碑。

大家一致赞同，并且展开了热烈的讨论。

纪念碑应该立在哪里？

片刻间就有无数的人，提出了无数的建议，这个玄元，还是值得自豪和骄傲的，别的不说，单说大家的思维反应，差不多要快过光速了。

当然是要建在梅城的中心广场，让所有的梅城人，每天都能看到纪念碑，永远怀念和记住牺牲的战士。

立刻有人反对。

梅城的中心广场，是梅城欣欣向荣、蒸蒸日上的象征，在一片火热的海洋中，建一个冰冷的纪念碑，会大煞风景的。

那就建在梅城风景最赞的梅花山上，让民众看到美丽的景色，就会想到这都是阵亡战士的生命换来的。

也有人反对。

梅花山是梅城美丽的标志，在美丽的景色中，夹一个沉重的石碑，不和谐不协调，味道不对。

那么，可以建立在梅河边的大堤上。

还是反对。

梅河是梅城的母亲河，母亲河就是生命河，让死人站在生命河边，生命会打折扣。

那么，建议——

反对。

那么，建议——

反对。

这个纪念碑，到底应该建在什么地方，意见暂时不能统一，要不先存疑吧。

梅城的存疑，是常态。

我们还是先商量建一个什么样的碑吧。

建一个刻满烈士名字的碑。

反对。“战争”要死那么多人，那么多的名字你刻得下吗？你得要多大的碑啊？

那就建一个无字碑。此时无字胜有字。

反对。无字，难道那许多英勇牺牲的人，连姓名也不能被留下，要叫他们无名无姓地被忘记，最后被时间彻底湮没？

那就印上每个人的照片，让大家永远记住他们的模样。

反对。有的人根本就是冒名顶替去当的兵，那贴谁的照片呢，贴死人的照片，还是贴那个被冒充的人的照片呢？

那么，建议——

反对。

那么，建议——

反对。

关于建一个什么样的纪念碑，这话题仍然进行不下去，那就再换一个话题，反正话题很多很多，说了再说也说不完。

要不，说说颜色吧。

纪念碑用什么颜色更合适呢？

纪念死人的，当然是黑色的合适。

反对。死去这么多的战士，已经够压抑了，不能再用沉重的黑色压在他们头上身上。

那就用红色，象征烈士的鲜血。

反对。红色不行，红色是喜庆的色彩，难道牺牲是一件喜庆的事情吗？

那就干脆用白色，代表无私的洁净。

还是反对。白色枯竭而无血色，是没有生命的迹象，虽然烈士们牺牲了，但他们的生命永在。

那么五彩的行吗？

反对。五彩，你还五彩缤纷呢，你以为是庆祝玄年年庆啊。

那么，建议——

反对。

关于颜色，同样没有结论，还是存疑。

这个纪念碑真不好建，建在哪里，建什么样的，都无法认定，但是话题仍然在热烈地进行中。

姑且，我们先假装赞同建一个刻上牺牲者姓名的纪念碑吧，那么这许多死者的姓名，按什么来排列呢？

按姓氏笔画排列。

反对。姓氏笔画，只是一个人的代号而已，不能说明“战争”中的任何情况。

我认为可以按年龄排列。

反对。年龄才不是决定的因素，你觉得是年长的勇敢，还是年轻的勇敢呢？

按军衔排列吧，军衔是可以认定能力的。

反对。军衔和能力无关，军衔只和权力有关。

那就按贡献大小排列。

反对。谁贡献大谁贡献小，谁能说得清，能说出事实的人，都已经不能说话了。

大家争争吵吵，无关痛痒，实在不行，也无妨，存疑呗。

到后来，连大屏也受到大家热烈讨论的影响，发起了关于建立牺牲战士纪念碑的投票活动。

大屏的举动和号召，更加印证了大家的预判，有人立刻就马后炮了，说，你们看看，看看，我说的吧，肯定死了，不然大屏怎么会发出这个通知。

看起来，出发了的人，真的不会回来了。

不回来了，那他们的家小怎么办？

那一下子多出来好多寡妇哦。

民众的话题一下子，从纪念碑，跳到了寡妇那儿。

怎么不是，死了那么多男人，就有那么多的寡妇，寡妇可是个让人感兴趣的话题哦，于是大家自然而然开始了新一轮的讨论。

哪家的寡妇长得好看？

哪个家里没有拖油瓶？

哪家剩下的女人是个富婆？

哪家剩下的女人是个妖精？

哪家什么什么？

相比纪念碑之类，这些话题，更接地气，更真实，也更温暖人心。如果你是个光棍，你心里就可以把那些寡妇排着队想一遍，即便不是光棍，家里有老婆的，也不妨碍他们的心思活跃，他们甚至说，连王姨家老关都搞这一套，我们为什么不能。

大屏也未曾预料，它建议大家投票纪念碑，却把大家的注意力引到其他地方去了，引到真实的生活中去了，生活的烟火气浓，这也算是歪打正着了。

大家正在预测着“战争”给自己和自己的家可能带来什么样的变化时，就看到林美姿夹着一些材料匆匆而过，她好像对纪念碑之类的话题完全没有兴趣，对家庭的变化话题也不参与，有人立刻怀疑起来，说，咦，她为什么不参加我们的讨论？

另一个人顿时兴奋起来，说，我知道了，我想起来了，她家刘布艺，也当兵去了呀。

大家几乎同时“嗷”了一声，然后进行了短暂的深思。

过了一会儿，有人想到了，反对说，你想多了，人家刘布艺，没去当兵。

那个说刘布艺当兵的人自然不服，坚持说，肯定有去，我在出征的队伍中看到他的，看得清清楚楚。

但是有人不信，说，不可能呀，林西是去当兵的，他们家不可能去两个人呀。

可是又有人说，刘布艺和林美姿，没有领结婚证，不算一家，林美姿只和她弟弟林西算一家。

总之各说各的，说得兴奋起来，有两个人居然为这个事情打起赌。

赌什么？

赌那个叫钱妹妹的寡妇。

两个人一拍即合，跑到民宿去，想找林美姿对质。

到了甲乙民宿，林美姿不在，却看到了刘布艺。

打赌赢了的那个一高兴，喊了起来，喏，喏，人不是在家吗？

输了的那一个，不服呀，说，你眼睛瞎啦，他是刘布艺吗？

那个赢了的，上前仔细看，怎么不是刘布艺，明明就是刘布艺，他说，你别来唬我，我又没有去医院开精神病证明，我难道连看个人都看不清，他明明就是刘布艺嘛。

输了的那个上前责问刘布艺，喂，你是冒充的刘布艺吧，我明明看见刘布艺是去打仗了的嘛。

这个不知真假的刘布艺和真的刘布艺有得一拼，想象力丰富，他误会了，他的误会要多快有多快，一误会了，他立刻就被吓着了，一吓着，他立刻就吓瘫了，他瘫坐在地上，一边哭着一边说，是不是，是不是，我就知道要出祸事了，我的右眼皮老是跳个不停。

这两个人奇怪地说，你觉得要出什么祸事？

刘布艺说，你们别瞒着我啦，你们都已经跑来找我啦，我早就知道，前线战事吃紧，兵力不够，要补充队伍了，轮到我去了，呜呜呜，昨天晚上我做噩梦了，梦见我死在“战争”那里了，呜呜呜，我不想死——

两个打赌的人，也不赌了，看着刘布艺的㞞样，对着刘布艺哈哈大笑。

刘布艺说，你们真没良心，平时乡里乡亲的，现在看到我要去赴死，你们居然这么开心。

梅城的民众，真是很关心“战争”，他们说着无聊的废话，话题都离不开“战争”，因为“战争”，像一颗石子，投在他们的平庸生活的水平面，掀起了一点点涟漪，让他们着实有一阵子可以兴奋可以讨论了。

他们在说着废话的时候，有一个人在心里嘲笑他们，因为她不说废话，碑不碑的，寡不寡妇，都跟她无关，她只做实实在在的事情。

她就是林美姿。

林美姿已经到了产权层，她来打听，战士牺牲后，过户房产的相关手续，她还带来了各种证明材料，请产权层的工作人员替她看看，还有什么需要补充的。

产权层的工作，可是闲了好一阵了，自“战争”动员开始，他们就停止了一切手续，等到部队开拔，才恢复工作，但是因为许多人去当兵打仗了，人不在，许多手续都是无法办理的，所以他们嘴里都闲淡出鸟来了，看到林美姿主动来打听，一边十分欢迎，但多少也有一些奇怪，说，你是不是来得太早了，现在就来打听过户了，你们家的人，还没死呢，你就来了？

林美姿说，死是必然的，只是消息早到晚到的事情，所以我先来打听好，需要哪些手续，需要准备什么材料，一切准备就绪，到时候，死亡通知一到，我过来就可以办理，免得再一趟趟往返。

产权层的工作人员，起先觉得林美姿太过着急，但是听了她的话，仔细想想，就想通了，不仅想通了，他们还很高兴，他们对她说，你说得有道理，你真是有远见，我们甚至要谢谢你提醒了我们，我们也可以通知大家向你学习，早一点来做一些必要的准备。

林美姿说，是嘛，不然的话，等到死亡名单一到，大家都蜂拥过来，这里又要排长队了。

产权层的动作还是挺快的，他们联系大屏，想请大屏通知大家，如果有过户需求的，可是先来登记，先把材料准备好，以防到时候拥挤失控。

可是大屏已经来不及替他们说话了，大屏说，我有更重要的、最重要的消息要播了。

也就是这个时候，“有人”在王姨家作怪的时候，又有人狂奔过来喊大家看大屏。

大屏上，滚动着一长串的名单，有人问，这是什么名单？

还是王姨有经验，闭着眼睛她都知道：阵亡名单。

13. 阵亡名单

战前，卓越的名字终于出现在最后确定的征兵名单上了。

两年前，卓九君第一次和关酱紫见面。关酱紫是个急性子，比约定的时间早到了。那个时候，卓九君正在和卓越说话。卓越知道卓九君这一天的约会，所以他是不应该出现的，但临时想到了一个极为重要的程序需要调整，所以卓越急忙赶到卓九君和关酱紫约定的咖啡店来找他。

本来也只是说几句话、动个小手脚的事情，不会耽误很长时间，更不会让关酱紫看到。可是他们千算万算，就没有算到关酱紫的性子这么急，一个女孩，一点也不矜持，头一回见面，就早到了那么多时间。

也许一切都是注定的，这就埋下了怀疑的种子。

卓越背对着店门坐着，当时他从卓九君的眼神中，看出了问题，他知道关酱紫已经到了，就站起来，从另一扇门出去了。

剩下的事情，就交给卓九君处理。卓越也可以借机考验卓九君随机应变、临场发挥的能力到底怎么样，能不能经得起考验。

一切的考验，就从这里开始吧。

事实证明，卓九君是经受住了考验的，那时候关酱紫看到了卓越的背影，问卓九君这是谁，卓九君立刻回答是我哥。

因为卓九君在最短的时间内最迅速地做出判断，他不能随便说一个人，如果说是朋友，或者说是同事、同学之类，关酱紫可能会起疑心的，因为他们两个实在太像了——不是太像，是一模一样。

果然，关酱紫一听，就笑了起来，说，难怪，我说呢，这个人的背影，看上去跟你一模一样哎。

这就是第一次的说谎。

在后来的两年中，为了圆这个谎，卓九君真是狼狈不堪，差点崩溃投降，但又一次次给混了过去。

终于，哥哥当兵走了，而且，他再也不会来了。

卓九君终于可以大声说话，大胆呼吸了。

卓越的名字上征兵名单那天，其实关酱紫心里的怀疑并没有消除，她妈妈王姨说过，这个卓越，曾经在甲乙民宿冒充过别人，母亲虽然没有说是冒充的谁，但是从她的神态和脸色看，母亲为这个冒充的事件是十分气愤，也是十分怀疑的。

他能够冒充别人，就难保他不会冒充卓越哦。

在荣耀社区层的征兵工作中，出现冒充这样的事情，后果都是要由母亲承担的，她会吃不了兜着走。

所以，关酱紫对卓越的怀疑，并没有因为卓越当兵而消除，一直到大屏公布了阵亡名单，关酱紫的怀疑，无论还在不在，都已经彻底没有了附着之处，她的这份多余的心思这才算是安逸下来了。

和关酱紫的感觉一样，卓九君在阵亡名单中看到了卓越的名字，他心上的那块大石头彻底落了地。这块石头压了他整整两年，他一直小心翼翼，随时担心被关酱紫戳穿。

现在好了，卓越终于不存在了，危险消除了，卓九君可以放心安心称心地和关酱紫商量领证和婚事的具体操办了。

可卓九君还是大意了。

他竟然忘记了球落伞。

或者说，他想起了球落伞。

在关酱紫和王姨面前，球落伞才是卓越呀，无论她们信或不信，至少他就是这样介绍的。

卓九君急忙赶往球落伞的那个失物招领处，他要跟他去订好攻守同盟，万一关酱紫或王姨又看到了他，应该怎么应对。

好在真正的卓越已经不存在了，就算球落伞不肯听他的，他也不怕，球落伞又没有卓越的册子，他无法证明他是卓越。

此时的球落伞，经过几起几落的波折，他的自我感觉，忽上忽下，忽好忽差，已经到了崩溃的边缘。一会儿他认为自己是越来越厉害，因为他已经融入了梅城的生活，所以他也和大家一样，看到大屏上的阵亡名单时，他甚至看到了好多熟悉的名字，觉得很亲切，居然有一种朋友和亲人的感觉了。

但另一方面，他又倍感沮丧，因为他都差点忘记了他来梅城的目的，他是来梅城找老球的，可是老球始终是活不见人、死不见尸。而且球落伞已经有预感，他离老球，好像越来越远了。

球落伞坐在空无一物的店堂里，看到卓九君过来，球落伞心情不佳，跟卓九君说，我坐在这里，没有吓到你吧，你肯定觉得我是不能活着回来的吧？

卓九君说，你开什么玩笑，你又不是我哥，如果你是我哥，你活着回来，我才会吓一跳呢。

球落伞说，是呀，你哥上了阵亡名单，你也可以歇口气了。

卓九君说，这倒是的，以后我不用再编故事，不用再提心吊胆了，前一阵我是天天演戏，太累了，心理压力太大，我都得失眠症了——那天一看到阵亡名单，当天晚上我就不失眠了，嘿嘿。

球落伞从认识卓九君开始，就发现他身上有一些不解之谜，主要是在其他梅城人的陪衬之下，卓九君显得比较特别。

球落伞现在基本上搞明白了，梅城人对于任何的“话语”，都是完全没有抵抗力的，或者说，是完全没有反应的，再或者说，是完全无所谓的。

似乎是这样的状况：人人说谎，人人深信不疑，或者也可以反过来说，人人说谎，人人完全不信。

总之，他们个个都是泰然自若、若无其事的。你说你的，我说我的，谎言被戳穿，也无所谓，一笑而已，谎言不戳穿，也无所谓，笑笑而已，或者，明明知道你在说谎，却也不去戳穿，任由你说。

可是这个卓九君，对于自己在两年前随口说的一个谎，为什么如此焦虑，心理负担要这么重吗？

他和梅城人不一样吗？

他真应该去看看蒋大脸、满天星、快刀和他的爸爸妈妈，以及社区层的王姨、老东西、小P等，看看他们是怎么生活怎么说话的，他就会知道，两年前那个随口一说的事情，真是算不了什么呀。

球落伞突发奇想，灵光闪现，卓九君不会就是老球吧？

球落伞心里一阵狂跳，他努力地平静了一下，试着用安慰的口吻对卓九君说，其实我早就看出来，你和其他人不一样，你和他们好像不是同类。

卓九君大吃一惊，顿时慌了，结结巴巴地说，什、什么？你看出来，你看出来什么了，你从哪里看出来的？

球落伞见卓九君如此反应，他心里也猛地一惊，以为嗅出老球的气味了，赶紧说，别人看不出，我看得出，因为我也和你一样，和他们不是同类。

卓九君更加惊奇了，他虽然经历了许多考验，但还是太缺乏经验，所以竟然脱口而出，你？你也是AI？

这卓九君实在是毫无城府，一句话就把自己暴露了。球落伞真的想象不出，他和关酱紫以及关酱紫的妈妈王姨这样精明的人，相处了两年，她们怎么会没有发现他的异常。

卓九君说出的话已经收不回了。

当然他也可以像梅城的许许多多人一样，强行收回，他可以说，呀，我刚才是骗你的，是跟你开玩笑的，我才不是AI呢，喏，我有证明给你看，医院的证明、管理层的证明，甚至机构的证明，你要什么证明，我都有，什么什么，等等之类，反正随他怎么说都行。

说谎不需要圆谎，漏洞百出也无所谓。

但是卓九君做不到，他现在心慌意乱，直后悔着自己怎么就脱口说出了真相。

球落伞打消了卓九君就是老球的念头，老球再怎么作妖，无论如何他也不可能把自己作成一个AI。球落伞的心情反而轻松起来，他笑了笑，安慰卓九君说，你不用懊悔，不用自责，其实我早就对你产生怀疑了——

卓九君说，你怀疑我什么，我什么地方做得不到位，让你怀疑了？

球落伞说，就是因为你和他们不一样嘛，你要问哪里不一样，恐怕你自己都不自知，你还以为你扮演得一模一样吧？

卓九君十分慌张，下意识摸了摸自己的脸，说，难道不是一模一样吗？我，就是照着他们的样子画的呀。

球落伞说，照着样子没有用，那是表面的现象，我告诉你吧，光是你说话，就和他们不一样，他们说瞎话，从来不脸红，哪怕是一个大活人，当着你的面，就站在你的面前，跟你说，他已经死了，他是个死人，他的脸也不带半点红的，真正是面不改色心不跳。

球落伞说到点子上，卓九君点头承认说，我瞎说的时候，脸上会发热，就红了。

球落伞说，原来你知道的啊，你跟他们的不同，仅此一点，我就注意到了，你特别会脸红。

卓九君再一次摸了摸自己的脸，疑问说，脸红是什么意思，为什么会脸红？关于这一点，他似乎还没太搞清楚，因为脸红这个情感太复杂、太细腻、太深奥，他还在尝试摸索阶段。

球落伞说，脸红，说明你心虚，说明你说的话，有虚假成分——你想想，你的不同就是这样暴露出来的，别人再怎么虚假，他们都很坦然，好像他们天生就是虚假的人，而你呢，你会心神不定，坐立不安，是不是？

卓九君说，你眼睛凶。

球落伞说，你看看你，两年前随口说了个“我哥哥”，你就心慌意乱整整两年，日子不好过呀，最后还非得要你哥哥战死，你才能安心。

卓九君说，是呀是呀，这两年中，我一直担心被小关戳穿，真是挖空心思，真是费尽心机，真是机关算尽——

球落伞说，幸好“战争”来了，若是没有“战争”，你该怎么办呢？其实，你大可不必担心的，你完全可以大大方方、坦坦然然地告诉关酱紫，第一次见面，你就骗了她，她不会生你气的——我早就看出来了，他们无所谓真假。

卓九君坦白地说，因为我是AI。我是AI设计员卓越设计创造出来的人工智能，从里到外，都和他本人一模一样，然后他把我放入市场，看看我成为真正的人类的可能性有多大。

球落伞说，看起来很成功哦，连最难最难的恋爱关你都顺利地闯过了——

卓九君却说，可是并不完美，你就看到了我的软肋——其实我哥卓越早已经发现了，我最大的缺陷，或者说，我最不像人类的地方，几乎也是唯一的地方，就是不适应说谎。

球落伞说，这是你哥设计上的失误？

卓九君不承认，他很崇拜他哥，他说，这不能算是我哥的失误，只能归结于人类进步太快，我哥哥设计我的时候，人类还没有对谎言如此适应，如此坦然。从前的时候，但凡有人说谎，都会脸红，都会不自在，都会心跳异常。所以，我哥设计的我，就是这样的，被你看出来了。

球落伞说，现如今，他们的说谎能力，已经成为一块天然的芯片，植根在身体里了，而你，一个被设计创造出来模仿人类的AI，反而没有这个芯片。

卓九君叹息说，可惜我再也无法进步了，无法改进了，我做不到说谎不脸红，因为我哥卓越已经阵亡了，不过，好在我也不需要再进步了，小关接受了我，我和关酱紫，我们就要结婚了，这也是我哥的心愿——我还告诉你个秘密，其实我哥也和关酱紫谈过恋爱，但是没有成功，关酱紫根本没有把我哥放在心上，很快就忘记了他，所以后来我出现的时候，关酱紫早已经记不得我哥的面目了。

呵呵，球落伞笑道，也就是说，人类都攻不下的复杂的情感难关，被你这个AI拿下了？

卓九君有些骄傲，也有些难为情，他的脸红了。过了一会儿才说，我哥的事，我一直瞒着小关，好在小关看起来不像她妈妈疑心那么重，一直都相信我。

球落伞摇了摇头说，你有没有想过，她会不会根本就没有相信你，那天她看到我，我就知道她没有相信，她知道我这个“哥”是假的。

卓九君又点头承认说，你说得有道理，那天我们见面，她明明看出来你的年龄不像我哥，她也没当回事，直接就认了。

球落伞似乎有些替关酱紫感到遗憾，他叹息了一声说，唉，一直到最后，她还是没能见到你哥卓越。

卓九君说，其实，她是见过我哥卓越的，只是她自己不知道，因为先前有一两次，是我哥卓越亲自出面和关酱紫约会的。

球落伞说，为什么他要亲自出来，是你做得不够好？

卓九君说，不是的，一次是忘了充电，我的电量不足了，他担心我撑不了一个晚上，另一次，好像是头一次见女方父母那回，我哥他知道王姨的厉害，担心我过不了王姨的关，所以他亲自出马了。

结果呢？

哈哈，卓九君笑了起来，十分得意，说，结果是他自己败下阵去，他承认不如我。

那一次卓越亲自上阵，模仿着卓九君的样子和关酱紫聊天，一开始关酱紫确实毫无察觉，因为卓九君就是按照卓越的样子造出来的，从里到外完全一模一样，所以卓越完全不用担心关酱紫会看出什么异常来。

但是随着两个人说话聊天，关酱紫的眼神里渐渐有了疑问，后来她干脆盯着卓越的脸看了又看，奇怪说，咦，你的脸怎么没有红？

卓越说，我为什么要脸红？

关酱紫说，你以前跟我说话，说几句就会脸红，我问你什么问题，你也脸红，可是今天你的脸一次也没有红，这不正常呀——

先前卓九君和关酱紫所有的对话，都是卓越设计出来的，等于一直是卓九君在代表卓越说话，但事实上，关酱紫却并不怀疑是卓九君在代替别人说话，反而怀疑卓越本人有问题。

卓越干脆直接问她，酱紫，你说我今天不对头，我看你今天也不对头，今天咱俩一见面，你就一直在怀疑我，试探我，难道你觉得，今天的我，不是我？

关酱紫使劲辩了几辩，也没有辩出个所以然来，只好说，是呀，你明明就是你，为什么我今天心里不对劲呢？她真是一头雾水，两只眼睛眨巴眨巴，始终没能从怀疑的坑里爬出来。

后来呢？

卓九君说，有了这一回的经历，后来我哥又给我做了改进，加了一个“以假乱真”芯片。

刚有这个芯片的时候，这个AI说话确实不再脸红了，可是过了不多久，AI就被人类搞糊涂了，有的时候，他根本搞不清什么是假什么是真，他经常会想，他自己就是一个天大的“假”，却还一直在关酱紫面前冒充“真”，一想到这个，他又逐渐恢复了脸红的习惯。

第二次卓越本尊到了王姨那儿，王姨为了考察他，问了他几个问题，比如王姨问，你喜欢我女儿哪一点呢？

卓越其实并不喜欢关酱紫，但是他让卓九君喜欢上了她，卓越就得表现出喜欢的样子，他随口就夸张地说，酱紫的所有，我都喜欢。

他没有脸红，因为他是卓越，但是王姨眼睛凶，王姨敏感，她觉得奇怪呀，王姨说，咦，卓九君，你今天是换了个器官吗？

卓越自以为天衣无缝，不知道她从哪里看出了纰漏，问王姨，你说我换了哪个器官？

王姨说，胆呀，还有肝也不像从前的肝了，人家都说肝胆相照，你换了胆，所以肝也不大一样了。

总之又被怀疑上了。

卓九君得意地对球落伞说，你看看，这就是我哥，很low吧，后来我哥就狼狈地逃回去了，赶紧换了我出马。

球落伞说，那么这一次，你哥又给你改进了哪些方面呢？

卓九君说，这一次他改不动了，他说，我超越他了。

卓越说得不错，是成功了，太成功了，卓九君真的很卓越，连恋爱都谈得比人类好，这关酱紫，之前可是谈了十几个对象都没有一个满意的。

球落伞说，可现在的问题，不是你哥存不存在，也不是你哥是真是假，问题在你，你竟然是个AI，关酱紫难道从来没有怀疑过吗？

卓九君说，我不知道她有没有怀疑过我，她从来没有表现出对我的怀疑——卓九君话说一半，肩上被拍了一巴掌，回头一看，魂飞魄散。

关酱紫和她妈王姨，正并排站在他身后呢。

卓九君吓得语无伦次了，满脸通红，结结巴巴地说，酱、酱紫，酱紫，你、你听到的，我说的话，其实不是我说的话——

关酱紫笑道，你说的话其实不是你说的话，哈哈，这个说法有创新，九君你太厉害了，不过其实我没有听见你什么，是不是你说的，无所谓啦。

卓九君不相信，关酱紫和她妈悄无声息走得这么近，怎么会没有听见他说话，他不敢上关酱紫的当，坦白说，我是说了，你从来没有怀疑过我。

关酱紫奇怪地说，是呀，我为什么要怀疑你？

卓九君张了几次口，想坦白自己是AI，但是他实在说不出口，只好用眼神求助于球落伞。

球落伞说，你想好了，你决定了，真的把真相告诉她们？

卓九君叹了口气，说，她们早晚会知道。

球落伞说，好吧——他回头朝关酱紫母女眨了眨眼睛，略带着幸灾乐祸的口气说，你们做好思想准备哦，一会儿我说出来的话不要吓着你们哦——

对球落伞的虚张声势，关酱紫是一脸的不屑，说，吓什么吓，难道卓九君他不是人——不是人才好呢，那才有意思呢，可惜我没有那好运气，我碰不到，我一个闺蜜，那才叫红运当头呢，你们知道，她谈了个什么对象，AI！

她见卓九君和球落伞都目瞪口呆，又解释说，AI呀，那个拿来做对象，简直了，太赞了，AI对我闺蜜是言听计从的，连我们九君都比不过的——唉，九君，你好是好，可惜不是AI，你要是AI才好呢——她见卓九君脸红了，顿时笑了起来，说，算了算了，就算你不是AI，我也喜欢你的，我认定你的，就不管你是谁。

这话可真是说得惊天动地、耸人听闻，不过在关酱紫那里完全是云淡风轻，就连一向习惯咋咋呼呼的王姨，也没有任何反常的表情，甚至还呵呵一笑，跟着女儿说，哦，是AI啊，AI好呀。

关酱紫又朝卓九君和球落伞看看，她略有些奇怪，说，看你们这么紧张，不就是我说了个AI吗？有什么好惊奇的。

这母女俩，口气都是轻飘飘的，完全无动于衷，若无其事，甚至看那神态都有些不屑，即便真知道卓九君从人类变成AI，那也是她们早就料到，甚至早就期盼的事情。

反倒是球落伞和卓九君被吓着了，目瞪口呆。

过了好一会儿，球落伞才小心求证说，你刚才说的，我没有听错吧，找个AI男朋友，很好吗？那假如卓九君是AI呢？

卓九君也小心翼翼地试探说，AI，它不是人类，它是人工——

王姨见他们俩惊魂未定，纠缠于AI，有点不耐烦，说，别说AI了好不好？姓球的，我是有要事来找你的。

要事？难道还有什么事情，比一个AI做女婿更重要吗？

王姨说，我听说你搞了个失物招领，有一本册子——

球落伞奇怪地说，王姨，你的册子也丢了吗？

王姨说，我的册子丢不丢，不用你操心，你的那本失物招领的册子，拿给我看看。

球落伞说，那不行的，你得说出册子上的名字，我才能拿给你看。

王姨稳稳一笑，说，哟，不就是那本关乎的册子吗？有什么大惊小怪的。

球落伞说，王姨，你想冒领可惜冒错了，那本关乎的册子，我当时就留在甲乙民宿了，当时肯定就被你收走了，怎么会回到我的手里？

关酱紫在一边解释说，怪我妈自己不小心，自愿报名的那几天，大家都激动，都忙乱，结果，两个关乎，都让我爸拿走了。

球落伞说，既然两个关乎都在你爸那里，你们怎么又来我这儿认领册子呢？我这儿没有关乎的册子。

王姨虽然冒领不成，但仍然游刃有余，似乎任何事情的主动权都永远在她手里，她口气严厉地说，球落伞，我怀疑你手里不止一本册子，我也怀疑你的册子不是捡来的，我更怀疑你的来意，你早不来，晚不来，在我们“战争”的时候，你到底来梅城做什么？

球落伞早已经领教了王姨的厉害，瞒谁也瞒不过王姨，就老老实实坦白说，我是来找人的，我找老球。

王姨“哧”地一笑，说，老球，难道是你爸？

球落伞说，正是。

王姨说，你都来了好长时间了，恐怕已经找个遍了吧，还没找到？你爸长什么样，很难找吗？

球落伞说，我不知道我爸长什么样？他可能会重新装扮，改变自己的相貌，他甚至说不定会变成一个女的，小姑娘、老太太，都可能。

王姨说，那他是个妖怪啊？

球落伞说，不是妖怪，只是装扮一下而已。

王姨和关酱紫异口同声地说，哎呀，老球真是不了解我们梅城，装什么扮呀，多麻烦，你爱怎么说就怎么说，反正我们都不相信。

球落伞说，可是我爸他不知道呀，他也许以为，想要说什么，先得把自己装扮成什么才行。

关酱紫觉得好笑，对她妈妈说，妈，既然这样，他要找的老球，可能是任何人，会不会你就是老球哦。

王姨也笑道，那也可能是你呢，他不是说了，小姑娘、老太太，都可能嘛。

卓九君一直惦记着领结婚证的事情，他拉了拉关酱紫的衣襟，小心地说，酱紫，我们什么时候去领证？

不等关酱紫回答，王姨立刻板着脸插嘴说，你们得等我，等我先领了证，你们再领。

关酱紫朝卓九君扮了个鬼脸，说，我妈要和我爸去领证，可我爸逃走了——哈哈。

王姨笑道，你们别误会啊，我们可不是再结一次婚，我们是领离婚证哦。

球落伞和卓九君都觉得奇怪，明明是那个“有人”的男人上了阵亡名单，现在应该是老关一心一意要跟王姨离婚，事情怎么又反过来，王姨主动出击了？

关酱紫说，我爸想跟我妈玩，他还嫩了点，他怕我妈给他下套子，不敢答应离婚，所以把两个关乎的册子都偷走了，让我妈离不成，哈哈，九君，我们结婚以后，你不会像我爸这样屃吧。

球落伞已经明白过来了，如果王姨能够再搞到一本关乎的册子，她就可以一个人去和老关离婚了。

册在人在。册如果不在，光有人是不作数的，反过来，人如果不见，只要有册子，就算人在。

正如王姨的精准推测，球落伞手头确实有多余的空白的册子，但是他不会拿出来给王姨的。

老话说，宁拆十座庙不毁一桩婚。

虽然都是老掉牙的话，但有些老话，还是要记在心里的。

卓九君虽然是个AI，却也像人类一样自私，他不关心王姨、老关，只是担心自己的事情，急急地说，酱紫酱紫，你妈要是找不到你爸的册子，离不成婚，那我们不就结不成婚了？

关酱紫说，你放心，我妈是谁？

王姨是谁？

连同这个人类化了的AI，他们叽里咕噜只谈论自己的事情，好像谁都没在意“战争”带来的后果。或者，应该反过来说，他们都着急着要开始享受“战争”带来的后果，那个阵亡名单，对他们来说，就像是一场全新的启动，是一个新的欢乐时代的开始，他们都在为自己的新的前程奔忙。

只有球落伞还关心着“战争”，他现在十分担心，担心父亲老球会像他当初遭遇的那样，被大家哄着骗着逼着上了战场。

就算老球也上了战场，就算老球也阵亡了，但是他不会用老球的名字，他是一个球落伞不认得的名字。球落伞就算把阵亡名单背出来，也不知道这里边有没有老球、哪一个是老球。

球落伞倒是在阵亡名单里，看到了好多熟悉的名字，他们竟然像亲人的名字一样，感动了球落伞，球落伞甚至都要为他们流泪了。可是在梅城，大家都来不及哭泣，他们忙个不停。

球落伞还看到林美姿，她带了一些材料，说是到产权层去了。

王姨知道林美姿的去向，球落伞一说，她更来气了，骂道，这个小婊子，动作倒快，甲乙民宿就要到手了。

球落伞奇怪地说，这样也可以吗，林西阵亡，产权真的就归她了？

王姨说，那是当然，只要她有林西的册子就行。

也就是说，尽管大家都说林美姿不是林西的姐姐，她是假的，但是像这样无耻冒充的事情，只要有了册子，就没有人追究了。

球落伞说，天哪天哪，怎么会有这样的好事，简直是天上掉馅饼啦，那个林美姿她不要太——

王姨打断他说，不能让她得逞的。

球落伞说，咦，你不是说，只要她有林西的册子就可以办理，你能有什么办法制止她呢？

王姨说，那好办，再搞一本林西的册子呗——你这儿不是有册子吗？你拿一本出来，就可以证明林美姿手里那个林西是假的了。

原来她还是惦记着球落伞的册子。球落伞说，那不行，我的册子，是为我爸准备的，不能改成任何别人。

王姨说，哦，原来你失物招领，是想把你爸招回来，可是你明明有你爸的册子，还找爸爸干什么呢？

王姨这么一说，连卓九君也恍然大悟了，赶紧对球落伞说，是呀是呀，只要你那本册子上是老球的名字，你爸就算是找到了嘛。

册子就是人，册子比人重要，球落伞知道他们的神逻辑，他不想和他们争辩，但他也不会放弃寻找老球。

王姨知道球落伞并不好对付，从他这儿捞不到什么好处，就放弃了这条路，她和女儿一起往外走，球落伞听到她问关酱紫，宝贝，你知道他是AI吗？

关酱紫笑道，无所谓啦，妈，你别听他们瞎咧咧。

王姨说，瞎咧咧？那你是相信他们还是不相信他们呢？

关酱紫仍笑道，妈，相信不相信的，这方面你可是老手、老师、老江湖、老吃老做、老妖精，嘻嘻嘻——

母女俩一起说说笑笑。

好像卓九君是人不是人，跟她们都没有关系的。

这会儿有个人火急火燎地跑了过来，一看到王姨，立刻来火说，王姨王姨，原来你在这儿扯闲话，你社区层的怎么可以这样，我到处找你，急死人了。

王姨说，急什么急，是不是你家召唤战死了？我好像在阵亡名单上看到他的名字了。

这人说，是呀是呀，可是我们找不到他的册子了，找不到册子，还怎么继承遗产呀，这不是要急死人了吗？他急得咳起来，咳了好一会儿，才平息下来，指着球落伞的店说，我听说这里有发册子的，我就过来领了。

球落伞一听，忍不住啊哈一声笑了出来，说，发册子，哈哈，发册子，你怎么不说送册子，人手一册，两册也可以，哈哈。

这个人没有听出球落伞的调侃，信以为真，又急了，说，果然的，果然的，我来晚了吧，我没有来晚吧，册子还有吧，没发完吧？

王姨过去伸手摸了一下他的额头，说，你发烧了，去医院看看吧。

这个人说，我不去医院，你哄我走，一会儿大家都来了，我就领不到册子了。

正说着，果然又跑来几个人，嚷嚷着要找球落伞领册子，球落伞说，你们的册子都丢啦？

一个女的说，不是不是，我是来换册子的，我家女儿绯红的册子上，写的是非红，她从前叫绯红，后来改了叫非红，现在要改过来，可是，可是——她确实是——

球落伞说，你是要改名字吗？

王姨扒拉开了球落伞，说，你让开，让我来。她朝那个女人撇了一下嘴，一脸的不屑，说，不就是一个名字吗，改来改去，好玩吗？难道绯红就比非红好，或者非红就比绯红好？

那非红和绯红的母亲说，不是好玩，是不好玩，很不好玩，如果不改过来，烈士的称号可能就被别人给拿去了。

满天星也在其中，觍着脸笑，说，我也要重新换一本，我的那一本，写我是精神病——

王姨说，咦，精神病是你自己说的，医生也开了证明，你现在又不承认啦。

满天星说，我的精神病，是给“战争”吓出来的，后来“战争”出发了，我的精神病就好了，所以我要给自己正名，不然今后，大家都以为我是精神病，我还怎么做人？

球落伞在一边听得笑了起来，这个人竟然说，我还怎么做人？球落伞忍不住多嘴说，你不能做人，那就做鬼呗。

然后又来了一个人，上前说，王姨，你不认得我了？

王姨确实不认得她，看了半天，还是不认得。

这人说，王姨，我是小P呀。

关酱紫和卓九君也都上前仔细看，都看不出这个人是小P，大家一致抗议说，别骗人别骗人，你不是小P。

新小P说，哈哈，我成功了，我现在是全新的我了，球落伞，你也给我一本册子，我要重新做我自己了。

然后老东西也来了，气不平地说，王姨你知道的，我今天说出来也不怕了，我一直是在另册里的，这不公平，凭什么你们都在正册里，我要在另册里？

王姨说，从前那时候，就有打入另册的说法，肯定是你做了什么见不得人的事情呗。

老东西说，我们不说从前，我们要说现在，现在阵亡了那么多人，正册肯定有多余的名额，我要从另册出来，我要进正册，球落伞，你今天必须要给我一本册子。

这么多人围在球落伞的店门口，叽叽喳喳，七嘴八舌，甚至还为了不知道到底有没有的册子争抢起来，我说我先到的，册子应该归我，你说你的事情更重要，册子应该归你，好像球落伞已经把册子都给他们准备好了似的。

最后烂瓜看不下去了，冷冷地开腔说，你们一个个的自说自话，你们说了这么多，听到球落伞的声音没有？没有吧？

大家的矛盾，一下子对准了球落伞，纷纷指责他，喂，你怎么一声不吭？

喂，你的册子在哪里，让我们看看。

喂，你的册子，到底打算出卖还是赠送啊？

不等球落伞辩解，有个人带头说，既然他都不开口，不如我们自己到他店里去找。

像是一声令下，大家就要往店里冲进去了，都要去找——哪里是去找，肯定是要去抢册子了。

球落伞有点慌了，赶紧说，别别别，你们听我说，我坦白我坦白——

大家停了下来，不知道他要坦白什么，一个个地瞪着他。

球落伞说，我坦白，我不是我，我是个骗子，我说的话，都是骗你们的，我没有捡到册子，我更不可能有许多册子。

随即就是“哄”的一声，大家吵了起来。

你想要骗什么？

你为什么要骗人？

球落伞不想再听过多的无理指责，赶紧说道，你们都知道，我的册子被王姨收走了，我想再骗一本回来，否则，没有册子，我都不算个人，我在这里混不下去了。

那你还假装什么失物招领，还要还给别人册子，难道，是假的？

球落伞赶紧承认，假的，假的。

有人不相信他是假的，说，你说假的就假的？

球落伞说，我真的是假的。

烂瓜在一边笑道，真的是假的，这话说的，够绕圈子啊。

球落伞说，不是我要这么绕，是因为你们不相信我，我不得不绕圈子。

大家不想让烂瓜出来搅黄册子的事情，他们把烂瓜拦到一边，只管围住球落伞。

你打算怎么骗我们？

球落伞老实交代说，我是这样想的，如果有人要来换册子，比如要改名字，要改年龄之类，我就让他把册子留下，只要他相信了，把册子留下了，我立马就带上册子溜了。

那个要替女儿改名的人，一拍巴掌，说，难怪刚才我要改绯红，你那么积极。

另一人说，难怪刚才我说年龄错了，你也同意。

再一个男的说，我说我是个女的，你都相信，现在看起来，你是故意的，明明知道我是瞎说的，你也假装相信，就是为了骗我的册子。

他们是揣着痴心妄想来的，可惜都被王姨搅事搅掉了。

但是现在回头一想，还幸亏了王姨警觉，制止了上当受骗事件的发生。

他们于是又反省说，还是王姨英明。

没有王姨的话，我就是偷鸡不成蚀把米啦。

没有王姨的话，骗子就要得逞啦。

没有王姨的话，我们的册子都要被他骗走啦。

大家骂了一会儿骗子，也知道骗册子的事情无望了。那是了，你还指望从骗子手里骗到什么东西呢。于是大家灰溜溜的，打算一哄而散了。

忽然间，不知从什么地方，传来一声巨响，惊天动地。众人争相辨别，声音来自何方。

仍然还是王姨最快，她率先喊了出来：哎呀呀，城门打开了！

14. 结尾：他们回来了

开什么玩笑。

那支已经全员阵亡的队伍，竟然毫发无损、一个不少地回来了。

众人已经迅速拥到了城门口了。

城门果真打开了，那支队伍，竟然真的回来了。

不仅回来了，竟然还和离开的时候一模一样。连队形、秩序、人数、兵种、武器等所有的一切，都和出城时一模一样。

唯一减少的，是队伍最后集装箱里的食物，没几天，就都给他们吃掉了。真能吃。

所有的人，都惊呆了，不敢相信自己的眼睛。不久前，他们在这里夹道欢迎战士们上前线，就已经跟他们的英雄挥泪道别了。

后来，阵亡名单公布，他们再一次和自己的牺牲了的亲人别过，开始了新的生活。

可是现在，告别了又再告别了的人，居然活着回来了，就在眼前，仍然是雄壮的队伍，他们甚至还唱着歌曲，歌声十分整齐，没有一丝不合拍的杂音，似乎在出城的这段时间里，他们练习过了。

难道他们出城，不是去打仗，而是去练合唱了？

众人不依了，他们发出了震天撼地的抗议和责问，这是怎么回事？这是要着我们玩吗？难道“战争”是这么不严肃的事情？难道“战争”是儿戏吗？

什么什么。

等到大家喷得口干舌燥了，这时候机构就可以出面了，通过大屏发布了最新最权威的消息，告诉大家，这是一场军事演习。

大屏庄严而又无比骄傲地向全城宣告：玄元5050年，梅城军事演习胜利结束。

军事演习？

是的，军事演习，就这么简单。

城墙之内，早已经搭起了舞台，大屏在欢庆的锣鼓声中告诉大家，庆功大会马上就要开始了。

立刻又引来一阵非议。

不是演习吗，演习还要庆什么功？

不是骗人吗，骗人应该追究责任。

不是搞事吗，搞事还搞得牛烘烘。

在嘈杂的非议声中，大屏高声地宣布，演习虽然没有真正的胜利和失败之说，但也有圆满和缺憾之分，而梅城这一次的军事演习，是十分圆满的，是没有缺憾的，所以要庆功。

庆功大会的主要内容和议程，就是颁奖。给参加演习的表现突出的战士颁发各种奖项。

部分奖项名称如下：

最佳导演奖。

最佳编剧奖。

最佳制片人奖。

最佳男主、女主、男配、女配奖。

最佳动作奖。

最佳台词奖。

最佳音乐奖。

最具表演潜力奖。

最具表演爆发力奖。

最具迷惑性奖。

最具感染力奖。

老戏骨奖。

新人奖。

最最最最奖。

民众再一次议论纷纷，这些奖项的名称，怎么这么耳熟？这不都是演艺界的奖项吗，以往那都是颁给演员的呀。

大屏及时给大家解疑释惑，大屏说，正是正是，出征的战士不就是演员吗？参加演习，等于就是演戏，所以，机构公布的这些奖项的名称，非常适合他们，是有的放矢，是对症下药的。

大屏也忙中出错了，用词不当，什么叫对症下药呢，对症下药用错地方了。大家围绕大屏的错误，批评了一番，不知不觉中就转移了话题，对奖项的名称也就不再纠结了。

庆功会的主席台上，长官们也都一一出现了。当然，这些长官，谁也没有见过，所以谁也不知道他们是真是假。

就权当他们是真的吧。

因为毕竟要由他们来颁发奖状的。

颁过奖，队伍方才得以解散，战士们可以回到亲人身边，亲人可以团聚了。

可是围观的群众一时竟有点发愣，不知道他们在犹豫什么，过了片刻，终于有人带头行动了，仔细一看，竟是老关的那个“有人”。

她是个急性子，先前已经拿着她男人的册子，一个人去办了离婚，这两天正在寻找老关呢，老关都不知躲到何处去了。

现在的她，性子又急了，她已经知道一切事情都发生变化了，她的男人活着回来了，他在队伍中间，他已经不是从前的那个他了，现在他厉害了，神气活现，他得了一个最佳演习奖章，这是梅城的最高奖赏，他是个人物了。

“有人”的应变能力确实很强，转变飞快，她第一个从人群中冲了出去，冲到队伍中间，上前搂抱住这个人物。

这个人物猝不及防，吓了一跳，急得说，干什么？你干什么？

“有人”就强搂住这个人物喊，宝贝，宝贝，我想死你了，我还以为你死了呢，吓死我了，现在你终于回来啦。

这个人物皱着眉头，看着“有人”，想了半天，说，你别拉拉扯扯，你规矩一点，我现在是人物，你谁呀？

那“有人”说，我是你老婆，你认不得我了？

那人物笑了起来，说，女人，你别跟我开玩笑了，我哪里来的老婆，我还没结婚，我还是个童男子呢。

“有人”一看情形不对，以为男人在外面知道了她擅自离婚的事情，赶紧甩锅说，那个不是我，那个和你离婚的，不是我。

那人物说，和我离婚？你开什么玩笑，我都没有结婚，怎么会有人跟我离婚呢？

“有人”见他死活不认自己，急了，说，你是不是在外面中了什么毒气，出现幻觉了？

看热闹的人才不嫌事大，乱起哄说，中什么毒气呀，是演习呀，又不是真的打仗，有个屁毒，假的！

总之，反正，任凭那“有人”怎么套近乎，那人物真是个倔强的人物，就是不认。

“有人”的急性子终于又按捺不住了，她终于来火了，气呼呼地说，怎么，你出去了一趟，眼睛瞎啦？

那人物笑道，你眼睛才瞎了，我告诉你，我现在已经不是我了，我现在是火眼金睛，任何妖魔鬼怪，我一眼就能看出来——你是个骗子，你看到我中了奖，就来唬我，我告诉你，现在可不是从前，现在谁都唬不了我。

球落伞肯定也是要混在人堆里的，他假装看热闹，其实他是要继续寻找老球，他听到这个人物说的话，起先没怎么在意，后来回味了一下，觉得好像这话在哪里听到过，有点耳熟，但一时又想不起来是在哪里听到、谁说过这样的话。

他皱眉深思。

“有人”被那个人物气得无可奈何，无意间一回头，看到老关也混在人群中看热闹，她脑筋转得快，知道人物不好对付，他出去走了一圈，完全不知他成为了什么样的人物，恐怕拿不下他了，干脆放弃，还是回到老关身边吧，所以她急急地大喊，老关，老关，你别走，你还是你，我还是——

老关逃走了。

那个人物得胜，也打算离开了，就在他一转身的时候，球落伞看到了他的背影，心里猛地一跳，赶紧上前拉他。

那人物回头看看球落伞，眼神奇怪，说，你拉我干什么？

球落伞说，我想试试。

那人物说，你想试什么？

球落伞轻轻地说，我试着喊你一声——爸。

这声“爸”喊得极轻极轻，几乎没有声音，但是那个人物耳朵贼尖，已经听到了，他哈哈大笑起来，说，哎哟，哎哟，我可真是个人物了，冒出个老婆，还冒出个儿子——喂，小伙子，你仔细看看，我有那么老吗？我还没结婚呢，生得出你这么老的儿子吗？

他拍了拍自己的脸，走了。

球落伞正失落地盯着他的背影，就看到林美姿出来了。

比起“有人”认夫的失败，林美姿面临的处境更尴尬一点。

此时的林西，已经不是从前的林西，他已经成为了新一代顶流艺人，他的偶像加演技的双料表演法，获得了机构的高度认可，是年青一代努力演戏的楷模了。

林美姿在林西“阵亡”后，立刻就去办理了产权更换手续，现在林西活着回来了，还成了楷模，林美姿哪有脸面站到他面前去。

所以此时林美姿倒是希望林西和那个“有人”的男人一样，变了，变得不认得她了。

林西也确实如她所愿，有了变化，但是他没有变得不认得她，反而变得跟她很亲热，林美姿都没好意思开口喊弟弟，他已经抢先“姐姐姐姐”地喊起来了。

林美姿还想糊弄他，试探着说，你，记得我？

林西说，嘿，你是我姐，你烧成灰我也认得你。

林美姿犹豫着，重新再试探说，如果我不是你姐，我是假的呢？

林西口气坚定地说，不可能不可能，我告诉你，我现在已经不是我了，我现在是火眼金睛，任何妖魔鬼怪，我一眼就能看出来——我一眼就能看穿，你就是我姐，嫡亲，如假包换。

林美姿没了退路，只得说实话了，她说，弟弟呀，我实在是没脸见你了，我以为你真的阵亡了，我把产权证的名字改成我的名字了。

林西却没生气，笑道，没事没事，产权证的名字是你是我都无关紧要了，反正——

林美姿大喜，还没听完就抢着说，真的吗真的吗，写上我的名字真的没事吗？

林西说，你爱写谁就写谁，反正我已经把它捐献出去了——姐姐，你知道的，我们做楷模的，样样事情都要带头哦，尤其是公益事业，我就带头了，把产权献出去，资助公益事业——对了，今后甲乙民宿的经营，仍旧由姐姐来管理，但所有的盈利，都要拿出来做公益哦。

林美姿差一点背过气去，喘了半天，缓过气来，她朝着林西直摆手，说，错了错了，你不是我弟弟，我不是你姐，我不是我，你看错了——

林西笑道，姐，假的真不了，真的假不了，我真是你弟弟哎，你怎么连弟弟都不要了呢？

林美姿逃走了。

还有那个卓越也回来了，结果搞得卓九君很为难，他问卓越，你回来了，我怎么办？关酱紫到底算是你的女朋友还是我的女朋友？

卓越看到卓九君，又高兴又激动，他对卓九君说，弟弟，弟弟，我终于又见到你了，我还以为我会死在战场，我以为我再也见不到你了，后来才知道这只是一场演习，太好了，我又回来了，我又见到你了，我的双胞胎弟弟。

卓九君说，哥，你怎么忘记了，我不是你的双胞胎弟弟，我是你设计出来的——

卓越打断了卓九君的话，说，不对不对，我告诉你，我现在已经不是我了，我现在是火眼金睛，任何妖魔鬼怪，我一眼就能看出来——我一眼就看穿了，你是我弟弟，我们是双胞胎，我们长得一模一样。

卓九君还想辩解，卓越已经亲热地拥抱了他，拍着他肩背，说，弟弟，记得妈说过，我比你早出来十分钟，十分钟也是哥呀，哈哈。

卓九君真急了，说，你的所谓火眼金睛，也许只能看穿人类，可能对AI不适用，所以你看不出我来了。

见卓九君咬死自己是他设计创造出来的AI，卓越甚至都有点生气了，戗他说，弟弟，你就这么不愿意看到我活着回来？你就这么不愿意承认我们是兄弟？你真想得出来，还一口一个AI，你怎么不说你是ET呢，你怎么不说你是狼人、吸血鬼、女巫？你怎么不说你是哆布哆、蓝精灵、阿凡达？

卓九君惊得抱头鼠窜。

全广场都是类似的亲人团聚的场面，各个不相同，奇葩迭出。

比如快刀，他就不认得前来迎接他回家的父母亲了，快刀看着他们，完全陌生，奇怪地说，你们是谁？

快刀母亲说，我是你妈呀，他是你爸——你不记得你的爸爸妈妈了？快刀，你不会是得了战后失忆症吧？

快刀说，不可能的，我们又没有打仗，哪来的战后，再说了，我没有失忆，我记得，我都记得——快刀挠了挠脑袋，疑惑地说，我记得我是有爸爸妈妈的，可是，你们不是他们，他们不是你们。

快刀的父母亲急了，一个说，我们不是你爸妈，那我们是谁呀？

另一个则把自己的脸都凑到快刀眼睛上了，说，你再仔细看看，你再仔细看看，是不是，是不是？

快刀说，我越仔细看，越不是你们——我告诉你们，我现在已经不是我了，我现在是火眼金睛，我一看就知道你们不是我爸我妈，别跟我演戏了——但是他分明看出了那对老夫妇眼睛里的绝望和痛苦，快刀挠了挠头，好像想明白了，他恍然大悟地说，哦哦，我知道了，我参加军事演习的时候，你们去整容了。

快刀的父母亲你看看我，我看看你，他们进退两难，明明没有整容，可是，如果不承认吧，快刀就不肯认他们；他们想要快刀认下他们，他们就必须承认自己没有做过的事——

正在为难的时候，他们看到了救星，王姨。

快刀父母急忙地把王姨拉过来，让王姨解决。王姨很别扭，她才不要再管快刀家或者任何人家的事情，她自己家的事情，已经是一团乱麻了。

可是快刀的父母亲不求王姨还能求谁呢，他们双双地，差一点就要给王姨下跪了，那母亲说，王姨，你要是不帮我们说服快刀，我们就给你跪下，不起来。

那父亲说，王姨，你看看我，我明明就是快刀的爸，你不说话，难道你也不认得——

王姨赶紧摇头摆手说，别别别，你们别让我做证了，我头晕眼花，有没有镜子给我照一下，我感觉我已经不是王姨了。

快刀爸爸妈妈很生气，王姨对他们这种态度，就是对民众的不负责任，他们有理由批评她，指责她，他们异口同声地说，王姨，你不能凭感觉做事，你不能这样对待我们，你是为社区层的每一个居民做事的——

王姨可不好惹，她气得说，社区层？你们是我荣耀社区层的吗？连你们的儿子都不认你们，你们还好意思说是我社区层的。

他们吵吵闹闹，球落伞一直站在人堆里旁观，一开始他简直是目瞪口呆，一头雾水，比他刚来梅城时的所见所闻更要惊讶百倍千倍，这些人，出去跑了一趟，回来怎么连自己的家人、亲人都认不出来了？

也或者，他们原本就不是他们的亲人？

反过来，有的人明明不是他们的亲人，他们却不依不饶地要攀亲，要认祖归宗。

谁知道呢。

看着看着，他渐渐地回味过来，甚至恍然大悟了，他完完全全地想起来了，也彻底想明白了，这些从军事演习那儿回来的人，他们说话的口气，他们说话的内容，确实和一个人一模一样。

这个人，你们一定已经猜到了，他就是老球。

球落伞从他们身上看到了老球的影子。

老球果真在军事演习的队伍里。老球的“九香真气丸”果然具有强效感染力，它感染了老球的战友，让他们也都成了和老球一样的透视眼？

可是他们的透视眼透视出了什么样的结果呢？

梅城是个有意思的地方。

演习归来的队伍越走越短了，眼看就要走完了，球落伞心里越来越焦急，如果人都走没了，他还没有发现老球，那他恐怕真的找不到老球、完不成任务了。

球落伞正担忧着，就看到队伍最后的一拨人围着其中的一个人，不肯离去，他们吵吵嚷嚷地说，我也要，我也要，你凭什么只传给他们，不传给我们——

那个被围着的人大声说，别着急，别着急，人人都有份——

球落伞一听这声音，简直惊心动魄，简直如雷贯耳，他立刻冲了过去，扒开围着的人群，定睛一看，中间的那个人，正是老球呀。

球落伞一阵狂喜，简直不敢相信，揉了揉眼睛，再仔细看，怎么不是，怎么不是，就是他，老球，他亲爸。

球落伞惊喜万分，又十分懊恼，他开心地抱怨说，原来你没有易容啊，你连粉底都没有涂，你还是个老黑皮——老球，我上了你的当，我一直在找一个不是你的你，原来你还是你，原来你就是你——爸，我终于找到你了。

那老球笑道，你谁啊？爸可不是随便喊的，你妈要打你哦。

球落伞气得说，老球，别逗了，我找你找得好辛苦——

老球说，你才别逗呢，我告诉你，我现在已经不是我了，我现在是火眼金睛，我一眼就能看穿，你说你是我儿子球落伞？开什么玩笑，别说你穿了马甲，就算你脱掉马甲，你也不会是我的儿子。

王姨也一直在旁边观看着，这会儿她料事如神地说，我早就说的吧，什么球落伞，假的吧，我就说呢，姓什么不好，要姓个球。

大家赶紧附和，是呀是呀，听这名字，就不像是个真的。

球落伞愣怔了一会儿，那一刻他想了很多，我不是球落伞，那么我作为球落伞从亚地来到梅城一路寻找老球的经历，是什么呢，是梦境，是幻觉，或者，是我自己编写的剧情——球落伞忽然就明白了，是呀，我是个鬼才编剧呀。

球落伞捋了一下思路，重新开始编剧了，他对老球说，那好，我就坦白了吧，其实呢，我是个孤儿，一直没有家，我好孤单啊，我一心想为自己找个家，找个父亲，所以我就冒充你的儿子了。

那老球一拍巴掌说，正好正好，好多年前，我的儿子丢失了，你就冒充我的儿子吧，你们年纪差不多，长得也蛮像——老球拉起球落伞的手说，儿子，我们回家吧，我做好吃的给你吃，我喜欢吃臭豆腐，你呢？

球落伞心里顿时被一股暖流融化了。他从此忘记了自己来梅城的任务，乖乖地跟着老球走了。

球落伞留下来了，做了人家的儿子。

当然，他有许多本册子，在梅城，他想做谁就做谁，爱说啥就说啥，比在亚地自由多了。

再后来，见他一直不回去，亚地派人来找他了，告诉他，老球已经完成任务回去了，叫他也回去。

可是球落伞并不认得他，他问那个从亚地来的人，你是谁，从哪里来？

那个人压低了声音，鬼鬼祟祟地说，嘘，你轻点，我从亚地来的呀，和你当初一样呀。

球落伞翻着白眼说，亚地？亚地是什么？你别想着骗我，我告诉你，我已经不是我了，我现在是火眼金睛，你有什么心思，你隐藏得再深，我一眼都能看穿，我劝你别走歪门邪道。

那个亚地人疑惑地说，歪门邪道？什么意思？

球落伞说，没事的，我给你一本册子，你就能住下来。

最后那个亚地人逃了回去，向长官报告，球落伞已经不存在了，他的肉体，被一个梅城人占据了。

尾声：坦白交代

从前有一天，老球突发奇想，从亚地跑到梅城来看看。

老球说，梅城很远，我要去看看。

老球很皮。

其实才不是。

老球没那么皮。老球是被派往梅城的，他的任务就是把“九香真气丸”带到梅城去进行进一步的科学实验。

为了防止泄密，连小球也没有告诉。

当然，老球的走法和小球不同。小球带了很多册子，而老球一本也没带，这不是疏忽，这是苦肉计。

老球没有册子，到哪儿也是被发现。

老球如愿以偿被带到机构，主动供出了“九香真气丸”。老球还吹牛了，说所谓正气就是所有歪的邪的虚的假的，一眼就会被看穿。

机构对这送上门来的亚地灰科技，十分欣喜，立刻开始试验老球，他们中的一个长官对老球说，你说你的“真气丸”一眼就能看穿真假，那你看看我的身体，是什么材料组成的。

这一套，在亚地已经试过，老球十分熟练，手到擒来，只看了一眼，老球就瞧不上眼，不屑地说，你没什么特别的，你就是个普普通通的肉身。

这长官脸色不变，哈哈一笑说，你这“一眼看穿”，果然，准。

这长官的同事就笑话他了，说，哈哈，牛皮吹豁边了啦，我们还一直以为你真是变形金刚呢。

这长官也不难为情，说，我什么变形金刚，跟你们开开玩笑的，接下来看你们的了，你们请吧——他自觉退到一边，等着看戏。

第二个长官上前来，对老球说，你看看我的大脑，科学家说它已经开发了14%——

老球说，嚯，那你是爱因斯坦复活了——我看看啊，你的大脑，进过水，泡得发胀，所以看起来是蛮大——

这第二位长官“哦嚯”了一声，说，哟，你的“真气丸”厉害，有一回我跌入河中，被捞起来的时候，浑身里里外外都是水，后来肚子里，眼睛、鼻子、耳朵里的水，都排出去了，可是进了脑子的水，怎么也排不出去了，就变成现在这个肥肥大大的脑子了，呵呵。

再一位长官说自己经常管不住自己说话，好像语言系统特别发达，抢在思维前面，长官自我感觉就是超人状态。

可老球却看出来这不是超人状态，而是失控状态，是管他说话的那根神经，得了神经病，不听指挥了。

各位长官都笑了起来，纷纷说，我们早就看出来了，医生也在你背后说过好多次，你还不信。

这位长官不急不忙慢悠悠地说，我其实早就知道，我只是装作不知而已，呵呵。

老球用“真气丸”连看了三个长官，准确率百分之百，后面的人，原本都跃跃欲试，排着队争先恐后想让老球看他们，可是老球如此准确地看穿了前面那三个人的真面目，后面的人，不敢再上前了，那个建议拿老球做实验的长官赶紧叫停说，行了行了，我们认了，我们服了，你的“真气丸”，确实是个东西。

接下来的事情，不用说，你们都猜得着了，老球被放到队伍中去了，他可以去识别混进队伍里的奸细、间谍，可以去看看前方的“战争”到底怎样了。

其实根本就没有战争。一看到鸽子就判断“战争”来了，这都是红元年代的老习惯、旧思维。

机构犯了经验主义的错误，错误地发动了“战争”。

结果部队刚刚出城，就被老球发现了这个错误。

前方是子虚乌有。

这是一场关于“战争”的乌龙，吓人倒怪。幸好不是真的。

只是，先前如此大动干戈、劳民伤财，现在怎么向民众交代，假如如实告知，还不得被民众的口水给淹没、淹死。

机构再一次陷入被动。

不过别着急，好在我们有专家。专家就是专出主意的大家。

于是再开会，专家会在会上提出建议，专家说，干脆，让部队一直往前开，一直往前开，一直开到真正碰到敌人。

反对，一直往前开，一直往前开，万一一直开一直开一直也碰不到敌人呢，什么时候是个头呢？这边留守的人，都等着那边的消息，急着要开始他们的新生活呢。

另一个专家再贡献建议：那就干脆全部死掉，出发的全体部队、全部人员，一个也不要回来。

这个赶尽杀绝的主意，肯定也遭到反对，太残忍了，为了自己的判断错误，一个小小的失误，赔上那么多无辜民众的性命，这是万万行不通的。

不急不急，专家脑子好使，他们多的就是点子，就是主意，这不，立刻又有一个金点子出来了：

要不，就说是军事演习吧。

军事演习？这个主意好，简直了，太好了，好极了，受到了与会人员高度一致的赞同。

然后，专家又进行了及时而中肯的提醒，军事演习，等于是一场大型的演出，一定要做得滴水不漏，要做得像真的一样，也就是说，从部队出发以后，每天每天，都要有“战争”的消息传回来，要不断地、持续地，一直到阵亡名单的出现。

果然民众深信不疑。

再后来，通过大屏告诉民众，这就是一次正常的平常的经常要搞一搞的军事演习，你们千万别太认真啊。

大家闹哄了一阵子，最后终于冷静下来了，仔细想想，说的也是，既然是演习，那就等于是演戏，现在戏演完了，我们就别再激动了，回归平静，该干什么干什么去吧。

图书在版编目 (CIP) 数据

合唱团 / 范小青著. — 北京 : 北京十月文艺出版社，2023.4
ISBN 978-7-5302-2290-4

Ⅰ. ①合… Ⅱ. ①范… Ⅲ. ①长篇小说—中国—当代 Ⅳ. ① I247.5

中国国家版本馆 CIP 数据核字 (2023) 第 030875 号

合唱团
HECHANG TUAN
范小青 著

出　版　北京出版集团
　　　　北京十月文艺出版社
地　址　北京北三环中路 6 号
邮　编　100120
网　址　www.bph.com.cn
发　行　新经典发行有限公司
　　　　电话 010-68423599
经　销　新华书店
印　刷　河北鹏润印刷有限公司
版　次　2023 年 4 月第 1 版
印　次　2023 年 4 月第 1 次印刷
开　本　850 毫米 ×1168 毫米 1/32
印　张　9.25
字　数　200 千字
书　号　ISBN 978-7-5302-2290-4
定　价　45.00 元
如有印装质量问题，由本社负责调换
质量监督电话　010-58572393